RALPH'S PARTY

Lisa Jewell est née et a grandi à Londres. Depuis longtemps attirée par l'écriture, elle suit pourtant des études d'art et de design et travaille quelques années dans le milieu de la mode. C'est lorsqu'elle perd son emploi, et à la suite d'un pari avec une amie, qu'elle retrouve ses premières amours : ses indemnités de licenciement financeront la rédaction de son premier roman ! Ainsi naît *Ralph's Party*, best-seller de l'année 1999 en Angleterre. Lisa Jewell a également écrit, entre autres, *Thirtynothing*, *Vince & Joy*, et *31 Dream Street*. Elle est aujourd'hui écrivain à plein temps et vit à Londres avec son second mari, sa fille et son chat.

LISA JEWELL

Ralph's Party

TRADUIT DE L'ANGLAIS PAR DAPHNÉ BERNARD

LE LIVRE DE POCHE

Titre original :

RALPH'S PARTY

© Librairie Générale Française, 2007, pour la traduction française.
ISBN : 978-2-253-11749-0 – 1re publication LGF

Pour Jascha et Yasmin.

REMERCIEMENTS

Mes remerciements vont à Katy, Sarah et Nic qui ont lu mon manuscrit chapitre par chapitre, mois après mois, et m'ont soutenue par leur enthousiasme et leurs conseils. Merci à Yasmin pour m'avoir donné l'idée de ce livre et pour ses encouragements, et à toi Jascha, qui ne sais rien de la littérature féminine contemporaine mais qui es le meilleur des petits amis. Merci d'avoir payé les factures, les dîners, l'ordinateur et les loyers. Quel homme !

« *C'est toujours ainsi dans les soirées, on ne voit personne, on ne dit pas les choses qu'on aurait envie de dire, mais il en est ainsi dans la vie...* »

Marcel PROUST, *À la recherche du temps perdu.*

Prologue

Smith raccrocha et jeta un coup d'œil au salon. De nombreux colocataires potentiels avaient visité l'appartement. Pourtant, malgré ce défilé, tout semblait en ordre.

Il ramassa des tasses et des verres vides qu'il déposa à la cuisine. C'était étrange et légèrement dérangeant de penser que ces objets portaient encore des marques de rouge à lèvres, des empreintes de doigts, des traces de salive et des particules microscopiques laissées par les gens qui étaient venus chez lui cet après-midi : des étrangers qui avaient inspecté sa salle de bains et vu sa robe de chambre avachie accrochée à la porte de sa chambre, qui s'étaient enfoncés dans son divan, des inconnus aux vêtements, aux manières, aux noms, aux vies bizarres, bref, des êtres mystérieux qui avaient eu un aperçu de sa vie privée.

Ralph et lui se décidaient rapidement. Ils savaient très vite si le candidat qu'ils recevaient ferait l'affaire ou non. Mais ils n'écourtaient pas les visites pour autant :

— Voici la cuisine qui comprend, vous serez heureux de l'apprendre, un lave-vaisselle *et* une machine qui lave et sèche le linge !

La présentation se poursuivait ainsi :

— Smith se lève à l'aube pendant la semaine mais nous traînassons au lit les week-ends.

Puis l'interview :

— Comment gagnez-vous votre vie ?

Enfin la conclusion :

— Il y a encore des personnes qui veulent visiter l'appartement. Laissez-nous vos coordonnées, nous vous appellerons.

Le tout durait un quart d'heure, afin que l'intrus ait l'impression qu'il était toujours dans la course et que sa candidature avait été prise au sérieux.

Un certain Jason qui avait appelé plein d'espoir cherchait surtout à se faire de nouvelles relations :

— Je veux vivre dans une ambiance marrante, vous voyez ce que je veux dire ? avait-il répété, les yeux écarquillés, d'une voix un peu trop enthousiaste.

— Vous pouvez être plus précis ? avait demandé Ralph en songeant aux soirées où Smith et lui zappaient sur les quarante-sept chaînes de télé sans se parler puis allaient se coucher à minuit, totalement beurrés.

Jason s'était redressé sur le divan en se tenant les genoux :

— Tenez, par exemple, là où je vis en ce moment, chaque soir, je rentre du travail et on ne fait rien. Je m'emmerde, vous comprenez ?

Ralph et Smith avaient hoché la tête et s'étaient sentis vieux.

Monica était une chrétienne évangéliste – cela les dérangerait-il si elle était parfois en transe ? – et Rukhsana fuyait un mariage arrangé et malheureux. Ses mains n'avaient cessé de trembler pendant l'entretien, et ses yeux sombres ne parvenaient pas à fixer quoi que ce soit. En accord avec son mari, elle avait décidé d'une « séparation à l'essai ». Ralph et Smith avaient immédiatement préféré une séparation définitive avec Rukhsana et sa situation aussi triste que compliquée.

Simon était gentil mais la masse de ses cent vingt-sept kilos avait déséquilibré le volume de l'appartement et fait gémir le divan quand il s'était assis. Rachel avait une maladie de peau qui donnait envie de passer l'aspirateur après son départ, et John puait la pâtée pour chat. Smith et Ralph avaient presque perdu l'espoir de trouver l'oiseau rare.

— Qui a téléphoné ? demanda Ralph en s'étalant sur le sofa et en allumant la télévision, la télécommande à la main.

— Quelqu'un pour l'appart, répondit Smith depuis la cuisine, elle arrive. Elle avait l'air sympa. Elle s'appelle Jem.

Il ferma la porte du lave-vaisselle avec la pointe de son pied.

Jem prit la première rue qui partait de Battersea Rise, ce qui l'amena sur Almanac Road, une avenue bordée de pavillons édouardiens de trois étages, longs et étroits, avec des appartements en sous-sol, rares dans ce quartier du sud de Londres.

Tandis qu'elle descendait la rue en jetant des coups d'œil à l'intérieur des appartements en contrebas, elle eut l'impression d'être déjà venue. Les proportions, la largeur des trottoirs, la couleur des briques, l'espace entre les jeunes arbres lui parurent familiers.

Jem s'arrêta devant le numéro 31 et le sentiment de déjà-vu augmenta encore. Elle se sentit en sécurité, tel un enfant qui, après un samedi fatigant, rentre dans une maison chaude où l'attendent ses programmes de télé favoris.

Elle plongea le regard dans l'appartement situé en sous-sol et vit un jeune homme, dos à la fenêtre. Il parlait à quelqu'un qu'elle ne pouvait voir. À cet instant, elle comprit qu'elle était déjà venue. Sans doute pas dans cet endroit précis, mais dans un lieu similaire. Depuis son adolescence, elle voyait en rêve l'appartement en sous-sol d'une haute maison dans une rue tranquille ; le soir, à travers la fenêtre, elle distinguait une pièce éclairée ; un homme assis dans un canapé fumait une cigarette, mais son visage restait invisible. Était-ce l'élu de son cœur, choisi par le destin ?

Jem sonna.

1

La fille qui se tenait sur le seuil était petite, à peine un mètre soixante, avec une masse de boucles noires retenues sur le sommet de son crâne par des épingles et des pinces : une coiffure compliquée mais très féminine, à laquelle ne manquait qu'une couronne de lierre. Elle était d'une beauté lascive, avait des joues colorées et une bouche à l'expression boudeuse, avec la lèvre supérieure qui avançait légèrement. Ses yeux ambrés et lumineux étaient entourés de cils noirs et surmontés de sourcils mobiles. On l'imaginait en nymphe, vêtue de mousseline et de spartiates en cuir. Au lieu de ça, dans un genre tout aussi séduisant, elle portait une veste de tailleur de fine flanelle bordée de fourrure au col et aux poignets, et une jupe courte qui aurait été banale sur une fille plus grande. Le bout de son nez était d'un rose adorable.

Smith laissa Jem le précéder dans le vestibule. Il l'observa tandis qu'elle regardait à droite et à gauche, examinant les tableaux sur les murs, jetant un coup d'œil par les portes entrouvertes et tapotant le dessus des meubles en passant. Elle était vraiment mignonne. Jem se tourna vers Smith :

— C'est charmant, tout à fait charmant.

Elle lui fit un grand sourire, puis, se tournant soudain vers le mur, agrippa le haut du radiateur en poussant un soupir de soulagement :

— Désolée, dit-elle en riant, mais j'ai les mains gelées, de vrais glaçons – regardez !

Elle ferma les poings et les posa sur les joues de Smith :

— On gèle dehors ! commenta-t-il, pris d'un soudain accès de timidité.

— Et si nous allions dans la cuisine ? proposa Jem. Je boirais bien une tasse de thé.

— Il faut traverser le salon, expliqua Smith en essayant de prendre les devants.

— Ah oui ! Je sais où se trouve la cuisine. Je l'ai vue par la fenêtre. Désolée, je suis trop curieuse, ajouta-t-elle en riant de nouveau. J'ai visité tellement d'horribles appartements ce soir que je n'aurais pas supporté d'être déçue ici.

Ils entrèrent dans la cuisine.

— Mon colocataire n'est pas loin, dit Smith en remplissant la bouilloire. Sans doute dans sa chambre. Il s'appelle Ralph. Je vous le présenterai quand on aura préparé le thé.

Jem examina une rangée de pots remplis d'herbes aromatiques et d'épices. Une pellicule de poussière grasse recouvrait les couvercles en plastique. Tous étaient pleins.

— Ni vous ni Ralph ne cuisinez donc jamais ?

Smith se mit à rire :

— Je crois que ça crève les yeux !

Il ouvrit le réfrigérateur rempli de paquets colorés aux appellations exotiques, « Curry vert à la thaï », « Poulet créole au riz cajun », « Poulet Tikka Masala » ainsi que de boîtes transparentes contenant des sauces pour les pâtes et des soupes.

— Mon Dieu ! Typiquement masculin ! C'est une façon si chère de se nourrir… Cuisiner, c'est formidable, je vous montrerai. À vous et à Ralph.

Elle avait prononcé le nom de Ralph tout naturellement, comme si elle le connaissait déjà.

— Je me débrouille très bien, reprit-elle. Enfin, je crois ; du moins c'est ce qu'on me dit. Je sais faire le curry thaï. Ces trucs sous vide sont atroces pour la santé – à cause du sel qu'ils mettent pour donner du goût.

Elle referma le réfrigérateur et retourna seule au salon.

— Vous avez des questions à me poser ? demanda-t-elle en prenant un livre et en parcourant la quatrième de couverture.

— Vous prenez du sucre et du lait ?

— Vous n'avez pas de miel ?

Smith ouvrit et referma quelques placards comme pour lui faire plaisir :

— Non, cria-t-il, seulement du sirop d'érable.

— C'est une pièce fantastique. Sans vouloir vous vexer, on ne dirait pas que deux garçons vivent ici.

— Merci du compliment.

Smith se sentit gêné et légèrement surpris d'être qualifié de « garçon » alors qu'il avait trente ans.

Jem passa rapidement en revue les objets éparpillés sur une table basse en chêne à marqueterie de cuivre.

Elle aimait le bazar des tables basses : il en disait long sur la vie quotidienne et les habitudes de leurs propriétaires.

Sur celle de Smith et de Ralph s'étalaient un assortiment de télécommandes, un programme télé, un cendrier plein de mégots, deux paquets de Marlboro sans filtre, une carte de visite, une boîte d'allumettes et le menu d'une pizzeria. Sous cet amas, elle devina un livre d'art, un trousseau de clés de voiture et, à peine visible mais pourtant bien identifiable, un morceau de carton arraché à un paquet de papier à rouler vert. Ce détail la fit sourire.

— Allons dire bonjour à Ralph, proposa Smith depuis l'entrée de la pièce, le visage masqué par les volutes de vapeur du thé – et ensuite je vous ferai les honneurs de l'appartement.

La première fois qu'il la vit, Ralph remarqua à peine Jem. Il se disputait au téléphone avec Claudia, sa petite amie. Assis à son bureau, le combiné coincé sous le menton, il se ligaturait les poignets à l'aide d'élastiques dans le but inconscient d'arrêter sa circulation sanguine et donc de mettre fin à un avenir tristement prévisible.

Quand Smith entra, il fit la grimace et écarta le téléphone, le tenant à quelques dizaines de centimètres de son oreille afin que Smith entende les jérémiades monotones de sa copine, en pleine crise de récriminations. Il appuya sur la touche « haut-parleur » :

— *J'ai l'impression de faire tout le boulot, Ralph, tu comprends ? Bien sûr que non. Quelle blague ! Tu ne vois rien au-delà de ta télécommande – du moment que tu as un appareil dans la main qui t'évite de te remuer, de lever ton cul pour agir…*

— Ralph, murmura Smith, je te présente Jem.

De la porte, celle-ci lui fit un petit clin d'œil.

Ralph vit une fille petite, souriante, au visage entouré de courtes mèches de cheveux.

— *Ralph, tu m'écoutes, ou tu m'as mise sur ton putain de haut-parleur ?*

Ralph adressa un sourire d'excuse à Jem, et articula silencieusement un « Ravi de vous connaître ». Il éteignit le haut-parleur et murmura des paroles inaudibles dans le combiné.

Smith et Jem refermèrent la porte tout doucement en quittant la chambre.

— Claudia peut se montrer… casse-pieds. Ils en ont parfois pour des heures. Je le plains.

Smith sourit d'un air suffisant et avala une gorgée de thé.

— Vous n'avez donc pas de petite amie ?

— Bien observé, répondit-il d'un ton brusque. Non, je n'en ai pas.

Il se sentit soudain mal à l'aise et ce n'était pas la première fois depuis l'arrivée de Jem. Il aurait voulu se montrer enjoué et accueillant pour faire bonne impression, mais en vain ; il était glacial et grossier.

— Ce sera votre chambre, dit-il en cherchant l'interrupteur sur sa gauche. Elle n'est pas grande mais très confortable.

Des boiseries claires habillaient les murs de la pièce en L. Un lustre en cuivre et verre en forme d'étoile l'éclairait. Au fond de la chambre se trouvait un lit à une place, recouvert d'un tissu indien aux tons vifs et de grands coussins ornés de franges et de pompons ; en face, une armoire à glace des années 1920. L'autre extrémité de la pièce était occupée par une fenêtre aux lourds rideaux et par une commode en laque noire.

Jem se retourna et saisit les mains de Smith :

— Je l'adore! Vraiment! Je le savais. Je vous en prie, je pourrai m'installer?

Son visage rayonnait d'un air enfantin, ses mains semblaient petites dans celles de Smith; le thé les avait réchauffées.

— Commençons par voir le reste de l'appartement puis nous bavarderons. Il faut que j'en parle à Ralph – nous avons eu des tas de candidats. Je dois lui demander son avis.

Se sentant piquer un fard, il tourna le dos à Jem.

— D'accord! répliqua-t-elle, parfaitement détendue.

Elle avait la conviction d'avoir remporté la partie.

2

Siobhan aurait dû se sentir heureuse. RCL – Radio Centrale Londres – ce n'était pas rien. Lorsque Karl lui avait annoncé la nouvelle un peu plus tôt dans la soirée, elle avait bondi de joie – tous ses rêves se réalisaient.

Il était maintenant en train de téléphoner à sa mère irlandaise et à son père russe, qui vivaient à Sligo, pour les mettre au courant. Elle le regarda tout en faisant semblant de lire. Pour la première fois depuis des années, son beau visage aux traits doux débordait d'énergie. Quant à sa mère, elle devait être fière comme un paon d'apprendre que son fils chéri avait été engagé pour tenir l'antenne de la plus importante station de radio de Londres à une heure de grande écoute.

Siobhan avait encore du mal à croire qu'elle l'entendrait annoncer : « Bonjour, amis londoniens, et bienvenue à l'émission de Karl Kasparov ! »

Son Karl à elle – et pas quelque DJ anonyme – avec son jingle à lui, ses interviews, ses milliers d'auditeurs... Son nom figurerait dans les programmes :

15 h 30-18 h 30 – Karl Kasparov. L'émission s'appellerait *Auto-Mobile*.

Siobhan imagina un après-midi typique, un embouteillage par une journée torride, les voitures roulant au pas et la voix de Karl à la radio : « Je sais qu'il fait chaud mais gardez la tête froide en écoutant *Auto-Mobile* sur RCL. » Et il passerait « Up on the roof ».

Un léger gémissement interrompit la rêverie de Siobhan. Il était onze heures moins le quart et, avec toute cette excitation, ils avaient oublié Rosanne. Celle-ci se tenait stoïquement assise près de la porte du salon, consciente que cette soirée était hors du commun. Tout en essayant de ne pas trop déranger ses maîtres, elle réussit à leur faire savoir qu'elle avait une vessie et qu'il se faisait tard.

— Oh, mon bébé, on t'avait oubliée ?

Au ton soucieux de Siobhan, Rosanne remua légèrement la queue et se précipita vers le crochet de l'entrée où sa laisse était accrochée.

— Karl, je sors Rosanne. Allez, mon bébé ! On y va !

La chienne se précipita à la porte et attendit sa maîtresse.

Siobhan eut du mal à enfiler son lourd manteau noir : depuis l'année précédente elle avait grossi, surtout des bras et de la taille. Dehors, l'air froid qu'elle inspira prudemment lui fit du bien. Le chauffage central, l'excitation, le champagne lui avaient brouillé l'esprit. Cette nuit d'octobre était magnifique, les vieilles maisons d'Almanac Road se détachaient avec élégance sur le ciel illuminé par la pleine lune.

Plongée dans ses pensées, Siobhan se promena jusqu'au bout de la rue. Elle s'était habituée au mode de vie banal qu'elle partageait avec Karl. Jusqu'à présent, elle n'avait jamais regretté de ne plus travailler depuis qu'elle avait perdu son boulot de couturière dans une école de mode du Surrey. Pour faire bouillir la marmite, elle confectionnait des robes de mariée sur mesure ou des coussins pour une boutique de décoration de Wandsworth Bridge Road. Pendant les week-ends, Karl faisait le disc-jockey dans des cafés ou à des mariages, et il arrondissait ses fins de mois en donnant des cours de rock dans une école du nom de Sol y Sombra. Cela avait suffi pour rembourser un prêt immobilier dérisoire et les faire vivre modestement.

Karl et Siobhan – un couple sans ambition. C'était la façon dont Siobhan voyait son histoire, ce qui n'empêchait pas bien des gens de jalouser leur mode de vie et leur relation. Que demander de plus ? Elle disposait d'un charmant appartement qu'ils avaient eu la chance d'acheter pour une bouchée de pain avant que Battersea devienne à la mode ; sa chienne était superbe, leurs amis leur étaient fidèles depuis l'université, leur couple était joyeux et décontracté. Aux yeux de tous, ils étaient l'exemple même du bonheur à deux. Rien de trépidant dans leur train-train. Mais les choses allaient changer, ce que Siobhan redoutait.

Tout d'un coup, son poids allait prendre de l'importance et Karl se rendrait compte qu'elle ne faisait rien de sa vie. Il reviendrait tout excité de sa radio, fort de son statut de star, la tête pleine des dix meilleures chansons de la semaine, et que trouverait-il ? Une Siobhan débordant d'un canapé, rivée à une série télévisée, le ventre gonflé par l'énorme repas qu'elle aurait ingurgité en son absence car elle n'osait plus manger devant lui. Et qu'en penserait-il ?

Garderait-il la petite Embassy noire de 1966 qu'il avait rapatriée d'Inde après l'université ? Porterait-il encore ses vieux pantalons de toile américains aux genoux troués et ses antiques mocassins qui dataient d'avant leur rencontre ? En rentrant du studio, enfilerait-il ses drôles de chaussettes tibétaines aux semelles de cuir pour préparer le thé et regarder des documentaires assis sur le divan, Rosanne sur les genoux ?

Serait-il toujours amoureux d'elle ?

Le froid était tombé – l'hiver avait fait son entrée et pris possession de la ville. Siobhan leva la tête lorsqu'un nuage vaporeux et mauve masqua la lune puis disparut dans l'obscurité.

— Allez, mon bébé, on rentre !

Elle se dépêcha de retrouver la lumière et la chaleur du 31, Almanac Road. En fouillant dans sa poche pour trouver les clés de l'entrée, elle entendit des voix provenant de l'appartement du sous-sol, juste en dessous de chez elle. Une jolie brune en sortit. Toute la soirée, des inconnus avaient défilé. Qu'était-ce donc que ce va-et-vient ? se demanda-t-elle.

Dès que Rosanne fut débarrassée de sa laisse, elle se précipita dans le salon et sauta sur les genoux de son maître, qui la prit dans ses bras. La chienne lui lécha le visage. Observant la scène depuis le vestibule, où elle rangeait son manteau devenu trop serré, Siobhan sourit et son moral grimpa d'un cran. Autant profiter de sa vie avant le saut dans l'inconnu !

3

Cela faisait quinze ans que Ralph et Smith étaient amis. Auparavant, ils avaient été ennemis pendant quatre ans, depuis le premier jour de lycée où Smith avait pris ombrage des dons créatifs de Ralph et de ses manières vaguement efféminées. Quant à Ralph, il s'était senti menacé par la popularité de Smith et ses excellents résultats obtenus sans effort. Ils avaient évolué dans des cercles différents et, quand par hasard leurs chemins se croisaient, ils se reniflaient et montraient les dents comme des chiens hostiles que leurs amis écartaient l'un de l'autre, en tirant sur leurs laisses à la manière de maîtres impatients.

Il avait fallu une fille pour les réunir. Shirelle, une Américaine de Baltimore qui avait habité pendant deux mois chez les parents de Smith à l'occasion d'un programme d'échange. Elle était arrivée à Londres en mai, vêtue d'un jean pattes d'éph' et d'un pull en laine turquoise à col boule. Ses cheveux étaient longs et quelconques, tout comme son visage.

Le premier jour, elle repéra Ralph qui descendait du bus devant le lycée de Croydon. Son pantalon était plus étroit que ce qui était autorisé, son blazer bleu marine était retenu dans le dos par une épingle à nourrice, et ses cheveux, sales et ébouriffés, se dressaient sur sa tête telles deux meringues collées au savon. Il avait une tache de suie sous chaque œil. Selon Smith, il avait l'air d'un vrai connard. Shirelle tomba immédiatement amoureuse de lui.

Au cours du trimestre, Shirelle fut rebaptisée le Putois : elle avait teint ses cheveux en noir en laissant une mèche blonde oxygénée au milieu du crâne. Son argent de poche lui servit à acheter bas résille, ceintures cloutées et jupes en cuir à Carnaby Street. Elle fumait et buvait un mélange de bière et de cidre et collait Ralph comme un rottweiler en chaleur.

Elle lui demanda de venir chez les Smith, une invitation qui sous-entendait « Viens me baiser ! ». Ralph, mort de trouille mais obéissant à ses pulsions sexuelles de jeune mâle de seize ans, accepta.

Smith, qui avait la même libido juvénile, était fasciné et révolté par ces parties de jambes en l'air qui avaient lieu sous son toit. Au fil des rendez-vous, ses doutes sur les penchants de Ralph furent balayés par les cris et les gémissements qui émanaient de la chambre d'amis. Un après-midi, en proie à une curiosité grandissante, il se planta dans le vestibule en faisant semblant de consulter l'annuaire. Soudain, Ralph apparut dans l'escalier, rentrant sa chemise dans son treillis d'un geste à la fois décontracté et macho. Il dégageait quelque chose d'excitant et de mystérieux.

— Alors, mon vieux, tout va bien ? demanda Smith d'un ton qu'il voulait relax et condescendant. Ça marche avec le Putois ?

Ralph regarda le plafond :

— Tu viens faire un tour ? fit-il en enfonçant ses mains dans les poches de son pantalon.

Et voilà. Shirelle rentra chez elle à la fin du trimestre, malgré ses menaces de rester pour mettre au monde les enfants de Ralph et les élever dans un squat qu'ils partageraient avec les Sex Pistols et les Siouxsie Sioux, de se shooter à l'héroïne et de mourir d'une overdose. Ralph et Smith devinrent amis.

À la base de leur amitié, la faculté de rester ensemble des heures entières sans se parler ni bouger. Aujourd'hui, comme au temps de leurs études, chacun avait son cercle de relations et ses propres activités. Quand ils étaient ensemble chez eux, ils ne faisaient aucun effort ; une attitude qu'ils ne supportaient pas chez leurs copains. Et qu'ils trouvaient limite pour eux-mêmes.

Bien sûr, ils n'étaient pas toujours silencieux. Parfois, ils discutaient du programme télé et ils se bagarraient pour s'emparer de la télécommande, chacun trouvant l'autre incapable d'utiliser au mieux cet outil primordial. Parfois, ils parlaient des femmes.

Elles étaient emmerdantes, encombrantes, jamais contentes, toujours en train de râler. Smith et Ralph se considéraient comme des chic types et non comme des salauds : ils n'étaient pas infidèles, ne mentaient pas, ne posaient pas de lapin à leurs petites amies, ne les battaient pas et acceptaient d'aider à la maison. Ils ne les laissaient pas tomber quand ils étaient entre copains.

Ils n'épinglaient pas des photos de Melinda Messenger au-dessus de leur lit. C'était vraiment de *chic types*. Ils téléphonaient à l'heure dite, offraient des cadeaux, achetaient des trucs, n'étaient pas des obsédés du cul et faisaient parfois des compliments. Ils essayaient de traiter les femmes en égales – oui, ils essayaient vraiment –, mais ces dames leur prouvaient qu'elles n'en étaient pas dignes. Elles faisaient partie d'une étrange et mystérieuse secte qui exigeait toujours plus. Elles étaient paranoïaques ou fragiles, ce qui rendait la vie de tous les jours impossible. Certes, il existait des femmes différentes ; le genre dont on tombait amoureux au premier regard, dont on parlait aux copains, avec qui on tirait des plans sur la comète. Et qui vous laissaient la queue entre les jambes au bout de trois semaines, pour se mettre avec un type qui leur mentirait, leur poserait des lapins, les maltraiterait et les réduirait en esclavage.

Ralph, avec sa libido insatiable, ne pouvait se passer des femmes : il se jetait donc dans la mêlée, dont il sortait le plus souvent en morceaux, boitillant et claudiquant, mais le sexe dressé et prêt pour de nouveaux duels. Smith, lui, avait abandonné le combat quelques années auparavant pour se retirer, écorché mais entier, dans un coin du ring.

À l'entendre, il se réservait pour l'avenir. Pour une femme dont il ne savait à peu près rien, une femme avec qui il n'avait échangé que de vagues sourires empruntés, quelques signes de la main et hochements de tête. Une femme qui, à ses yeux, rassemblait la combinaison parfaite de gènes, d'organes, de pigments, bref l'exemple même de la beauté. Depuis cinq ans, il rêvait du jour où leurs chemins se croiseraient. Ce jour béni, il lui sourirait de toutes ses dents blanches, se montrerait sûr de lui, lui adresserait quelques mots spirituels, l'inviterait à dîner dans un des nouveaux restaurants de St. James, retrouverait son sourire quand elle accepterait, jetterait son manteau sur ses épaules et s'éloignerait d'un air crâneur.

Depuis cinq ans, la réalité était tout autre. Ses sourires ressemblaient aux grimaces d'un adolescent imbécile, la main molle et moite qu'il agitait à distance en l'apercevant s'accompagnait de gestes maladroits. Comme un vrai balourd, il avait souvent trébuché, laissé tomber des paquets, raté des marches, fouillé maladroitement ses poches à la recherche de ses clés. Il était amoureux de l'image d'une blonde à la somptueuse chevelure couleur de miel, une fille grande et mince à la silhouette si parfaite qu'il n'en existait pas deux comme elle. L'objet de sa flamme s'appelait Cerise. Elle habitait deux étages au-dessus de chez lui. Tant qu'elle ne serait pas à lui, il n'accepterait aucun compromis.

Son amour n'avait pas été affecté par le mépris qu'affichait Cerise, par son indifférence sarcastique quand il avait tenté de faire ami-ami. Les fréquentes visites d'hommes d'âge moyen qui garaient leur Porsche ou leur BMW en double file devant le 31 ne l'avaient pas découragé. Et s'il pensait parfois aux épouses de ces hommes qui couvraient sa bien-aimée de bijoux ou de parfums et l'invitaient dans les meilleurs restaurants de Londres, il n'en voulait pas à l'intéressée. Il ne voyait rien au-delà de sa beauté. D'elle, il ne connaissait que les dehors glacés qui masquaient sa vacuité.

Tandis que Smith vivait pour un fantasme qu'il était incapable de réaliser, Ralph accumulait les blondes idiotes mais accueillantes. Leur façon à tous les deux de tuer le temps… en attendant quoi ? Qu'ils soient trop vieux pour changer ? Qu'ils laissent passer leur chance, comme des lots de tombola raflés par des types plus entreprenants ?

Smith s'était finalement rendu compte qu'ils avaient besoin de changement. La routine était trop lourde. Ils s'étiolaient. Il avait passé une petite annonce dans *Loot* et dans le *Standard* et mis une affiche sur la devanture d'un magasin de journaux. Et Jem était arrivée.

Pour Ralph, les choses n'avaient pas beaucoup changé depuis que Jem avait emménagé, une semaine plus tôt. Elle était sortie presque tous les soirs et, quand elle était à la maison, elle se montrait très discrète. Des trucs bizarres avaient envahi la salle de bains – des boules de coton à démaquiller ou des maxi-boîtes de Tampax –, et le réfrigérateur s'était rempli de légumes frais, d'ailes de poulet et de lait écrémé. Malgré ces changements mineurs, l'appartement était toujours le même.

Sauf l'ambiance ! Elle était différente. Dorénavant, Ralph était mal à l'aise quand il se promenait en caleçon. Il prit conscience de ses trop longs séjours aux toilettes et de l'odeur nauséabonde qu'il laissait derrière lui, à laquelle Smith s'était habitué à la longue. Surtout, il ne savait pas quoi penser de leur pensionnaire. Voilà une étrangère dont il ne connaissait que le prénom, une fille bizarre environnée de tout un bazar particulier – culottes, soutiens-gorge, maquillage, chaussures à talons, déodorants à bille roses, brosses pleines de longs cheveux qui sentaient bon, perles pour bain moussant, trucs en dentelle, trucs en soie, trucs vaporeux. À trente ans, il avait passé bien des moments agréables en compagnie de femmes, mais sans jamais cohabiter.

Et maintenant, une créature du sexe opposé avait débarqué chez lui. Sa curiosité était éveillée, et pourtant il n'avait fait que jeter un coup d'œil dans la chambre de Jem. Il n'avait pas fouillé dans ses affaires ni ouvert ses tiroirs ni rien d'autre. Il s'était contenté de faire le tour de la pièce en regardant partout. Rien de mal à ça, n'est-ce pas? Si elle avait eu quelque chose à cacher, elle l'aurait planqué. En plus, elle laissait sa porte ouverte. Ralph n'avait rien d'un fouineur, du moins il en était persuadé. Aussi sa petite enquête lui avait-elle laissé un sale goût dans la bouche. La faute à ce qu'il avait découvert.

* * *

Ralph avait prévu de passer la semaine dans son atelier. Il n'y avait pas mis les pieds depuis trois mois. Mettre en page une brochure pour une agence de voyages lui avait pris deux semaines alors qu'il aurait pu l'expédier en quelques jours, et il avait passé les dix derniers jours enfermé dans sa chambre à résoudre un jeu informatique à trente-trois niveaux. Il n'avait réussi à le terminer que ce matin même. Après avoir été amplement félicité par son ordinateur, sa joie s'était peu à peu estompée, et il s'était calé dans son fauteuil en réalisant avec tristesse qu'il n'avait strictement plus rien à faire.

À midi moins le quart, il s'était persuadé qu'il était trop tard pour se rendre à son atelier. J'irai sans faute demain, se promit-il. Appeler Claudia à son bureau? Non, ses coups de téléphone tombaient toujours mal :

« Pas maintenant, Ralph, je suis occupée », « Pas maintenant, Ralph, je suis en train de partir » ou « Pas maintenant, Ralph, j'arrive tout juste. » Claudia, dans un de ses tailleurs impec, devait s'activer dans son bureau, y entrant et en sortant sans cesse, tel un film en boucle, s'était-il dit. Cela l'avait fait sourire.

L'ennui s'emparant de lui, il décida d'aller se promener. Tandis qu'il déambulait sur Northcote Road, qui pullulait d'échoppes de fleurs d'automne aux couleurs de pierres précieuses, de jouets en plastique, de bâtons d'encens et de breloques africaines, Ralph se mit à penser à Jem. Il n'avait pas voulu d'une personne supplémentaire dans l'appartement, il aimait sa vie avec Smith, une vie décontractée qu'il passait à regarder la télé et à se saouler. Mais Smith était le propriétaire et il avait dû accepter sa décision. De toute façon, Jem était plutôt sympa et il faisait confiance au jugement de Smith.

La première semaine avait été un peu difficile. Ni lui ni Smith n'aimaient les nouvelles têtes. Il s'en était voulu de ne pas avoir demandé à Jem si elle aimait la bouffe indienne quand il en avait commandé par téléphone. Il avait été franchement gêné quand elle était entrée dans les toilettes empestées par sa récente visite. Ce soir, elle leur avait proposé de faire la cuisine et, bien qu'il ait apprécié son geste, il avait regretté qu'elle trouble sa routine : le lundi soir, il restait chez lui et ne voyait personne. Si Smith sortait, Ralph branchait le répondeur automatique et filtrait les appels sans pitié. Mais Jem avait été gentille de vouloir s'occuper du dîner ; il avait donc décidé de faire un effort.

Pour donner un but à sa promenade, Ralph alla chez « l'épicier du coin », une boutique de luxe qui vendait des paquets de tortillas mexicaines à des prix extravagants, mais était toujours dépourvue des denrées de première nécessité. Par exemple, cet endroit proposait une seule marque de lessive mais vingt-deux sortes de sauces épicées. Pourquoi Ralph fréquentait-il ce genre d'établissement – fait pour remplir les poches d'anciens golden boys de la City (« Dis donc, Paul, et si on achetait une boutique pour fourguer aux yuppies pleins aux as du vin et des tortillas hors de prix ? ») – alors qu'il détestait être pris pour une poire ? Il acheta un paquet de Marlboro bien qu'il en ait encore deux à la maison et retourna à Almanac Road.

À l'heure du déjeuner, la télévision diffusait des émissions consacrées à la cuisine et des séries australiennes. Comme un abruti, Ralph se mit à regarder le programme d'une chaîne d'achats où une sorte de hippie mesurait son tour de cou tout en vantant les milliers d'avantages d'une horrible tunique en acrylique rehaussée de perles autour du col :

— Pas une, pas deux, mais *trois* différentes sortes de perles. Vous avez la forme paillette, la forme sequin en appliqué et les ravissantes perles allongées sur les côtés.

De quelle planète débarquent ces présentateurs ? se demanda Ralph. À quoi carburent-ils pour être capables de vanter avec autant d'enthousiasme des mochetés pareilles ?

Il éteignit le poste et le silence envahit le salon. Il se sentit vide et inutile, sans rien à faire. Une tasse de thé tiède dans une main, un paquet de crackers dans l'autre, il commença à faire les cent pas dans le couloir. C'est ainsi que, sans le vouloir, il ouvrit la porte de la chambre de Jem.

C'était étrange de voir cette pièce remplie des affaires de quelqu'un. Jusqu'à maintenant, elle était toujours restée vide. Il en émanait un parfum inconnu. Une partie des vêtements de Jem étaient encore dans des cartons éparpillés dans la chambre – les cartons vides avaient été pliés et rangés près de la porte. Le lit n'était pas fait : une robe de chambre en coton bleu décorée d'un dragon chinois dans le dos était jetée sur les draps.

Ralph s'aventura plus avant pour examiner une pile de CD posée en équilibre sur la table de nuit. Les goûts musicaux de Jem l'impressionnèrent. Comme lui, elle était bloquée sur la fin des années 1970 : The Jam, Madness, The Cure, Generation X, The Ramones. Il lui demanderait s'il pouvait lui en emprunter. À côté des disques, une photo de Jem dans un manteau d'hiver, le nez rougi par le froid, agenouillée près d'un beau golden retriever. Ralph scruta attentivement le cliché. Il ne se rappelait plus exactement à quoi ressemblait la fille – il n'avait guère fait attention à elle – et il découvrait qu'elle était vraiment ravissante. Pas tout à fait son genre, pourtant. Il les aimait blondes, blondes avec de longues jambes, des fringues de marque et un côté rebelle. Des blondes qui s'appelaient Georgia, Natasha et bien sûr Claudia, bossaient dans la comm', dans des galeries, dans des maisons de couture, et se plaignaient qu'il n'était pas assez riche, pas assez dans le coup, pas assez soigné, pas assez élégant. Il aurait dû les rencontrer plus tôt, plus tard, être plus cool. Bref, ne pas être Ralph.

Jem était différente, petite et étonnamment jolie. Elle avait bon goût dans le domaine de la musique et aimait avoir la photo d'un chien auprès de son lit. Elle était aimable, polie et donnait l'impression d'être de bonne compagnie. Pas du tout son genre.

Il mordit dans un biscuit et un morceau tomba par terre. En le ramassant, il remarqua une pile de cahiers sous la table de nuit, vieux et abîmés. Sur chaque dos était indiquée à l'encre dorée ou au marqueur une année différente. C'étaient des journaux – et, à première vue, de véritables journaux intimes comme les filles en écrivent. Ils allaient de 1986 à 1995. Qu'était devenu le volume de l'année en cours ? se demanda Ralph avant de s'apercevoir qu'il dépassait de la robe de chambre de Jem.

Il était ouvert mais masqué par le vêtement. Ralph ne put qu'apercevoir la date – le jeudi précédent – et des bribes d'une écriture fine et ronde comme Jem. « … ravissant appartement… peut-être timide… je suis sûre qu'ils ne sont pas… c'est sans doute ma destinée – je suis si excitée… peut-être Smith mais il semble un peu… Ralph… »

Ralph cessa tout d'un coup de lire. Seul un grossier personnage fouillerait dans la chambre d'une pauvre fille et prendrait connaissance de son journal intime ! Honte à lui !

Il faillit sortir mais il bouillait de curiosité. Le cœur battant, il s'empara du journal et reprit sa lecture. Il en resta bouche bée : Jem serait venue à la suite d'une sorte de songe, comme pour suivre son destin. Elle était tout émue car Smith ou Ralph pouvait être l'homme de ses rêves. Littéralement. Ralph se dit qu'elle était cinglée ; mais en continuant à lire, il entra dans son rêve, son destin. Non seulement il était dans la course, mais il tenait la corde. Voici ce qu'elle avait écrit : « Smith m'a l'air un peu coincé, et, en toute franchise, ce n'est pas mon type. Ralph en semble plus proche – très mince, et particulièrement sexy, quoiqu'un peu dangereux. » Il savoura le compliment et continua : « Il me semble qu'on s'amuse plus avec lui. Un seul problème : il a une petite amie. »

Elle a tout compris, se dit Ralph – sauf au sujet de Claudia. En ce moment, il *était* plus amusant que Smith. Cela n'avait pas toujours été le cas, mais ces dernières années, obsédé par Cerise, Smith avait perdu sa joie de vivre et son assurance.

Le journal s'arrêtait là. Ralph le reposa et, respirant à fond, s'interdit de lire les pages précédentes. Il remit le journal exactement comme il l'avait trouvé et prit soin de replacer la robe de chambre par-dessus, en espérant qu'elle n'avait pas laissé un cheveu pour piéger un curieux.

Il s'assit sur le lit défait. Rien à voir avec le lit de Claudia qu'elle mettait dix minutes à faire, changeant les draps tous les jours puis disposant avec soin le couvre-lit et les coussins. Sinon, elle râlait. Un soutien-gorge de Jem dépassait d'un drap. Il était noir, ordinaire et vieux. Ralph l'examina : l'étiquette – la petite Jem n'était pas si petite que ça – indiquait 90 B. Où cachait-elle sa poitrine ? Claudia avait des seins en proportion avec sa silhouette élancée : petits et pointus, et incapables de remplir un décolleté même si elle les poussait fermement l'un contre l'autre. Ralph se rendit compte qu'il en avait assez des femmes plates. Il regrettait les poitrines abondantes, douces et accueillantes, et qui bougeaient quand on les touchait. D'autres parties du corps féminin donnaient parfois l'impression qu'elles allaient vous mordre, vous étouffer ou vous paralyser, mais jamais les seins – de vrais bons amis.

Ralph se surprit à passer une des bretelles du soutien-gorge de Jem sous son nez et à renifler l'étroite bande élastique. Gêné, il se dépêcha de le reposer sur ses genoux. Puis il enfonça son poing fermé dans le bonnet et se rendit compte qu'il y avait de la place pour un second poing. Tiens, se dit-il, Claudia dirait que cette fille s'habille avec astuce. Lorsque Ralph n'était pas d'accord avec Claudia sur le tour de taille d'une autre femme, elle lui expliquait qu'il avait été trompé par la façon habile dont elle avait mis un foulard ou un chandail pour dissimuler son poids excessif. « Tu es un homme, normal que tu ne connaisses pas toutes les ruses féminines », ajoutait-elle. Elle n'avait peut-être pas tort, se dit Ralph en contemplant le volume des bonnets. La preuve : il n'avait rien remarqué.

En rangeant le soutien-gorge dans un pli du drap, il se sentit minable et mal à l'aise, mais soulagé de constater qu'il n'avait pas d'érection.

Ralph fut tenté de demeurer dans la chambre douillette et féminine de Jem. Il aurait voulu voir ce que contenaient les tiroirs, renifler la bille de son déodorant, lire tous ses journaux et découvrir ce qu'elle avait fait à certaines dates. Il aurait aimé se glisser dans sa chemise de nuit, s'enfoncer sous sa couette et entre ses draps, poser sa tête sur son oreiller bleu pâle, sentir son odeur et sa chaleur.

Au lieu de ça, il se leva lentement, tapota la couette pour lui redonner sa forme, vérifia que rien ne trahissait son intrusion, laissa la porte entrouverte comme il l'avait trouvée et sortit dans le couloir. La soirée ne manquerait pas d'être intéressante.

Assis à son bureau, il chercha quelque chose à faire qui ne l'obligerait ni à quitter l'appartement, ni à téléphoner, ni à faire trop d'efforts. Mais son esprit était envahi par les extraits du journal de Jem qui avaient excité sa curiosité et ne cessaient de l'intriguer. C'était quoi cette histoire de rêves et de destin? Qu'avait-elle écrit d'autre à leur propos? Surtout, qu'avait-elle écrit à son sujet à lui? Sans bien savoir pourquoi, Ralph eut la nette impression que sa vie allait se compliquer.

4

Siobhan avait l'impression que son corps n'était qu'une usine à poils. En prenant de l'âge, elle s'était attendue à voir apparaître des rides, à perdre son joli teint et sa peau douce, mais certainement pas à cette foutue multiplication de poils.

En partant du bas, des poils bruns faisaient comme de petites pelouses sur ses gros orteils déjà dodus. Puis ils grimpaient sur ses jambes, mais là elle en avait toujours eu, ce qui après tout n'avait rien d'extraordinaire. Même les top models n'y échappaient pas. D'ailleurs, les pharmacies regorgeaient de produits que l'on pouvait acheter sans rougir.

Mais ce n'était pas le pire. La forêt vierge qui poussait entre ses cuisses et croissait au fil des années la gênait terriblement. D'autant qu'elle dépassait maintenant de son slip et s'aventurait en pointe vers son nombril, ce qui était encore plus désagréable en hiver, car cette avancée se détachait nettement sur la peau blanche de son estomac rebondi.

Et ce n'était pas tout. Récemment, elle avait remarqué de longs poils dans la douce vallée de ses seins, des poils rebelles qui étaient plus longs, plus foncés, plus épais que les autres. Pour quelle raison ? Et il y en avait encore d'autres autour de ses seins qui gâchaient la beauté de sa poitrine ! Siobhan se trouvait laide. Quand des gens se tenaient trop près d'elle, elle reculait pour qu'ils n'aperçoivent pas le léger duvet au-dessus de sa lèvre supérieure, duvet qui s'étendait à son menton et à ses joues.

Désormais, elle passait des heures entières à maudire ses poils superflus et à s'en débarrasser grâce à tout un attirail : un rasoir pour ses jambes et ses aisselles, une crème nauséabonde pour son pubis, une pince à épiler pour ses pieds, ses seins, son menton et ses sourcils. Les hommes avaient-ils la moindre idée des efforts que devait faire une femme pour garder sa peau de bébé et faire disparaître de son corps la plus infime trace de masculinité ? Les hommes en feraient-ils autant si la mode les forçait à avoir une peau d'albâtre ?

Pourquoi les poils étaient-ils mieux acceptés dans certains pays ? Pourquoi un million d'Italiennes déambulaient-elles sans complexe sur les plages en arborant une véritable fourrure autour de leurs bikinis ou sous leurs bras ? Pourquoi les Françaises avaient-elles un mot charmant pour décrire leur moustache alors qu'une Anglaise qui n'avait pas parfaitement rasé ses jambes risquait de passer pour une gouine ?

Jusqu'où monterait le tas si elle avait amassé tous les poils qu'elle avait enlevés ces dix dernières années ? Un travail si ingrat… Comme le ménage. Dès que c'était terminé, il fallait recommencer. Les poils ne restaient jamais tranquilles, ils n'arrêtaient pas de pousser et pousser et pousser encore. Pas de vacances, pas de jours de repos. Et qu'importe la partie du corps où ils élisaient domicile ! Ils croissaient comme les mauvaises herbes sur un mur lisse.

Siobhan avait bien essayé de s'intéresser au jardinage, pensant qu'elle était douée, mais elle s'était vite rendu compte que c'était aussi frustrant que le ménage ou l'épilation. Les poils, les mauvaises herbes, la poussière – Siobhan les détestait en bloc.

Désormais, elle s'adonnait à une tâche qui prenait de plus en plus de son temps : la haine de son corps. Non seulement elle devenait chaque jour plus poilue, mais en plus elle grossissait. Il ne s'agissait plus de quelques kilos, à présent il y avait de quoi être qualifiée de « grosse » par les gens qui ne la connaissaient pas. La plupart de ses vêtements pendaient inutilement dans son placard et elle portait toujours les mêmes caleçons avec un petit assortiment de tuniques et de chandails. S'acheter quelque chose de nouveau l'aurait obligée à aller dans des magasins spécialisés « grandes tailles ». C'était comme crier au monde entier : « Je suis grosse. »

Karl n'en parlait jamais et c'était devenu une sorte de sujet tabou. Il continuait à la toucher, à la caresser, à la prendre dans ses bras, à lui tenir la main en public, à lui dire qu'il l'aimait. À vrai dire, il ne l'avait jamais couverte de compliments. Qu'en pensait-il vraiment ? se demandait Siobhan. Elle ne se déshabillait plus devant lui et elle avait renoncé à se promener nue dans l'appartement. Peu à peu, sans s'être concertés, ils avaient cessé de prendre des bains ensemble. Comme d'autres femmes, elle aurait pu lui demander carrément : « Karl, tu crois que j'ai grossi ? », mais elle savait que, contrai-

rement à la plupart des hommes, il lui dirait la vérité :
« Oui, Shuv, tu as grossi. » Et où cela la mènerait-il ?
Qu'arriverait-il ensuite ? Et s'il lui disait qu'elle le
dégoûtait avec ses kilos en trop ? Qu'elle ne l'aimait
pas assez pour prendre soin d'elle ?

En vérité, c'était tout le contraire. Karl aimait les rondeurs de Siobhan. Elle avait toujours eu une silhouette
peu conventionnelle, des jambes maigrelettes, un gros
derrière aux fesses plates. Désormais, elle était mieux
équilibrée, ses seins étaient plus en harmonie avec son
corps et son derrière était devenu plus rond et plus
féminin. Karl aimait tenir dans le noir ce corps ferme,
mûr et dodu, ces bras solides et bien en chair, ces
cuisses lisses et douces. C'était comme si les couches
de gras avaient donné à son corps une nouvelle jeunesse, avaient régénéré ses trente-six printemps. Elle
se sentait comme une gamine potelée, sauf que Karl
n'avait jamais couché avec une gamine potelée, même
quand il était un gamin potelé.

Siobhan avait les plus beaux cheveux que Karl ait
jamais vus, couleur du maïs mûr, toujours brillants et
sentant bon. Le début de leur amour et de leur liaison
devait beaucoup à la magnificence de ses cheveux. Sur
le campus, il suivait la façon dont ils se balançaient
jusqu'à sa taille, captaient la lumière même quand le
soleil était masqué, ou encore étaient relevés sur sa
tête comme une couronne d'or. Pendant six mois, il se
serait damné pour cette chevelure. Dès qu'il la voyait,
son cœur s'arrêtait de battre avant de se déchaîner.
C'était comme un signal qui le poussait à aborder
Siobhan, quitte à ce qu'elle découvre sa timidité et son
désir. Il rêvait d'enlever ses peignes en écaille et ses

pinces pour voir sa chevelure s'étaler sur son oreiller ou se déployer sur le siège du passager de sa deux-chevaux. Il aurait aimé laver ses cheveux, les peigner et les lustrer, comme s'il s'agissait du pelage d'un animal domestique, une partie autonome de son corps – quelque chose de vivant qui résumait tout ce qu'il désirait chez une femme et tout ce qui était merveilleux chez Siobhan.

Elle ne s'était doutée de rien. À ses yeux, Karl n'était qu'un beau gosse membre du syndicat des étudiants, un garçon avec un nom russe et un accent irlandais, quelqu'un qui punaisait des posters sur les panneaux d'affichage et qui semblait connaître tout le monde sur le campus, un type qui avait une deuch' et une mèche à la Tintin. Il s'affichait avec Angel, une fille blond platine aux cheveux très courts, avec le genre de visage de petite fille qui fait fantasmer les mecs toute leur vie. Siobhan avait trouvé Karl charmant et séduisant. Elle avait adoré son accent irlandais, son caractère enjoué, ses fesses bien rondes. Mais elle se disait avec résignation qu'un couple aussi attrayant s'entendait forcément à merveille, y compris sur le plan sexuel. Elle les imaginait en train de faire l'amour sur des draps inondés de soleil, leurs jambes entrelacées, se mordant et se griffant. Ou encore, inséparables et rayonnants de bonheur, en train de rire dans un café avec leurs copains. Siobhan souriait à Karl en le croisant, il lui rendait son sourire et elle s'en contentait.

Un jour, en bavardant avec un ami qui appartenait au même syndicat que Karl, elle s'était prise à espérer.

— C'est une petite conne, avait-il dit en parlant d'Angel.

Allons bon ! En voilà une surprise !

— Vraiment ? J'ai toujours cru qu'elle était sympa, vu qu'elle est avec Karl ! Ils ont l'air de former un couple idéal…

— Ce mec a une patience d'ange. Comment arrive-t-il à la supporter ? Ils s'engueulent sans arrêt, c'est une vraie teigne. Karl est un type extra, il pourrait trouver mieux qu'elle et, entre nous, ça ne devrait plus durer longtemps. Je crois qu'elle a un autre mec, mais motus et bouche cousue.

Siobhan n'en demanda pas plus. De sourires en causettes, ils en étaient venus à avoir de longues conversations lors de déjeuners animés tandis qu'Angel allait à ses cours. Au bout de six semaines de ce régime, lassée d'entendre Karl chanter les louanges de Siobhan, Angel avait rompu, laissant à cette dernière le champ libre. En apprenant la nouvelle, Siobhan en avait oublié de mettre son manteau tant elle avait chaud au cœur.

Avec les années, la chevelure de Siobhan n'avait jamais déçu Karl : il la shampouinait parfois avec dévotion et tendresse, toujours émerveillé par sa qualité, sa longueur et surtout par la possibilité qu'il avait de la caresser quand il le désirait.

Certains hommes préfèrent les seins, d'autres les jambes ou encore les fesses. Karl était fou de cheveux. Ils lui tournaient la tête et lui faisaient perdre tout contrôle.

Cerise avait également de beaux cheveux, longs, soyeux et d'une jolie couleur de vanille, mais ils n'étaient pas aussi abondants que ceux de Siobhan. Karl les avait remarqués l'été précédent : le soleil leur donnait des reflets blonds. Peu après, il s'était aperçu que Cerise avait de longues jambes bronzées qui dépassaient de ses petites robes d'été ou de ses courtes jupes de coton. Ses épaules minces, ses traits fins, ses ravissantes pommettes et ses dents parfaites ne l'avaient pas laissé indifférent.

Assis près d'une grande fenêtre dans un studio de danse proche de Covent Garden, c'est en amateur que Karl admirait la chevelure de Cerise tandis qu'elle finissait son cours d'acid jazz en levant la jambe en cadence. Elle portait un haut échancré et des collants en Lycra, spectacle plus captivant que les nouvelles de l'*Evening Standard* !

Tandis que Siobhan était assise nue sur le rebord de sa baignoire, à pétrir son haïssable excédent de graisse, à cinq kilomètres de là, de l'autre côté de la ville, Karl se levait, pliait son journal, accueillait Cerise en l'embrassant et en lui tapotant les fesses avant de l'emmener déjeuner dans son restaurant favori spécialisé dans la nouvelle cuisine.

5

La nuit tombait quand Jem sortit de son bureau de Leicester Square pour se rendre à Gerrard Street, où elle devait acheter les ingrédients du dîner qu'elle avait promis de préparer pour Ralph et Smith. Un dîner de bienvenue. Elle était leur colocataire depuis une semaine et ne savait rien d'eux : elle était beaucoup sortie, et les autres soirs elle s'était enfermée dans sa chambre afin de ne pas les envahir. Mais il était temps de devenir des amis.

Quand elle avait emménagé, ils l'avaient aidée à transporter ses cartons et ses sacs depuis sa vieille Austin Allegro couleur moutarde jusqu'à sa chambre. Ils l'avaient fait avec courtoisie mais sans enthousiasme, formant une sorte de chaîne pour tout acheminer. Ensuite, ils l'avaient laissée se débrouiller seule pour déballer ses affaires, passant parfois la tête par la porte pour lui proposer une tasse de thé ou de café et lui demander si tout allait bien.

C'était marrant, avait songé Jem, cette façon de partager sa maison avec des inconnus. Certes, ce n'était pas nouveau – les domestiques habitaient dans la maison de leurs maîtres, les pensionnaires vivaient chez leurs logeuses – mais c'était différent désormais. Aujourd'hui, tout le monde était sur un pied d'égalité, il n'y avait plus la moindre hiérarchie. On regardait ensemble la télévision, on utilisait les mêmes toilettes et la même baignoire, on partageait le réfrigérateur, on cuisinait sur le même fourneau. Les propriétaires avaient l'obligation morale de traiter leur nouveau colocataire en ami et non en domestique ou en pensionnaire.

Jem avait partagé de nombreux appartements et toujours trouvé les premières nuits étranges et solitaires. Elle avait senti une certaine gêne chez Smith et Ralph, qui essayaient de ne rien changer à leurs habitudes, surtout quand ils avaient regardé le Grand Prix d'Australie ou ce concours de fléchettes où les candidates jouaient seins nus. Et qu'elle n'ait pas été avec eux à ces moments-là ne les avait pas empêchés d'être légèrement déstabilisés.

En traversant Lisle Street, elle pensa à eux et se rappela avec émotion qu'un de ces deux balourds mais néanmoins charmants garçons faisait sans doute partie de son avenir. Bien sûr, c'était dingue, elle en était consciente, mais elle avait toujours eu confiance dans ce destin qui lui parlait si clairement. Une seule chose la préoccupait (et là son avenir apparaissait quelque peu flou) : lequel des deux lui était destiné ? En l'absence de tout indice révélateur, elle avait passé la semaine précédente à chercher un signe décisif.

Dans un genre différent, ils étaient aussi beaux l'un que l'autre. Smith avait la classe d'un ancien élève d'une bonne école privée, des cheveux longs et épais, des traits réguliers qui l'auraient fait se pâmer quand elle avait dix-huit ans. Grand, bien bâti sans avoir le physique d'un athlète, il avait des yeux marron tendre ainsi qu'un nez aux narines parfaites. Mais ses goûts étaient un peu trop conventionnels et il était trop bien élevé, trop mesuré, trop gentleman. Il serait sans doute choqué si elle commandait un bock dans un bar et, pour draguer une fille, il devait lui offrir des roses aux longues tiges ou lui faire la surprise de l'emmener au théâtre. Beurk ! Elle aimait les hommes moins raffinés et plus spontanés, les hommes qui ne traitaient pas les femmes comme des « dames ».

Tout en songeant à sa destinée, Jem inspecta un cageot de piments verts et rouges, des longs, des fins, des biscornus, des fermes et des plus mous. Elle plaça les heureux élus dans un sac en plastique arraché avec force d'un stupide rouleau et passa en revue des aubergines naines à la peau brillante et verte.

Faire ce genre de courses avait un effet thérapeutique sur Jem. Autant elle détestait les légumes préemballés, autant elle adorait plonger les mains dans des paniers de produits exotiques venus tout droit de Thaïlande, de Chine ou d'Inde, encore gorgés de leur soleil natal.

Ralph était sans doute plus « son genre ». Il avait ce côté sous-alimenté qu'elle aimait et qui était accentué par son crâne rasé et ses vêtements trop amples. Son visage comme taillé à la serpe, ses yeux bleus et ronds profondément enfoncés dans sa tête, son regard énigmatique lui donnaient un air de gosse des rues qui aurait bien tourné. Et puis il avait un sourire irrésistible qui allait d'une oreille à l'autre. Bref, il était sexy. Il parlait avec un léger accent du sud de Londres, ce qu'elle adorait, et il ne s'attendrait sûrement pas à ce qu'elle boive du vin blanc ou soit impressionnée par des dîners en tête à tête dans des restaurants à la mode.

Elle avança jusqu'au comptoir du boucher.

— Salut, Jem! fit-il en lui souriant dès qu'il la vit.

Il finit d'emballer un grand morceau de poitrine de porc pour un client chinois.

— Qu'est-ce qui vous ferait plaisir aujourd'hui? demanda-t-il à Jem avec son vague accent de Manchester.

Elle n'avait jamais osé lui demander comment il était devenu le seul Anglais à travailler dans un supermarché de Chinatown.

— Bonjour, Pete!

Elle jeta un coup d'œil aux plateaux de pattes de canard et d'oreilles de porc, aux mètres d'intestins mauves, aux blocs de saindoux et aux pieds de mouton.

— Je prendrai une livre de blancs de poulet sans la peau.

— Qu'est-ce que vous mijotez pour ce soir?

Il voulait toujours savoir ce qu'elle préparait.

— Un curry thaï.

— Vous faites votre propre pâte?

— Bien sûr. Comme toujours, non?

— Des tranches fines?

— S'il vous plaît!

— Et qui est l'heureux invité? demanda-t-il en tranchant la chair rose avec un couteau terriblement aiguisé.

— Mes nouveaux colocataires. J'essaye de faire bonne impression.

Jem mit le paquet dans son panier. Qui sait d'où provenaient les poulets qui avaient été dépecés pour elle ? Ils n'avaient pas d'étiquette, ni rien qui puisse indiquer leur origine. Ils étaient anonymes, se dit-elle, et elle se sentit l'âme d'une aventurière pour avoir choisi sa viande parmi les abats sanguinolents que les autres supermarchés n'osaient pas exposer.

Le magasin était plein de Chinois du quartier venus faire leurs courses pour le dîner, de sous-chefs de restaurants asiatiques en quête d'un sac de riz supplémentaire en cas d'affluence record, de touristes aux regards inquisiteurs ou de simples amateurs. Ces derniers aimaient l'atmosphère de ce genre de boutique mais ne savaient pas quoi acheter. Leurs paniers contenaient toujours des paquets de nouilles instantanées au triple du prix normal, un pot de sauce aux huîtres et un flacon de quelque chose de follement oriental, comme de la sauce de calamar au curry importée de Malaisie. Une sauce qui finirait à la poubelle car, Jem le savait, le calamar en conserve avait quelque chose de répugnant. Elle éprouvait toujours un sentiment de supériorité vis-à-vis d'eux lorsqu'elle tendait ses emplettes à la caissière : bouquets de coriandre fraîche et de feuilles de citron vert, boîtes de lait onctueux de noix de coco, brins de citronnelle et bouquet d'échalotes roses.

Lestée de son précieux chargement, elle se dirigea vers Shaftesbury Avenue. Le ciel avait viré au noir et les rues de Soho avaient pris cet air coquin et provocant qui excitait Jem. En passant devant les pubs, elle regarda les visages enjoués de couples qui buvaient de la bière : à voir leurs mines, elle conclut qu'ils devaient être amoureux de fraîche date, et elle se sentit un peu seule. Jusqu'au moment où elle se souvint de ce qui l'attendait à la maison. L'espoir d'une grande histoire d'amour.

Comme Smith ignorait si Jem préférait la bière ou le vin, il acheta les deux. Au cas où elle ne boirait pas d'alcool, il prit une bouteille de Perrier. Il se trouvait dans la « Vinerie » située à deux pas de son bureau de Liverpool Street. La City était aussi snob que le West End avec ses fausses antiquités et ses traditions surannées. Pourquoi ne pas appeler ça un marchand de vins, bon sang de bois ?

Il déposa ses achats sur un comptoir en acajou prématurément vieilli, et le marchand au tablier vert foncé et aux lunettes cerclées de fer les enregistra avec un lecteur de code-barres traditionnel. Smith se rendit compte qu'il était de mauvaise humeur. Il faillit jeter sa carte bancaire à la figure du commerçant et montra des signes d'impatience pendant que celui-ci enveloppait les bouteilles dans du papier de soie. Lorsqu'il sortit, le tintement de la clochette de la porte l'agaça prodigieusement.

En traversant Finsbury Circus, il jura contre le temps qui s'était refroidi. Il y a seulement quelques jours, à l'heure du déjeuner, il s'était assis là en manches de chemise pour regarder des vieux joueurs de boule. Il était toujours plus heureux en été.

Il aurait préféré que Jem ne cuisine pas ce soir-là. Il n'était pas d'humeur à faire du charme, ni à s'intéresser à la conversation. Regarder la télévision en mangeant un gros bifteck avec une bouteille de bière, sans parler à quiconque, lui aurait convenu parfaitement. Pourtant, s'il avait décidé de prendre un locataire, c'était bien pour se distraire le soir. Mais pas ce soir ! Demain aurait été parfait. La présentation qu'il devait faire serait derrière lui, James aurait cessé de lui mettre la pression, il aurait acheté du champagne et des fleurs pour fêter l'événement. Jem aurait été impressionnée par sa gentillesse, son entrain, ses compliments pour sa cuisine délicieuse. Mais ce soir, non !

Arrivé à la station de métro de Liverpool Street, Smith tint sa mallette et son sac dans une main afin de saisir la rampe de l'escalator de l'autre. Il descendait les marches quatre à quatre quand un touriste lui bloqua le passage.

— Pardon ! dit-il en râlant.

L'inconnu se serra sur sa droite et s'excusa avec un sourire. Pendant une seconde, Smith s'en voulut de son attitude en songeant qu'il avait été lui-même un touriste.

La Circle Line était bondée et Smith, en nage, maudit la foule des voyageurs – ils sentaient trop fort, étaient trop bruyants, trop près de lui, trop grands, trop gros, trop laids et trop encombrants quand ils étalaient leur journal. Si seulement il avait pu leur enfoncer des pioches dans le crâne !

De quoi allaient-ils discuter tous les trois ce soir ? En fait, que savait-il de Jem ? Ayant tout fait pour éviter de lui parler, il ignorait son âge, l'endroit où elle travaillait, si elle avait un petit ami – inconsciemment il aurait préféré qu'elle n'en ait pas. Il savait seulement que son nom était aussi bête que le sien, qu'elle aimait le miel dans son thé, qu'elle avait une horrible voiture et qu'elle était plutôt mignonne. Ce n'était pas un spécimen aussi magnifique que Cerise, à la beauté dorée, angélique, harmonieuse, mais Jem avait pour elle d'être jolie sans prétention, sexy et bien élevée. Elle avait une voix douce et calme, et elle ne portait pas de pantalons, ce que Smith admirait. Pourtant, et sans raison, il était mal à l'aise en sa présence.

En sortant du métro à Sloane Square, Smith fut heureux de respirer l'air frais de la soirée. Quand, huit ans auparavant, il avait acheté l'appartement de Battersea, l'idée de descendre à cette station l'avait emballé. Après tout, les prolos qui attendaient amis et petites amies à la sortie du métro n'avaient pas à savoir qu'il n'habitait pas Chelsea. Aujourd'hui, il se fichait éperdument de ce que les gens pensaient de lui. Il avait dépassé le stade enfantin où il voulait impressionner son monde.

À quelques pas de là, il remarqua les fleurs colorées d'un magasin : elles contrastaient avec les arbres sans feuilles du square, et Smith décida d'en acheter pour Jem. Elle devait avoir dépensé de l'argent pour le dîner, et il imaginait qu'elle n'était pas très riche. Il choisit trois petits bouquets de pivoines – un cadeau sans prétention car il ne voulait pas qu'elle croie qu'il la draguait.

Cet achat le calma et, lorsqu'il prit le bus et s'installa à sa place habituelle à l'arrière, il était de meilleure humeur.

En traversant le Battersea Bridge, Smith se sentit euphorique. Le ciel avait viré au grenat et les derniers rayons du soleil traversaient le décor de pièce montée de l'Albert Bridge. La perspective d'un dîner cuisiné et d'une conversation avec une jolie fille le fit sourire.

6

Quand Karl rentra de son cours de danse, Siobhan avait déjà dîné. Comme d'habitude. Au début, elle l'accompagnait. Elle enfilait une de ses vieilles robes des années 1950 achetées au marché de Kensington, la garnissait de jupons bouffants, se maquillait avec de l'eye-liner et du rouge à lèvres écarlate et attachait ses cheveux en queue-de-cheval. Puis ils s'engouffraient dans l'Embassy noire pour se rendre au Sol y Sombra, avec l'impression d'être Natalie Wood et James Dean. Mais lorsque leur chienne Rosanne était arrivée chez eux, l'idée de l'abandonner cinq soirs par semaine lui fit mal au cœur, et peu à peu elle cessa d'y aller. De toute façon, Siobhan ne rentrait plus dans ses vieilles robes.

Désormais, elle se contentait d'assister aux prépara-tifs de Karl : il mettait de la brillantine sur ses boucles noires, enfilait un pantalon étroit et une authentique chemise hawaïenne. À part son front très légèrement dégarni, il n'avait pas changé en quinze ans. C'était un danseur hors pair et un professeur épatant ; certains de ses élèves enseignaient à leur tour. Il était très demandé pour des fêtes et des mariages car, grâce à lui, les femmes avaient l'impression de bien danser.

— Quelqu'un a emménagé en bas ? demanda-t-il en délaçant ses chaussures de danse qui avaient vu des jours meilleurs. En passant, j'ai aperçu une fille qui faisait la cuisine.

— Une petite brune ?

— Oui.

— Je l'ai vue aller et venir toute la semaine. Ça doit être la nouvelle colocataire. Enfin, je pense.

Karl rejoignit Siobhan dans la cuisine, enlaça sa taille épaisse et nicha sa tête au creux de son épaule. Elle se retourna et lui passa la main dans les cheveux, se souvenant trop tard qu'il venait de donner un cours.

— Beurk ! J'ai les mains pleines de brillantine ! s'exclama-t-elle en fonçant vers l'évier.

Karl en profita pour lui tapoter les fesses.

Son sourire disparut dès qu'il eut quitté la cuisine. Il s'assit dans le canapé et prit sa tête dans ses mains. À côté, Siobhan chantait doucement en se lavant les mains. Sa voix était douce et mélodieuse, on aurait dit une petite fille, une innocente gamine. Il aurait aimé pleurer. S'il avait été seul, il aurait pu sangloter jusqu'à rendre l'âme. On lui avait volé son bébé. On le lui avait enlevé sans lui demander la permission, sans même qu'il soit au courant.

À l'étage supérieur, juste au-dessus de sa tête, son bébé avait grandi, respiré, dormi dans le ventre de Cerise, groupe de cellules de la taille d'un ongle, avec des yeux, des pieds, des pouces et un ADN. Un petit être aux cheveux noirs et bouclés qui était de mauvaise humeur le matin mais avait de drôles d'orteils. Et elle l'avait tué sans penser à lui en parler.

En fait, elle avait rompu avec lui le jour même, tranquillement, tout en mangeant des coquilles Saint-Jacques frites arrosées de citron vert et saupoudrées de coriandre, et ça n'avait fait ni chaud ni froid à Karl. Cerise n'était rien pour lui, juste une jolie chevelure, une bonne baiseuse et une partenaire de danse. Mais elle avait tué son bébé à lui avec l'air de s'en foutre complètement. Il avait scruté son visage froid et indifférent – la fraîcheur des coquilles Saint-Jacques l'avait tracassée plus que le meurtre qu'elle avait commis – et il l'avait haïe, haïe de toutes ses forces.

— Oh, mon vieux, je suis sûre que cette chère grosse et *stérile* Shuv aurait été ravie pour toi ! Une grossesse sur trois se termine par une fausse couche, pas de quoi en faire tout un plat. Il aurait pu disparaître ainsi et tu n'en aurais rien su ; aucun de nous n'en aurait rien su.

Elle s'était exprimée d'un ton blasé, comme si chaque fois qu'elle déjeunait en ville, elle expliquait ce qu'était un avortement à un ex-amant en mal de progéniture.

— Et qu'aurais-tu dit à Siobhan, hein ? « Oh, ma chérie, tu sais la fille du dessus, celle que tu ne peux pas blairer et que je baise régulièrement ? Eh bien, devine ! Elle est enceinte, n'est-ce pas formidable ? » Ouais, mon vieux, je vois d'ici comment la grosse Shuv t'aurait félicité.

Puis Cerise avait froncé ses sourcils parfaits et s'était plainte au serveur que ses coquilles étaient coriaces. « Apportez-moi des pâtes aux piments et aux clams à la place », avait-elle exigé.

Qu'aurait-il dit à Siobhan si les circonstances avaient été autres ? Karl n'en avait aucune idée. Obsédé par cette occasion ratée de devenir père, il avait du mal à raisonner d'une façon claire. Si Siobhan et lui, désireux d'avoir un enfant à tout prix, s'étaient adressés à une mère porteuse, ç'aurait aussi été son sperme et l'œuf d'une autre femme – alors où était la différence ? Il était aussi attaché à Cerise qu'à une seringue en plastique.

En écoutant Siobhan préparer son dîner, il se jura de se venger. Il venait de se souvenir du chagrin qu'elle avait éprouvé en apprenant sa stérilité définitive à l'âge de vingt et un ans. Il ignorait encore comment il allait s'y prendre pour en faire baver à Cerise, mais si l'occasion se présentait, il ne la laisserait pas passer.

Smith passa toute la journée à se demander s'il devait rire ou pleurer. La nuit précédente, il avait ingurgité huit bières et deux tequilas et dormi deux heures seulement. On était maintenant mardi et il n'avait que quelques minutes pour achever la présentation que son agence de communication financière devait faire pour une des plus grosses banques du pays. C'était la panique dans le bureau et James était plus pénible que jamais. D'habitude si fier de son élégance, de son maintien et de son sang-froid typiquement britanniques, voilà que James perdait les pédales sous la pression du stress. Ses mèches de cheveux argentés qui, en temps normal, dissimulaient sa calvitie se dressaient sur sa tête, sa cravate de soie rebiquait et des auréoles de transpiration tachaient sa chemise.

Le visage rouge de colère, il cria à Diana :

— Ouvre ces putains de fenêtres ! Ça pue comme sous une tente de bédouins ici.

Diana, qui avait un poil dans la main et attendait que son petit ami au visage de chérubin la demande en mariage et lui fasse mener la vie de loisirs qu'elle méritait, avait craqué une demi-heure plus tôt et était au bord des larmes.

Smith retourna à son bureau et regarda l'écran de son ordinateur. Il n'avait écrit qu'une ligne : « Quirk & Quirk est une des plus vieilles agences de communication de la City, à la réputation… »

Tout en lui rappelant méchamment qu'il avait la gueule de bois, cette phrase se moquait de son manque de professionnalisme et le mettait au défi d'écrire une ligne de plus sans penser aux événements de la veille.

Son estomac se rebiffa. Smith s'assura que James ne l'observait pas, et fit ce qu'il faisait toujours quand il était au bord de la panique : il prit un magazine et se dirigea vers les toilettes.

Assis sur le trône, le magazine sur les genoux, il revécut son lundi soir. Quelle nuit ! Quelle nuit inattendue ! Et quel foutoir ! Il lissa ses cheveux et se massa le visage avec délices.

Que devait-il faire maintenant ? Tout ça était horriblement gênant. Il n'était pas habitué à ce que les filles prennent l'initiative des opérations. Avant Cerise, avant d'avoir renoncé aux autres femmes, c'était lui le séducteur. Il se sentait coupable, comme s'il avait trompé Cerise. Il s'était gardé pour elle pendant cinq ans et voilà qu'il avait tout gâché – en un instant. C'était très flatteur, et il avait adoré ça ! Chaque instant. Mais il ne pouvait pas laisser les choses continuer ainsi. Il pria Dieu que Jem regrette aussi ce qui s'était passé, qu'elle préfère tout oublier. Sinon ? Il faudrait lui dire ce soir que tout ça n'avait été qu'une terrible erreur. Mais ensuite ? Oh, merde ! la vie dans l'appartement serait intenable. Jem serait obligée de déménager et il lui faudrait trouver un autre colocataire. Qu'allait-il bien lui dire ? Qu'allaient-ils faire ? Quel con de ne pas y avoir songé plus tôt !

En se regardant dans la glace au-dessus du lavabo, il trouva qu'il avait une sale gueule. Et il fallait qu'il ponde ce texte. À vrai dire, il mourait d'envie de faire irruption dans le bureau de James, de taper du poing sur la table et de crier : « Désolé, James, mais j'ai ma vie et je me fous de la bonne réputation de Quirk & Quirk. Écris-le toi-même, espèce de sinistre chieur, moi je rentre à la maison ! » Mais il n'en ferait rien.

Il respira à fond et retourna dans l'enfer étouffant qui lui servait de bureau. Dans un état d'agitation extrême, James appuyait sur tous les boutons du fax. Ses cheveux dressés sur son crâne lui donnaient l'air d'une vieille perruche.

— Diana, Diana, pourquoi cette foutue machine ne marche pas ?

— Vous avez appuyé sur la touche « Envoyer » ? demanda-t-elle d'un ton fatigué.

— Bien sûr ! Quelqu'un peut-il s'en occuper, j'ai autre chose à faire !

Dès qu'il eut tourné les talons, Diana lui fit une grimace. En s'avançant vers le fax, elle remarqua que Smith était revenu.

— Quelqu'un vous a appelé en votre absence, une fille. J'ai collé un message sur votre écran.

Smith le déchiffra : *Jem a téléphoné – merci pour hier soir et elle aimerait boire un verre avec vous ce soir. Rappelez-la.*

Son cœur bondit dans sa poitrine, et il sentit son cou s'empourprer.

Oh, merde ! Et maintenant ?

7

— Bonjour, Stella !

Jem était fatiguée, avait la gueule de bois et des poches sous les yeux.

— Bonjour, Jem, tu es superbe ce matin. Sans doute ton nouveau rouge à lèvres. Il te va très bien.

— T'es gentille.

Ridicule ! Jem se sentait moche.

Jem et Stella travaillaient depuis trois ans dans une agence de casting, et chaque matin, sans faute, Stella lui débitait un compliment inédit. Jem avait calculé qu'en tenant compte des vacances, cela faisait cinq compliments par semaine, soit deux cent quarante par an ou encore un total impressionnant de sept cent vingt éloges, tous différents.

— Comment ça s'est passé hier soir ? demanda Stella de sa voix doucereuse.

Elle s'était penchée sur le bureau de Jem avec son air de martyr comme si elle attendait depuis six heures du matin que Jem arrive pour pouvoir lui poser cette question.

Stella avait trente-six ans, mesurait un mètre quatre-vingt-deux, et n'avait jamais couché avec un garçon. Ses cheveux, toujours courts et peu fournis, étaient de la couleur des vieux journaux jaunis et se terminaient par des bouts frisottés, vestiges de sa dernière permanente. Elle portait le même eye-liner bleu pâle d'un bout à l'autre de l'année, qui ne faisait qu'accentuer l'aspect larmoyant de ses yeux ronds. Et comme elle n'avait aucune vie personnelle, elle se repaissait des histoires que Jem voulait bien lui jeter en pâture.

— Comment s'est passé l'examen des yeux de ta sœur ? demanda-t-elle d'un air soucieux. Et comment s'en sort ton amie Lily avec son nouveau petit ami ? (Elle ne connaissait pas Lily.) Et, finalement, quelle couleur de papier peint ta mère a-t-elle choisie ? (Elle ne connaissait pas la mère de Jem.) Ah, le bleu canard ! C'est ravissant !

Jem aurait aimé pouvoir dire qu'elle appréciait Stella, qu'elle avait un faible pour elle, qu'elle trouvait le temps long quand elle s'absentait, mais c'était faux. Elle lui cassait les pieds, et, un matin comme celui-là, où une migraine carabinée lui vrillait le crâne, elle devait faire appel à toute sa bonne éducation pour ne pas l'envoyer paître.

— Oh, je te remercie, tout s'est bien passé, répondit-elle en se forçant à sourire.

— Tant mieux, approuva Stella, ravie que la soirée de la veille se soit déroulée au mieux. L'appartement te plaît toujours ?

— Oh, oui, il est vraiment super. Merci.

J'en ai marre de faire semblant, se dit Jem.

Heureusement le téléphone de Stella sonna et Jem soupira, soulagée. En voyant défiler dans son esprit quelques scènes de la veille, elle se sentit rougir légèrement. Smith lui avait acheté des fleurs, et pas n'importe quelles fleurs : des pivoines, ses favorites. Quand il lui avait tendu le bouquet en lui disant « Merci d'avance pour ce dîner ! », elle avait compris que c'était *lui*. Plus tard, elle avait regardé les deux hommes et l'évidence lui avait sauté aux yeux. D'un côté, Smith, l'air quelque peu soucieux, était en costume gris bien coupé avec une chemise lilas pâle et une cravate. De l'autre, Ralph portait le pull gris informe qu'il ne quittait jamais et des caleçons longs peu seyants et assez indécents.

— Puis-je vous aider ? avait demandé Smith tandis que Ralph était retourné au salon et avait repris place en face de la télévision pour regarder *EastEnders*.

Au score, Smith l'emportait par 2 à 0.

Enfin, ils avaient commencé à dîner. Les odeurs de lait de coco, d'ail, de coriandre avaient envahi l'appartement ainsi que l'arôme presque divin du riz thaï. Ralph et Smith étaient proches de l'extase.

— Je n'ai jamais rien mangé d'aussi bon de ma vie, avait déclaré Ralph.

— C'est encore meilleur qu'au restaurant, avait renchéri Smith.

Après quelques bouteilles de bière pour briser la glace, après les compliments d'usage sur la bouffe, Jem avait dû ramer pour alimenter la conversation. Elle les avait donc incités à parler d'eux.

Elle apprit ainsi que Smith avait été agent de change jusqu'à ce qu'il se rende compte qu'il risquait d'y laisser sa santé. Il avait donc accepté de gagner moins pour s'occuper dorénavant de communication financière. Toutefois, d'après un rapide calcul, il devait encore gagner environ quatre fois le modeste salaire de Jem. Après l'université, il avait vécu chez ses parents à Croydon, puis il avait habité pendant huit ans sur Almanac Road à l'époque où la Bourse rapportait des sommes folles. Il avait pu acheter l'appartement de Battersea quand le quartier n'était pas encore à la mode. Ralph l'avait rejoint presque immédiatement.

Ralph était un artiste, ce qui surprit Jem. Elle avait une idée préconçue des artistes et Ralph n'entrait pas dans ce cadre. Elle s'était demandé ce qu'il pouvait bien faire car il avait l'air de ne jamais sortir de l'appartement. Ça faisait des mois qu'il n'avait pas tenu un pinceau, se contentant de faire des illustrations sur son Mac pour subvenir à ses besoins en bière, cigarettes, drogues, et se payer d'éventuels taxis. Son avenir et sa future carrière ? Il n'avait pas envie d'y penser. Il avait été le plus brillant élève de l'École royale des beaux-arts de Londres, et les critiques et collectionneurs avaient remarqué son exposition de fin d'études. Jem avait vu dans un album que Ralph lui avait montré des extraits de presse de l'époque, des photos en noir et blanc de « l'artiste », des articles où il était question de « génie », de « talent exceptionnel », de « phare de sa génération ». Quelques expositions lui avaient rapporté des sommes folles, puis les choses s'étaient calmées. De « nouveaux phares » l'avaient remplacé. Ces dernières années, il avait dû se contenter d'accrocher ses toiles dans des halls d'hôtel ou des bars de la City.

— J'aimerais beaucoup voir vos œuvres, avait demandé Jem. Vous en avez ici ?

— Ouais, Ralph, montre-nous ta peinture, avait insisté Smith.

Puis, se tournant vers Jem, il avait ajouté :

— Je vis avec ce type depuis huit ans et je n'ai jamais vu ce qu'il fabrique dans son studio. Pas même un Polaroid. Rien. Que dalle ! Montre-lui ton book de fin d'études.

Ralph s'était levé en râlant.

Il avait rapporté un grand album noir qui s'était ouvert sur une double page intitulée « Ralph McLeary », illustrée par un tableau, *Sables mouvants 1985*.

Jem ne connaissait pas grand-chose à la peinture moderne et ne s'y intéressait guère, mais cette toile l'avait émue immédiatement. La page suivante comportait *Gaz nocifs et ultraviolets 1985* et un tableau plus petit, *Violents orages électriques 1985*.

Les peintures étaient abstraites mais riches en couleurs et, malgré leur aspect plat et unidimensionnel, Jem avait senti toute l'énergie qui en émanait.

— Ralph, c'est formidable, vraiment…

Elle avait cherché des adjectifs qui ne seraient pas trop naïfs :

— … dramatique, puissant, presque effrayant. En général je n'aime pas l'art contemporain. Mais vos tableaux sont épatants.

— C'est gentil.

Comme malgré lui, Ralph avait apprécié les compliments. Il avait refermé le book :

— De toute façon, vous nous avez assez posé de questions. Parlez-nous de vous !

Ce que Jem détestait faire. Mais elle avait parlé de Smallhead Management, l'agence de casting où elle travaillait depuis trois ans, et de sa promotion de secrétaire à manager junior. Elle avait appris auprès de Jarvis Smallhead les ficelles du métier ; ce patron extravagant semblait placer de grands espoirs en elle. Elle avait raconté les mini-drames et les conflits quotidiens qu'elle vivait au contact d'une brochette de comédiens névrosés et de divas. Elle leur avait fait le portrait de la pauvre Stella, avec sa passion démesurée pour tout ce qui touchait à Jem, avait évoqué son excentrique de mère, son père souffrant et son enfance de rêve dans une petite maison du Devon. Elle leur avait expliqué que son nom était le diminutif de Jemima et qu'avant d'emménager avec eux, elle avait vécu chez sa sœur Lulu dans un grand appartement à moitié meublé de Queenstown Road. Elle en était partie quand le petit ami de Lulu et ses trois enfants avaient envahi les lieux.

Ils avaient continué à bavarder pendant que Smith débarrassait (Smith : 3 – Ralph : 0). Plus elle observait Smith, plus elle en avait la certitude. C'était le plus calme des deux, le plus mesuré. À table, il se tenait plus droit ; il contrôlait mieux son rire et il y avait en lui quelque chose de vulnérable, une certaine tristesse, une sorte de solitude, qui séduisit Jem. Ralph était plus marrant et lui ressemblait sans doute davantage, mais elle se sentait plus proche de Smith malgré sa réserve.

Son choix fait, elle savait qu'il ne lui serait pas difficile d'entraîner Smith dans une liaison amoureuse. Pourtant, elle n'avait pas prévu que les choses iraient aussi vite.

Vers onze heures, Ralph avait quitté la table, fait un baisemain maladroit à Jem en la remerciant mille et une fois pour ce dîner, le meilleur de sa vie. Puis il était allé se coucher, laissant Smith et Jem en tête à tête.

Elle n'avait pas perdu de temps.

— Vous croyez au destin ? avait-elle demandé en roulant un joint sur la table en sapin.

— Pardon ?

— Vous savez, rien n'arrive par hasard, les événements et les rencontres sont prédestinés. Comme le fait que je sois ici ce soir. Si j'avais trouvé une chambre qui me plaise la semaine dernière, je n'aurais pas visité la vôtre. Je serais assise dans une autre cuisine, en train de parler à quelqu'un de totalement différent, et j'ignorerais votre existence et celle de ce charmant appartement. Sauf que ce n'est pas tout à fait exact.

Elle cessa de parler le temps de trouver un ticket de métro dans son sac pour fabriquer son pétard. Que pouvait-elle dévoiler à Smith ?

Où veut-elle en venir ? s'était demandé Smith en essayant de se concentrer sur ce qu'elle disait.

— Ça va vous paraître cinglé, mais promettez-moi de ne pas me prendre pour une dingue !

Smith attrapa une bouteille de tequila.

— C'est promis.

— Écoutez, depuis que j'ai douze ans, j'ai ce rêve qui revient sans arrêt…

— Ouais…

Il lui avait servi un verre en songeant qu'elle était bien mignonne.

— … L'image d'une maison haute sur une rue en courbe avec un appartement en sous-sol et quelques arbres. J'avance dans cette rue et, en regardant dans un de ces appartements en contrebas, j'aperçois un homme dans un canapé, le dos à la fenêtre ; il fume en parlant à quelqu'un que je ne peux pas voir. Il a l'air souriant, heureux, relax, et j'ai envie d'entrer. L'appartement semble chaleureux et accueillant, et je suis persuadée que je dois habiter là.

Elle avait fait une courte pause avant d'ajouter dans un éclat de rire nerveux :

— Vous croyez que je suis dingue ? Vous allez me virer ?

Smith retint le sourire qui se formait aux coins de sa bouche. Il ignorait où cette conversation allait le mener, mais il se sentait dans l'obligation de la poursuivre :

— Non, vous n'êtes pas folle. Je trouve ça plutôt extraordinaire.

— Ce n'est pas tout ! Ça va vous paraître trop gros… Oh, je ne sais pas si je dois vous le dire…

Smith l'avait dévisagée intensément :

— Je vous en prie, continuez. C'est absolument fascinant.

— Il n'y a pas que l'appartement. Il y a aussi l'homme. Dans mon rêve, je dois vivre avec l'homme du canapé – c'est mon destin. Vous vous rendez compte ?

Smith n'avait aucune idée de ce qu'elle racontait mais elle devenait de plus en plus mignonne et accessible. Soudain, il se vit tenant le visage de Jem entre ses mains, embrassant ses pulpeuses lèvres rouges… Mais il pensa à Cerise, l'imagina en train de dormir dans ses draps en satin ivoire, son visage idéal à peine enfoncé dans son oreiller. Elle se tournait dans son sommeil, s'étirait et se contorsionnait légèrement. Sa poitrine parée de dentelle se gonflait doucement au rythme de sa respiration et son drap glissait, révélant une jambe bronzée et parfaite. Elle soupirait en se tournant, un long et profond soupir, puis elle replongeait dans le sommeil…

— Vous croyez que je suis folle, c'est ça ? Merde ! Je m'en doutais. Je n'aurais rien dû vous dire.

La tête baissée, les yeux au sol, Jem se tordait les mains.

— Comment ? Mais pas du tout. Désolé, je pensais à autre chose.

Smith lui avait adressé un beau sourire. Il voulait toujours l'embrasser, et tout d'un coup, ça ne lui parut pas impossible. Il leva son verre et lui fit signe de l'imiter.

— Allons, à votre santé ! avait-il dit en la regardant avaler l'horrible liquide qui la fit grimacer.

— Beurk !

— Beurk !

Ils n'avaient rien dit pendant un moment, regardant dans leur verre, se jetant de brefs coups d'œil, attendant que quelque chose se passe.

— Smith, j'espère que vous ne me trouverez pas trop effrontée, mais j'ai terriblement envie de vous serrer dans mes bras. Qu'en pensez-vous ?

Avec un sourire forcé, elle lui avait ouvert les bras.

Quelle étreinte ! On aurait dit deux personnes qui se retrouvaient après une longue absence. Lorsqu'elle nicha sa tête contre le torse de Smith, Jem sentit le courant qui passait entre eux deux. Elle respira profondément, et dans l'odeur qui la submergea, elle retrouva cette impression de justesse, de sécurité, de destinée qu'elle avait en rêve. En mille fois mieux, car cette fois-ci, tout était bien réel.

Smith l'avait tenue serrée contre lui, surpris par le plaisir charnel de cette étreinte. Il y avait si longtemps, bien trop longtemps, qu'il n'avait eu un contact de cette qualité. Il avait oublié le plaisir que c'était de tenir quelqu'un dans ses bras, de partager la chaleur de son corps, sans pour autant se sentir gêné. Il avait toujours cru que ça lui arriverait avec Cerise, mais les choses se déroulaient autrement. C'était délicieux. Jem était délicieuse.

Ils étaient restés ainsi pendant ce qui leur avait semblé être des heures, étroitement enlacés, la tête de Jem contre le torse de Smith, le menton de Smith posé sur la tête de Jem, à respirer profondément, à soupirer, à laisser leurs sentiments secrets circuler de l'un à l'autre : un échange silencieux entre deux personnes à la recherche de choses différentes mais qui les trouvaient au même endroit.

8

Ralph n'arrivait pas à le croire. Pas une seconde. C'était inacceptable, ahurissant, grossier... et incroyable. La fille n'était là que depuis quelques minutes et Smith la sautait déjà. Il la baisait! Il se l'envoyait! Incroyable!

Comment était-ce arrivé? Ils étaient tous les trois en train de bavarder, de rire, de briser la glace, de devenir amis, oui, en toute égalité, puis Ralph était allé se coucher – et ensuite? Comment le vieux Smithie s'était-il débrouillé pour la fourrer dans son lit et la sauter en un temps record? Est-ce que Jem était une sorte de nympho qui allait d'appart en appart pour se faire ses colocataires – ce qui lui évitait de se payer des taxis pour rentrer chez elle? Quel bordel!

Le lendemain matin, Ralph avait attendu dans son lit que les deux autres vident les lieux pour aller aux toilettes. Il n'avait pas envie de tomber sur eux. Finalement, Smith avait décampé à huit heures et Jem à neuf heures.

Pourtant, ce n'était pas le genre de Jem, une fille plutôt bien élevée et convenable. La veille, pendant le dîner, il l'avait trouvée absolument charmante. Quel plaisir de voir une fille jolie, drôle, intelligente, qui buvait sa bière à la bouteille, aimait le curry autant que lui, qui savait parler et surtout écouter. Sa réaction devant ses tableaux l'avait à la fois ravi et flatté. Ses talents de cuisinière l'avaient émerveillé et son goût pour la nourriture épicée l'avait enthousiasmé. Il avait adoré ses histoires sur sa famille et sur les gens de théâtre. Il avait été séduit par sa manière de faire des moulinets avec ses mains, à l'italienne, et par ses grimaces. Elle était vraiment différente. Absolument unique.

Alors, qu'est-ce qui avait pu pousser une jolie fille comme elle dans le lit de cette andouille de Smith ? Il y avait de quoi perdre son latin ! De quoi être jaloux !

Dans la cuisine, Ralph but un litre d'eau du robinet. Par la fenêtre, il vit le ciel uniformément gris balayé par une pluie fine. Ce temps affreux et sa gueule de bois ne l'incitaient pas à traverser Londres pour se rendre à son atelier plein de courants d'air et infesté de rats.

Et si tout ce qu'elle avait écrit dans son journal n'était que des foutaises, et si elle avait eu envie de Smith dès le début ? songea-t-il. Et s'il s'était passé quelque chose entre eux quand elle était venue visiter l'appart alors qu'il était au téléphone dans sa chambre ? Peut-être que l'atmosphère avait été érotique depuis l'arrivée de Jem et qu'il ne s'était aperçu de rien, tel un pauvre connard complètement aveugle ? Peut-être que le dîner n'avait été destiné qu'à Smith (quelle horreur !) et qu'ils avaient dû patienter toute la soirée qu'il aille se coucher, se regardant avec impatience chaque fois qu'il ouvrait la bouche et pensant : « Ralph, tire-toi ! merde ! »

Ralph se sentit ridicule.

Pendant cinq ans, il avait subi les jérémiades de Smith au sujet de cette horrible bonne femme du dessus, cette morveuse, cette snobinarde qui ne savait même pas que Smith existait. Mais il avait suffi qu'une fille sympa mette les pieds dans l'appart et s'intéresse vaguement à lui pour qu'il la saute. Sans avoir à lever le petit doigt. C'était vraiment le comble de la paresse !

Ralph entendit le courrier atterrir sur le paillasson et alla le ramasser. Un chèque d'une agence de voyages – 450 livres ; de quoi effacer le découvert qui n'avait fait qu'augmenter à sa banque. Ralph ne se rappelait plus la dernière fois que son solde avait été créditeur. Il déposa le chèque sur la table de l'entrée – il ferait un saut au guichet un peu plus tard. La porte de la chambre de Jem était entrouverte. Le souvenir du passage alléchant du journal qu'il avait lu la veille lui fit oublier ses bonnes résolutions et ses principes pour laisser libre cours à sa curiosité. Il poussa la porte et chercha le précieux volume. Il y trouverait peut-être une explication aux étranges événements de la veille.

La pièce était en désordre et une maigre lumière rose filtrait à travers les épais rideaux. Le lit était défait, preuve que Jem avait regagné sa chambre pendant la nuit. Ralph alluma une petite lampe en forme d'étoile. Il trouva le journal le plus récent sous la table de nuit, avec ses prédécesseurs.

Sans le vouloir, il aperçut son reflet dans le miroir, l'image d'un voyeur !

Il portait son caleçon long gris et un chandail à col en V qui laissait apparaître quelques poils de son torse et un collier rapporté de Bangkok. Ses cheveux, courts mais ébouriffés, laissaient apparaître deux zones de calvitie. Ses yeux bleus étaient quelque peu éteints ce matin, comme toujours quand il avait bu. Mais dans l'ensemble, il n'était pas encore trop mal pour un type de trente et un ans qui ne faisait aucun sport et fumait un paquet de Marlboro sans filtre par jour.

Sans prétention aucune, il était content de ne pas être laid – la vie était suffisamment compliquée comme ça sans avoir en plus à se faire du souci pour son physique. Il ne grossissait jamais et n'avait pas perdu les muscles qu'il avait développés en travaillant sur un chantier à vingt et un ans. Perdre ses cheveux ne le dérangeait pas. Ses soins capillaires se résumaient à une visite chez le coiffeur qu'il fréquentait depuis l'époque de ses études et à qui il demandait toujours la même coupe standard. Et ses copines l'habillaient. Surtout celles qui bossaient dans les relations publiques pour des maisons de couture et qui avaient des prix partout. Le pull qu'il portait lui avait été offert par Claire, une fille aussi ravissante qu'ennuyeuse, obsédée par les sacs et maîtresse d'un chien baptisé Valentino. Quelques semaines après leur rupture, il avait été scandalisé de voir le même pull en vitrine à 225 livres. Une fortune ! Pourtant, il avait continué à le porter cinq jours par semaine sans jamais le faire nettoyer. Il était maintenant parsemé de brûlures de joint et dégageait une odeur pestilentielle de curry, de cendrier plein et de transpiration.

Ralph n'avait pas l'habitude de s'étudier – c'était désagréable et vaguement déroutant. Il se détourna du miroir et ouvrit les portes de l'armoire.

Le plancher était jonché de chaussures, des tonnes de chaussures, toutes de petite taille. Plates ou à talons, et toutes usagées. Jem ne devait pas être du genre à faire des achats sans réfléchir. Ses chaussures étaient de vieilles connaissances.

Ses vêtements dénotaient un choix très éclectique : des tons marron, rouges, verts, des dessins à fleurs, des matières comme le velours, la soie, le daim. Il en émanait un parfum plutôt agréable, mélange de café, d'huile de cuisine, de feu de bois et de nourritures épicées. Un résumé de la vie quotidienne de Jem. Ralph sortit une robe particulièrement jolie qui descendait jusqu'à la cheville, en crêpe georgette, imprimée de petites roses rouges, avec de fines bretelles et une cascade de petits boutons dans le dos. Il imagina Jem dedans, les cheveux piqués de fleurs, son abondante poitrine pigeonnante : elle courait pieds nus sur la pelouse d'une propriété imaginaire, telle une poupée aux joues roses du temps de la Renaissance.

Non, non et non ! Ralph s'obligea à cesser de divaguer. Il n'était pas venu pour renifler les affaires de Jem ni pour écrire des romans à l'eau de rose. Il n'était pas venu pour tomber amoureux d'elle. Jem n'était pas du tout, mais pas du tout son genre. Elle n'était ni blonde, ni plate, ni cool, ni arrogante, ni obsédée par les marques, ni lectrice de *Elle*, ni débutante, ni buveuse de vin – pas du tout son genre.

Passons aux choses sérieuses, se dit-il. Voyons ce qui se trame ici. Hier, j'étais dans la course, et même en tête de la course. Hier, j'étais « en forme », « sexy » et « amusant ». Hier, j'étais l'objet des rêves étranges et mystérieux de Jem. Hier, j'étais son « type ». Un jour plus tard, je me retrouve dans le décor.

Soudain, son avenir se dessina ; il n'avait rien de folichon : Jem et Smith seraient inséparables ; il lui faudrait les entendre faire l'amour pendant des heures, ou alors, vautré dans son fauteuil, il les regarderait flirter sur le canapé. Ils décideraient de se marier et, après le dîner de fiançailles, Smith viendrait lui annoncer timidement qu'il devait déménager. Il finirait dans la rue, tel un SDF (car trouver quelqu'un d'aussi cool que Smith à propos des retards de loyer serait impossible), des voyous mettraient le feu à son carton tandis qu'il serait dans les vapes, affalé sous une porte cochère…

Pourquoi lui avait-elle préféré Smith ? Qu'avait-il fait pour la dégoûter ? Était-ce l'odeur qu'il laissait dans les toilettes ? Le fait qu'il ne s'était pas assez occupé d'elle ? Que, contrairement à Smith, il n'avait pas proposé de l'aider dans la cuisine ? Elle avait dû évaluer le salaire de Smith – et ça lui avait plu. Et puis Smith, ce salaud lèche-cul, lui avait acheté des fleurs ! Voilà. Les filles adorent les fleurs. Mais il aurait pu y penser le premier ! Pourquoi Smith alors que c'était lui qu'elle avait choisi au départ ? Il ne lui avait pas plu ? Smith possédait un appartement, il avait un bon job et plein de pognon, il n'avait pas besoin d'une petite amie ! En plus, il était déjà amoureux. Ralph ressentit des relents de jalousie rance à en avoir la nausée.

Le cœur battant, ses bonnes résolutions et ses principes envolés, il s'assit sur le lit et prit le journal du haut de la pile. Il commença à le lire à la première page, depuis janvier 1996, quand Jem vivait ailleurs. À ce moment-là, elle n'existait pas pour lui, il n'avait pas encore fait sa connaissance.

L'heure du déjeuner passa. Ailleurs, les gens qui étaient au boulot sortaient de leurs bureaux, allaient faire du shopping, mangeaient des sandwichs, achetaient l'*Evening Standard*, se baladaient en ville en costume-cravate. Ralph poursuivit sa lecture.

Au milieu de l'après-midi, les gens qui étaient au boulot téléphonaient, participaient à des réunions, actionnaient des machines à café, flirtaient devant la photocopieuse, savaient qu'ils seraient payés à la fin du mois. Ralph continua à lire.

Vers six heures, il referma le journal, le remit à sa place, tapota la couette, éteignit la lampe et quitta la chambre. Assis à son bureau, il alluma une Marlboro et la fuma en attendant le retour de Jem et de Smith.

9

— Qu'est-ce qu'elle fiche là ? demanda Siobhan d'une voix aussi décontractée que possible.

Elle ne voulait surtout pas que son ton trahisse son manque de confiance en elle, sa jalousie, sa nervosité. Cette fille était trop bien roulée, trop saine, trop exubérante : tout ce que Siobhan n'était plus depuis des années. En plus, elle avait des cheveux ravissants.

C'était la fête d'adieu de Karl au Sol y Sombra : un pot organisé par ses élèves – certains suivaient ses cours depuis cinq ans – pour lui souhaiter bonne chance dans son nouveau job.

— C'était une de mes étudiantes, je ne te l'avais pas dit ? répondit Karl en buvant une bière à la bouteille.

Sûrement pas.

— Je ne crois pas, enfin, je ne m'en souviens pas.

Siobhan se dit que Cerise n'était pas le genre à apprendre le rock, mais plutôt à faire de l'aérobic dans un gymnase où elle transpirerait à grosses gouttes.

— Elle danse superbement, tu sais. Elle a été ma partenaire quand tu n'es plus venue.

— Ah bon !

La jalousie serra le cœur de Siobhan, ce qui était rare chez elle. Allons, continue à sourire, se dit-elle. Ne lui montre pas que tu es jalouse.

— Tu ne la supportes pas, hein ? demanda Karl à brûle-pourpoint.

— Oh, je ne sais rien d'elle. Elle ne me paraît pas très sympa, c'est tout. Pas mon genre. Elle ne passerait pas le « test du zinc ».

Karl connaissait ce test. La manière de Siobhan de déterminer si une fille lui plaisait ou pas. Elle s'imaginait être dans un café avec la candidate. Si elle pouvait envisager de partager avec elle deux bières et un paquet de chips tout en papotant, la fille était agréée. Sinon, elle rejoignait le lot des « c'est pas mon genre ».

— Eh bien, elle ne me plaît pas non plus.

Tu parles !

— Ah, je croyais que tu l'aimais bien.

— Non, Shuv, tu avais raison. C'est une garce égoïste. Je ne l'avais pas invitée. Une des élèves a dû le faire.

— Et pourquoi as-tu changé d'avis ?

Siobhan mourait de curiosité. Karl n'exprimait jamais d'opinion tranchée sur les gens et il n'était pas du genre à refuser d'inviter quiconque à une fête, ni à traiter des filles de « garces égoïstes ».

— Je ne sais pas. Je suis d'accord avec toi, rien de plus. Elle a un truc qui me débecte. J'ignore quoi exactement.

En fait, Karl était furieux. Il avait dit à cette petite salope de ne pas venir et elle l'avait promis :

— Pourquoi viendrais-je à un verre barbant avec des gens barbants ? Ne t'en fais pas. Amène ta grosse – elle n'aura rien à craindre, promis.

Et voilà qu'elle était venue, sur son trente et un, en fourreau noir décolleté dans le dos. Elle buvait de la bière dans un verre et draguait ce pauvre Joe Thomas, un modeste employé de banque toujours en sueur qui portait des lunettes rondes et se mettait trop de gomina dans les cheveux. À vouloir cacher son excitation, il risquait de faire une crise cardiaque !

Karl avait oublié qui avait fait le premier pas. Bien sûr, il avait remarqué Cerise – tous les hommes la remarquaient. Mais la terre était peuplée de femmes « remarquables » ; si on entamait une liaison vouée à l'échec avec chacune d'entre elles, on ne s'en sortirait pas. Comme il ne draguait pas, c'est Cerise qui avait dû commencer.

Un jour, il l'avait rencontrée par hasard devant la porte d'entrée de leur immeuble. Elle cherchait sa clé. Comme il revenait d'un cours de danse, il portait ses vêtements des années 1950. Elle lui avait demandé s'il revenait d'un bal costumé, et en apprenant qu'il animait un cours de rock, elle lui avait confié qu'elle était danseuse : jusqu'à l'âge de vingt ans elle avait même reçu une formation classique, mais elle adorait le rock'n roll, que son père lui avait enseigné dès ses cinq ans. Karl l'avait invitée au Sol y Sombra et elle était venue. En y repensant, vu le genre de fille que c'était, il était évident qu'elle avait dû le draguer comme une folle, mais il ne s'était aperçu de rien.

Ce n'est qu'en dansant avec elle qu'il s'était rendu compte qu'il tenait autre chose dans ses bras qu'une simple danseuse. En fait, il n'avait jamais eu une partenaire aussi extraordinaire. Son passé de ballerine ajoutait beauté et grâce aux différentes figures : elle était comme une poupée obéissante, déliée, aussi légère qu'une plume, terriblement féminine. Dans le rock, l'homme était le meneur, et elle suivait les mouvements de Karl comme si elle lisait dans ses pensées, avec enthousiasme et détermination, toujours souriante.

Karl avait été subjugué. Au point de n'en rien dire à Siobhan en rentrant le soir – non parce qu'il se sentait coupable, mais parce qu'il aurait piqué un fard en parlant d'elle. Siobhan aurait voulu savoir pourquoi, et il serait devenu plus rouge encore. Il avait donc trouvé inutile de semer le doute dans son esprit pour rien. Il n'avait rien caché non plus. Apparemment, Siobhan n'avait jamais regardé par la fenêtre au moment où il rentrait de son cours en compagnie de Cerise, et comme il n'y avait aucune chance que les deux femmes deviennent copines, Siobhan n'avait rien su.

Ce qui avait permis à Karl de bien compartimenter sa vie quand sa relation avec Cerise était devenue plus charnelle. Il s'était figé sur place quand elle l'avait embrassé pour la première fois. Bien sûr, il en rêvait vaguement depuis des semaines, mais de là à ce que ses rêves se réalisent…

— J'aimerais t'offrir une bière, lui avait-elle proposé un soir.

Ensuite, au moment de partir, elle avait dit :

— J'ai envie d'un autre verre. Que penses-tu d'une tequila ?

— Et encore une autre, dit-elle quand la première fut avalée. Laisse-toi aller !

Elle l'avait persuadé, enjôlé, et finalement, il avait accepté. Après la troisième tequila, l'atmosphère s'était détendue, Karl s'était mis à rire. Soudain, Cerise avait pivoté sur son tabouret, ses belles jambes croisées haut, ses paupières baissées. Elle s'était rapprochée de lui et, le fixant droit dans les yeux, l'avait embrassé. D'abord doucement, dans l'attente qu'il réponde fougueusement à son baiser.

— J'ai une passion pour les danseurs, avait-elle avoué en regardant alternativement ses lèvres et ses yeux.

Et, lui mordillant les lèvres, elle avait ajouté :

— Surtout les danseurs irlandais à la bouche si douce.

C'est alors qu'il l'avait embrassée et Cerise avait triomphé.

Ils s'étaient embrassés longuement, avec passion. Karl avait enlacé Cerise tout en poussant des grognements d'animal.

— Allons dans le bureau, avait-il gémi en cherchant la clé dans sa poche.

Ils avaient titubé jusqu'à la petite pièce qui sentait le renfermé et le tabac froid.

Cerise avait laissé tomber sa légère robe d'été dans un geste expérimenté, et avait souri en voyant l'expression de Karl quand il l'avait découverte, nue, piquante et attirante. Il s'était déshabillé maladroitement, sans la quitter des yeux.

— Mon Dieu, ce que tu es belle ! avait-il murmuré en enfilant un préservatif.

En cinq minutes tout était terminé. Vite fait, mal fait. Karl était en nage, le pantalon autour des chevilles, les mèches tombantes.

— Bon Dieu, bon Dieu, avait-il répété en jouissant. Puis il avait remonté son pantalon.

— On crève de chaud, avait-il ajouté en lui tendant sa robe. Je vais me laver les mains.

Les choses auraient dû en rester là. Mais, pour Cerise, ce n'était pas terminé. Elle l'avait séduit et dévoyé, et il ne s'était pas montré suffisamment reconnaissant. Et ça l'avait chagrinée.

En fait, il ne réclamait jamais plus qu'elle ne lui donnait et encore, sans montrer beaucoup d'enthousiasme. Elle avait été obligée d'insister pour qu'il monte chez elle un week-end où Siobhan était absente. Elle avait fait le ménage de fond en comble, préparé un dîner aux chandelles, mis un disque de Frank Sinatra, le chanteur favori de Karl. La musique résonnait dans tout l'appartement. Elle avait changé les draps et disposé des fleurs. Pour rien ! L'étreinte avait duré plus longtemps, dans des conditions plus confortables. Il avait moins transpiré. Mais c'était resté purement mécanique et, après avoir avalé son dîner, Karl était redescendu chez lui pour regarder la télévision tout seul.

Pourquoi les choses avaient-elles duré si longtemps ? Karl n'en avait qu'une vague idée. Sans qu'il comprenne vraiment pourquoi, Cerise lui faisait un peu peur. Sa vacuité, sa froideur l'effrayaient et il s'était dit que s'il rompait, elle le lui ferait payer cher. Elle en avait tant fait pour le séduire, pour lui donner envie d'elle, qu'il n'avait pas osé se rebeller. Et s'il avait été honnête, il aurait reconnu que cette peur agissait sur lui comme un aphrodisiaque.

Il avait toujours cru qu'il ne tromperait jamais au grand jamais Siobhan. Non seulement ça lui paraissait impensable mais ridicule. Tout comme il n'avait jamais songé qu'il pourrait avoir une liaison torride avec une bimbo – ce qu'était Cerise, une nana pas très futée, avec des jambes qui n'en finissaient pas, des seins superbes et un vrai talent de danseuse.

Il savait qu'il ne représentait rien pour Cerise, comme la majorité des hommes. Baiser n'avait été qu'une forme de danse, la conclusion naturelle d'une attirance sexuelle née dans le rock. Ils dansaient si bien ensemble qu'il leur avait semblé évident que leurs parties de jambes en l'air seraient aussi réussies.

Mentir à Siobhan n'avait pas posé de problème à Karl, même quand il revenait directement du Sol y Sombra où il s'était tapé Cerise, alors que la transpiration lui collait encore à la nuque et que la marque de la capote était encore visible. Il ne rougissait plus alors qu'il avait maintenant quelque chose à se reprocher. Bizarre, non ? Après avoir passé sa vie à rougir sans raison, il réussissait désormais à rester de marbre devant sa fidèle compagne de quinze ans, alors que sa queue était encore humide de la jouissance de Cerise. Ironique, non ?

Il n'avait jamais songé qu'une fille comme Cerise puisse tomber enceinte. Sans âme, si froide, si stupide, si dépourvue d'émotion, si différente de ce qu'il attendait d'une vraie femme, comment pouvait-elle être fertile ? Cerise était une danseuse, pas une mère de famille. L'idée qu'un bébé puisse sucer le bout de ses seins si parfaits était ridicule, aussi stupide que de la voir pousser un landau ou changer des couches.

Aux yeux de Karl, c'était Siobhan la mère idéale. Elle avait les pieds sur terre, un cœur suffisamment gros pour s'occuper de toute la planète, et elle était bien vivante. Personne n'avait aimé Karl comme Siobhan, d'un amour aussi pur, aussi honnête, aussi simple. Elle n'était pas collante comme les femmes qui confondaient possession et grand amour. Elle n'avait jamais essayé de le changer ; elle l'aimait tel qu'il était, ce qui le comblait. Sauf qu'il adorait s'envoyer en l'air avec une fille désagréable et peu recommandable.

Coincé dans la même pièce que Cerise et Siobhan, Karl était mal à l'aise, d'autant que Cerise semblait avoir une idée derrière la tête. Elle se détourna un instant de Joe Thomas et, fixant Karl, s'avança vers lui et Siobhan, au grand regret de Joe.

— Salut ! Vous êtes bien Siobhan, non ? Je ne vous ai pas vue depuis des siècles. Vous ne sortez plus en ce moment ?

Elle tendit la main à Siobhan. Karl se crispa quand les deux femmes se touchèrent.

— Je vais regretter votre petit ami.

— Vraiment ? fit Siobhan gentiment.

— Oui, les mardis ne seront plus jamais comme avant, dit-elle en regardant Karl.

Sa bouteille de bière figée entre la table et ses lèvres, il était incapable de bouger d'un pouce, tel le témoin involontaire d'une scène atroce.

— Tu dois être si content ! Quand commences-tu ton émission ?

Karl se reprit, conscient de la sueur qui coulait le long de ses tempes :

— Lundi en huit, n'est-ce pas, Shuv ? dit-il.

— Exact. Il passe la semaine à la station de radio pour apprendre les ficelles du métier, tout le bastringue technique.

— Bonne chance pour l'avenir, Karl. De toute façon, j'allais arrêter de prendre des cours. Regarde, fit-elle en tendant sa main gauche, je vais me marier.

— Oh! Quelle jolie bague! s'exclama Siobhan en prenant la main de Cerise et en la tournant vers la lumière pour admirer le diamant.

— Elle appartenait à la mère de mon fiancé. C'était une des plus belles femmes du monde.

— Votre fiancé? C'est le grand blond? demanda Siobhan.

— Oh, non, celui-là, il s'appelle Martin. Jamais je ne l'épouserais. Non, c'est Giles. Je le connais depuis que j'ai dix-neuf ans. Il est très riche et travaille dans la finance. Il a une maison à la campagne, une propriété en Australie et un appartement dans les Docklands.

— Où habiterez-vous? Vous allez quitter Almanac Road?

— Non, je vais le garder comme *pied-à-terre*[1].

Elle eut du mal à prononcer le mot, puis elle ajouta en secouant ses cheveux et en riant :

— Tout le monde a besoin d'espace, non? Bon, excusez-moi, mais il faut que je parte. Demain, je dois essayer des robes et trouver une salle pour la réception.

Puis elle s'adressa directement à Karl :

— Mon manteau est dans le bureau. Pourrais-tu ouvrir la porte?

Cerise posa sa main sur le bras nu de Karl, qui sursauta légèrement. Il n'avait pas bougé depuis que Cerise les avait rejoints.

---

1. En français dans le texte.

— Euh, et si je te donnais la clé? proposa-t-il en fouillant ses poches.

— Je n'ai jamais su ouvrir cette serrure, ça t'ennuie de m'aider?

Elle avait un sourire enjôleur et un sourcil levé plus haut que l'autre.

Karl prit la main de Siobhan :

— J'en ai pour une minute. Attends-moi.

— Bien sûr.

Pourquoi était-elle si mal à l'aise en voyant Cerise et Karl se rendre ensemble dans le bureau?

Quelques minutes plus tard, Karl revint, le visage écarlate, l'air nerveux :

— Ça te dérange si on s'en va?

— Non, pas du tout. Qu'est-ce qui t'arrive? demanda Siobhan, soudain soulagée.

— Rien, j'en ai juste marre, répondit-il sans grande conviction tout en essuyant la transpiration qui perlait à son front.

Il était tellement furieux qu'il avait du mal à respirer. Cette petite salope qui passait de main en main, profitait de tout sans le moindre scrupule – vacances à Antigua, bagues de fiançailles, bébés –, qu'allait-elle foutre avec un type comme Giles?

Tout le monde la laissait faire : elle prenait tout ce qui lui passait sous la main sans rien donner en échange. Lui était différent. Il n'allait pas la laisser s'en tirer comme ça, se précipiter dans les bras d'un richard qui la comblerait de cadeaux jusqu'à la fin de ses jours. Surtout qu'elle était venue ce soir pour lui montrer qu'elle menait la danse, pour parader devant lui, lui prouver qu'elle pouvait s'envoyer en l'air avec lui, se faire avorter, et trouver malgré tout un gentil mari.

C'est pour ça qu'il avait agi ainsi dans le bureau. Il avait caressé son ventre, peloté ses seins parfaits d'une main moite jusqu'à ce qu'elle crie, puis l'avait embrassée violemment – leurs dents s'étaient entrechoquées – tout en caressant son sexe de son autre main. Elle s'était débattue en vain. Finalement, il lui avait balancé son manteau à la figure et avait ouvert grand la porte. Elle ne lui faisait plus peur.

— Rentre chez toi, espèce de pute. Si jamais tu t'approches de Siobhan…

Il tremblait si fort qu'il n'avait pas terminé sa phrase.

Oui, c'était une pute – qu'importe si elle portait une bague de fiançailles – et il avait voulu qu'elle se sente moche et sale en quittant le Sol y Sombra, et non pas cette future épouse vertueuse qu'elle prétendait être. En partant, elle semblait apeurée, avec son manteau serré contre elle, son rouge à lèvres qui avait coulé, sa robe froissée. Il avait détruit son petit rêve de mariage BCBG. Bien fait.

À la maison, quand il eut recouvré son calme, Karl demanda à Siobhan :

— Shuv, j'aimerais un bébé.

Il n'avait pas préparé sa phrase, elle était sortie toute seule. Mais il sut immédiatement qu'il avait eu raison : c'était ce qu'il désirait, plus que tout au monde.

— Oh, Karl, tu sais bien…, répliqua Siobhan d'une voix triste.

— Oui, je sais, ça sera difficile. Surtout pour toi. Mais essayons. Faisons les choses bien. J'ai maintenant les moyens – tu sais, avec mon nouveau salaire. Shuv, je t'en supplie, je désire vraiment que nous ayons un bébé.

Il tomba à ses genoux, lui saisit la main :

— Je t'en prie.

Il posa la tête sur ses cuisses.

Mal remise de l'incident au club, Siobhan ne s'attendait pas à ça. Ils n'en parlaient plus depuis des années, depuis que son gynécologue lui avait appris qu'une infection des ovaires l'avait rendue stérile. C'est pour cela qu'ils avaient acheté Rosanne. Elle était sûre qu'ils n'en reparleraient jamais. Un sujet mort et enterré.

— Et si le traitement ne marchait pas ? Ça peut prendre des années et des années, et j'ai déjà trente-six ans. Je suis peut-être trop vieille – ils n'aiment pas avoir affaire à des femmes trop âgées à cause des complications. Et puis ça nous occuperait tout le temps. J'ai vu des films à ce sujet. Ça risquerait de nous séparer et pour moi notre couple est plus important qu'un enfant. Je ne supporterais pas l'attente, la déception…

— Shuv, je t'en prie.

Siobhan regarda la masse de cheveux noirs et bouclés posée sur ses genoux, la nuque puissante, les larges épaules de Karl et sa chemise fleurie. Il avait replié ses jambes sous lui. Elle le sentait prostré et vulnérable.

Comme je l'aime, se dit-elle. Je n'ai jamais voulu que son bonheur, depuis le premier jour.

— Bon, admit-elle, nous verrons.

Karl la serra très fort et pressa sa tête contre son corps douillet.

— Merci, merci, merci, murmura-t-il.

Elle lui caressa les cheveux sans s'occuper de la gomina et, soudain, elle eut un peu peur.

10

J'aurais dû sortir, songea Ralph. Je n'aurais pas dû rester toute la soirée à les attendre. Claudia l'avait invité à un cocktail pour le lancement d'un nouveau parfum dont son agence s'occupait. Sûrement un cauchemar, mais il aurait profité du buffet et de l'alcool, aurait maté les jolies nanas du milieu de la comm'. Il en serait sorti ivre et aurait passé la nuit chez Claudia, laissant l'appartement aux deux autres. Au lieu de ça, il avait décidé d'être égoïste et de voir ce qui se passerait entre les deux nouveaux amants. Il avait guetté le bruit de la clé dans la serrure, prêt à les accueillir dans sa position favorite : les pieds sur la table basse, un joint tout roulé près de lui, une bière dans une main et la télécommande dans l'autre.

Vers neuf heures, lassé de tenir cette pose qui lui était pourtant naturelle, il avait décidé d'en changer : il était parti lire le journal dans la cuisine. Vers dix heures, il avait terminé le carnet du jour et les conseils de jardinage, échoué à trouver la moindre définition de mots croisés et n'en pouvait plus d'examiner les petites annonces pour cadres supérieurs. Serait-il jamais capable d'avoir un salaire de plusieurs millions *plus* une voiture de fonction *plus* un bonus ? La réponse était non, et ça l'avait déprimé.

Vers dix heures trente, il avait dû se rendre à l'évidence : Smith et Jem étaient quelque part ensemble. Il s'était fait un toast et avait pris une nouvelle pose : celle de l'homme allongé sur un canapé en train de téléphoner tout en grignotant un toast. Mais il n'avait personne à appeler.

Lorsque Jem et Smith rentrèrent enfin, il était dans sa position favorite avec bière, joint et télé. Les entendre glousser dans le vestibule le mit de très mauvaise humeur.

Ils avancèrent, tout sourire et hors d'haleine, jusqu'à la porte du salon.

— Alors mon pote, t'as eu une soirée chargée ? demanda Smith d'un ton sarcastique.

Mais Ralph ne trouva pas ça drôle :

— Oh, je devais aller à un des cocktails de Claudia, mais je n'ai pas eu le courage de voir toutes ces gonzesses. Je n'avais pas envie de me saouler après la nuit qu'on a passée. J'ai préféré rester tranquille. D'où venez-vous ?

Il avait posé la question pour être poli. Il n'avait aucune envie de savoir ce qu'ils avaient fait, il s'en fichait éperdument.

— On a juste bu un verre avec des copains de Jem et puis on a dîné, répondit Smith en posant sa main sur l'épaule de Jem.

Ralph se sentit rejeté.

— Vous avez raté une émission formidable sur les requins blancs diffusée par Discovery. En ouvrant le ventre d'un de ces requins, ils ont trouvé les restes de quatre plongeurs ainsi que leurs bouteilles d'oxygène.

— Oh, merde ! Quelle horrible mort, commenta Smith.

Ralph devina qu'il se moquait totalement des requins blancs : il regardait Jem en caressant ses cheveux.

— Quelqu'un a besoin de la salle de bains ? demanda Jem. Je vais me démaquiller.

Elle écarta doucement la main de Smith sans la lâcher. Ralph l'observa avec une certaine tendresse.

J'en sais des choses à ton sujet, aurait-il voulu lui dire. J'ai passé ma journée dans ta tête et je suis au courant de tout. Je connais tes pensées depuis ces dix derniers mois. Je sais où tu as été, ce que tu as mangé, j'en sais bien plus que Smith. Tu n'es pas sortie une seule fois de toute l'année dernière, tu n'as pas fait l'amour et tu as résisté aux avances de ton ami Paul.

Tu manges du curry deux fois par semaine.

Malgré tes grands airs, tu doutes souvent de toi et parfois tu te détestes. Tu crains le jugement des autres, tu es susceptible, parfois parano, et quand tu es d'humeur joyeuse tu as peur d'énerver les gens.

Tu n'as pas parlé à ta mère depuis deux ans et tu le regrettes.

Tu souffres de syndromes prémenstruels mais tu es réglée comme du papier à musique. La constipation t'inquiète, ce qui t'amène à avaler un kilo d'All-Bran à ton petit déjeuner.

Tu as eu des hémorroïdes en juin dernier.

Tu crois que tu as une double personnalité car tu peux trouver les gens horribles tout en étant gentille avec eux.

Tu as choisi Smith parce qu'il t'a apporté des fleurs. Ton rêve t'a conduite à croire que Smith était l'élu. J'aurais dû faire un peu plus d'efforts, m'habiller plus soigneusement, proposer mon aide. Si seulement j'avais été moins cavalier et si je n'étais pas allé me coucher... Et tu as eu tort, Jem : ce n'est pas Smith. Qu'il t'ait acheté des fleurs n'a été qu'une coïncidence. C'était moi qui étais assis dans le canapé quand tu as regardé par la fenêtre et c'est avec moi que tu devrais être.

Mais comment le lui dire sans avouer qu'il avait été assez minable pour lire son journal ? En observant Jem, il la trouva différente de la personne qui avait quitté l'appartement ce matin même. Il s'était introduit dans sa tête, dans ses pensées. Il la connaissait mieux que Smith, qui avait passé la soirée avec elle et ses amis et qui avait couché avec elle. Il connaissait ses secrets et ses rêves. Il avait une folle envie d'être près d'elle.

— Je t'en prie, vas-y. Je ne compte pas me coucher tout de suite, dit-il.

— Vas-y la première, fit Smith en prenant Jem par la taille.

— Bon, alors bonne nuit, Ralph, à demain.

— Tu ne m'embrasses pas ? demanda-t-il en se levant du canapé.

Il avait tellement envie de la toucher, lui aussi.

— Pourquoi pas ? accepta Jem avec un sourire. Alors bonne nuit, Ralph, répéta-t-elle en l'embrassant sur la joue.

— Dors bien, Jemima !

— Alors, qu'en penses-tu ? demanda Smith dès qu'elle eut quitté la pièce.

— De quoi ?

Ralph n'avait aucune envie de discuter du coup de bol de Smith.

— De Jem, bien sûr! Qu'en penses-tu? De moi et de Jem? Allons, tu n'es pas aveugle, non?

— Oh, elle est très sympa.

Devant la mine déconfite de Smith, Ralph comprit qu'il devait développer :

— Elle est ravissante, elle a de jolis cheveux. Je te félicite, mon vieux, je suis ravi pour toi.

Smith ne trouva pas ce compliment suffisant :

— Ce n'est pas ce que je te demande. Ce que je veux savoir, ce n'est pas si elle te plaît, mais ce que tu penses de... nous?

— Merde, que veux-tu que je te dise? Elle vient de débarquer! Elle est sympa, elle me plaît. J'espère seulement que tu sais où tu mets les pieds, vu tes derniers coups de cœur. Tu as un peu trop précipité les choses... Tu te rappelles Greta? Au bout de quinze jours, tu lui as demandé sa main, et tu as été tout étonné qu'elle prenne ses jambes à son cou! Et l'horrible Dawn, celle dont tu es tombé amoureux le premier soir, et qui s'est ramenée ici avec ses affaires dès le lendemain. Il a fallu que *je* la vire à ta place! Et cette Polonaise que tu as présentée à tes parents au bout d'une semaine, et qui a piqué leur magnétoscope et leur ordinateur portable pour acheter de la coke à son petit ami! Et...

— C'est bon, j'ai compris, mais cette fois-ci c'est différent. Jem n'est pas comme les autres. J'ai changé. C'est pour ça que c'est formidable. Je ne vais pas tomber amoureux d'elle, je me contrôle parfaitement. Ce soir, je voulais lui dire que je ne voulais pas continuer, j'avais décidé de lui parler de Cerise. Et puis j'ai réfléchi. Pourquoi ne pas m'amuser pour une fois, pourquoi ne pas baiser? J'avais oublié comme c'était agréable, et je le mérite, non? Elle est extra, elle me plaît vraiment. Pour une fois, je maîtrise la situation. Je suis plus vieux et j'ai du plomb dans la tête. Je ne recommencerai pas les mêmes bêtises. Je m'amuse, conclut-il en voyant l'air sceptique de Ralph.

— Tu ne lui as donc pas parlé de Cerise, de ton obsession pour cette femme inaccessible?

— Bien sûr que non! Tu plaisantes ou quoi? Je n'ai pas envie de tout foutre en l'air, à ce stade. Elle me trouve formidable, elle croit que je suis l'homme de ses rêves! Elle me l'a dit hier soir. Écoute-moi bien : elle pense que l'appart lui est apparu en rêve et que je fais partie de sa destinée. C'est tordant, non? De toute façon, Cerise n'a rien à voir là-dedans; c'est ma femme idéale. J'ai patienté assez longtemps, il faut que j'avance dans la vie. Et puis, si elle s'aperçoit que je peux me passer d'elle, que j'ai une petite amie qui m'idolâtre, il est possible qu'elle me voie sous un jour différent. Et que je l'attire davantage.

Le visage de Smith s'illumina à cette idée.

— Mais un jour, tu diras la vérité à Jem, non? Elle a le droit de savoir le genre de saligaud que tu es.

— Promis! Comme tu as avoué à Claudia tes nombreuses aventures! rétorqua Smith sachant pertinemment que Ralph ne lui avait rien dit.

— C'est différent. Je ne suis pas amoureux de Claudia. Elle n'a rien besoin de savoir.

— Ah! Qui parle d'amour? Je crois que tu mets la charrue avant les bœufs, là! C'est même ce qui est fantastique. Pour la première fois, je suis avec une fille pour qui je compte plus qu'elle pour moi. Tu te rends compte comme c'est agréable ! Et comme elle habite ici, inutile de lui téléphoner pour prendre rendez-vous, je l'ai sous la main ! Ça, mon vieux, c'est le pied !

Ralph ravala la bile qui montait dans sa gorge. Il prit une cigarette et tenta de changer de conversation :

— Bon, alors ne fais pas trop de bruit, d'accord ? Je dois me lever de bonne heure demain et je ne veux pas entendre vos hurlements toute la nuit.

— Tu charries ! Je supporte bien Claudia la Reine des Emmerdeuses depuis six mois. Je t'assure que Jem est parfaitement discrète en comparaison des cris de ta mégère. Tu sais, il y a des tas de filles bien dans le vaste monde. Rien ne te force à sortir avec un cauchemar comme Claudia.

— Écoute, je ne veux pas jouer les trouble-fête, mais toutes les filles sont épatantes au début. Claudia semblait idéale : « Je ne veux pas d'obligations, pas de grandes promesses, j'ai juste envie de m'amuser. Ça ne me gêne pas si tu sors avec ton ex ce soir, tant pis si tu annules un dîner avec moi, je suis une grande fille, très cool. » Et regarde ce qu'elle est devenue... Fais gaffe, Smith, elles sont toutes pareilles.

En entendant la porte de la salle de bains se refermer, Smith se leva et s'étira :

— Ouais, tu verras ! fit-il. Quand tu la connaîtras mieux, tu te rendras compte que Jem n'est pas comme les autres. Tu l'aimeras bien, toi aussi.

— Non, elle n'est pas mon genre, répondit Ralph en se forçant à sourire. Et de toute façon, je croyais que parler d'amour était interdit.

Après le départ de Smith, Ralph se retrouva comme il avait été pendant toute la soirée – seul. Et il se sentit perdu. Tout allait changer. Depuis des années, les choses se déroulaient agréablement, sans heurts, sans soucis. Désormais sa vie allait être bouleversée, comme ses rapports avec Smith, ses finances, son train-train, ses habitudes. Surtout, son cœur allait en prendre un sacré coup.

11

— Écoute, j'aime bien cette musique, ne me fais pas dire le contraire. C'est très classique. Mais j'ai cinquante-trois ans, presque plus de poils sur le caillou, des responsabilités de patron de radio, trois gosses, une Land Rover et des brûlures d'estomac; c'est normal que cette musique me plaise, non? Euh, euh... Bon, tu vois où je veux en venir?

Jeff, directeur des programmes de Radio Centrale Londres et nouveau boss de Karl, toisa ce dernier d'un air supérieur et quelque peu méprisant. L'air de dire : « Il y a une foule de gens qui m'attendent pour me parler budget et grille et j'aimerais t'engueuler un bon coup et que tu dégages. Mais comme tu es nouveau ici, il faut que je sois gentil avec toi. »

— Euh, euh, tu me comprends, Karl?

Arrête avec tes « euh », songea Karl.

— Les gosses n'ont pas envie d'entendre Al Green ou Jerry Lee Lewis – moi, si, mais pas eux. Tu comprends? Euh, euh...

Karl se sentit soudain dans la peau de l'invité à une fête costumée qui est le seul à ne pas être déguisé. On l'avait engagé à Radio Centrale pour passer une large sélection de musique, des succès de la semaine à Tom Jones. C'était cet éclectisme qui avait plu à Jeff lorsqu'il avait vu Karl à un mariage où il faisait le disc-jockey, et l'avait amené à le préférer à tous les autres DJ qui se démenaient depuis des années dans des radios de bleds inconnus. Karl connaissait la musique et n'était pas seulement un boute-en-train. Radio Centrale cherchait quelqu'un qui respectait les auditeurs et qui avait un goût parfait. Un type qui serait capable de faire de son nom un symbole de qualité : si c'était dans l'émission de Karl Kasparov, c'était forcément bien.

Auto-Mobile profitait d'un public captif, des auditeurs bloqués dans leur voiture, à l'inverse des programmes du début de la matinée pendant lesquels les gens se brossaient les dents, préparaient le petit déjeuner de leurs enfants, faisaient l'amour, etc. Quant aux émissions du milieu de journée, les gens se contentaient d'une vague musique de fond, avec beaucoup de pop et de fun.

Auto-Mobile était une émission différente : elle passait à une heure où les gens voulaient se détendre après une dure journée de boulot. Ils ne voulaient ni d'un DJ qui leur tape sur les nerfs ni d'une musique barbante.

Karl, avec son mélodieux accent irlandais, son sens de l'humour décapant et sa connaissance de la musique, avait séduit les grands manitous.

Et voilà que deux mois après l'avoir engagé, ils lui disaient qu'ils s'étaient trompés, que les taux d'écoute étaient en chute libre. Les critiques professionnels adoraient son programme, mais le public désertait.

— Euh, euh… il faut que tu prennes plus de coups de téléphone d'auditeurs, que tu interviewes des stars, des personnages pittoresques, que tu racontes des blagues et surtout que tu passes plus de chansons populaires. Euh, euh…

Jeff composa un numéro :

— Rick, tu as une minute, coco ? Je suis avec Karl et on discute de son émission, euh, euh. On aurait besoin de ton avis, de tes super conseils. Tu peux passer maintenant ? Formidable, coco.

Il s'adressa de nouveau à Karl :

— Tu connais Rick, le producteur ? Il s'occupe de l'émission de Jules. Bref, il est génial, plein d'idées et de peps. Et d'un drôle ! Je veux que tu passes un peu de temps avec lui, que vous bavardiez beaucoup ensemble. Dès que tu as un moment de libre ici…

Jeff cessa de parler pour fouiller le tiroir du haut de son imposant bureau en mélamine rose vif avant d'en extraire un gros trousseau de clés. Il fixa Karl d'un air triomphant.

— … et à Glencoe, en Écosse, poursuivit-il. J'ai une maison là-bas, une vieille chapelle presbytérienne qui a été transformée. C'est complètement paumé et ma-gni-fi-que-ment situé au bord d'un loch. À cette époque de l'année, il y a des couchers de soleil absolument fantastiques ; face à ça, on se sent vraiment peu de chose. Un tel paysage vous ramène à la réalité…

Il réfléchit un moment en silence, puis fit claquer ses mains sur son bureau. Karl sursauta.

— Et je veux que vous alliez là-bas ce week-end, toi, mon pote Rick, vos compagnes, et que vous vous amusiez, euh, euh ! Vous allez vous saouler, oublier vos soucis, vous détendre, apprendre à vous connaître, faire un peu de brainstorming, rire et faire rire vos compagnes. Tu as des enfants, Karl ?

Karl fit non de la tête.

— Bon. Enfin, Sue te donnera l'itinéraire et l'argent qu'il faut pour acheter de l'alcool et tout ce dont tu as envie... Oui, c'est une bonne idée... achète de la drogue. Je veux que tu reviennes avec la tête pleine de nouvelles idées pour notre jeune public, euh, euh... Et emporte des vidéos sympas. Ah ! Voici Rick !

Jeff se leva :

— Rick, mon producteur favori. Karl, mon pote, je te présente Rick de Largy.

Karl pivota sur sa chaise.

— Heureux de te connaître. J'adore ton émission, dit Rick depuis le seuil en lui tendant la main.

Il était superbe, pas d'une façon voyante, mais juste très beau. Karl comprit soudain ce que les femmes ressentaient face à des mecs magnifiques. En écoutant Jeff et ses « euh, euh », Karl avait imaginé que Rick était un ringard, avec des dents de travers, un pull horrible, trop de cheveux et le visage bronzé aux UV. Même son nom faisait bidon. Mais Rick était élégant : chemise de coton blanc, jean bien coupé, chaussures sans doute cousues main. Son visage aux traits harmonieux était encadré par des lunettes en métal et ses cheveux couleur champagne, courts sur la nuque et sur les côtés, étaient épais et ébouriffés sur le sommet du crâne. Il devait avoir le même âge que Karl mais il était pétant de santé. Il rayonnait. Moi qui croyais que seules les femmes rayonnaient, se dit Karl.

— Vous deux, vous allez devenir très vite de grands amis, affirma Jeff en se calant derrière son bureau. Et maintenant, si on allait déjeuner ?

Il éclata de rire et serra la main de ses deux interlocuteurs :

— On va parler de la façon dont Rick va faire de Karl l'homme le plus marrant d'*Auto-Mobile*.

Marrant ? Karl crut que son cœur s'arrêtait de battre. Il ne s'était jamais senti aussi peu drôle. Sa vie conjugale était en miettes. Les choses avaient changé depuis l'incident du Sol y Sombra. L'atmosphère d'amour qui régnait dans leur petit nid avait disparu sans qu'il sache pourquoi. Pourtant, le contraire aurait dû se produire – Cerise était sortie de sa vie, Siobhan et lui avaient des projets, il allait débuter une carrière fantastique, tout serait différent et neuf.

Ce soir-là, il s'était couché le premier; Siobhan s'était assise sur le bord du lit et s'était déshabillée rapidement. Elle avait fait glisser son top par le haut, ses cheveux étaient retombés sur ses épaules et il avait eu une folle envie d'elle. Non pas de prendre son plaisir vite fait bien fait, mais d'explorer chaque recoin du corps de Siobhan, comme il le faisait quand il était plus jeune. Il avait effleuré ses cheveux et enroulé une mèche épaisse dans sa main. La boucle avait brillé dans la semi-pénombre et il s'en était caressé le visage – on aurait dit du satin –, et sa consistance soyeuse avait gonflé son désir. Il avait serré la taille de Siobhan et glissé sa main jusqu'à ses seins. En gémissant, il avait posé sa tête contre son dos et respiré le parfum de son corps sans cesser de pétrir doucement sa poitrine. Les bouts s'étaient durcis, tels deux petits obus.

Pendant des années, Siobhan et lui s'étaient livrés à de folles joutes amoureuses. Ce soir-là, il désirait plus qu'un jeu. Chacun de ses muscles avait frissonné de désir quand il avait allongé Siobhan sur le dos et qu'il s'était couché sur elle. De ses cheveux, il avait fait un éventail délicatement posé sur l'oreiller – elle ressemblait à un archange peint par Titien. Il avait embrassé sa chevelure, son front, ses joues roses et pleines, le lobe de ses oreilles, son cou – oh, comme il aurait aimé sentir sous sa langue ses lèvres, ses doigts, chaque recoin de son corps. Il avait à nouveau gémi en glissant son visage entre les seins de Siobhan, son nez enfoui dans la zone humide au creux de sa poitrine. Après avoir longuement humé son odeur, il l'avait léchée. Sur le point de jouir, il avait senti Siobhan se dégager légèrement :

— Karl, Karl, je t'en prie…

Sa voix lui était parvenue comme un écho tandis qu'elle avait posé ses mains sur ses épaules.

— Karl, arrête… je n'ai pas envie.

Sans l'écouter, Karl s'était empressé de sucer ses seins.

— Karl, arrête ! Dégage ! avait-elle crié en le repoussant de toutes ses forces.

— Comment ? avait-il hurlé, qu'est-ce qui ne va pas ?

Karl s'était recroquevillé sur le bord du lit et il avait dû se retourner pour regarder Siobhan qui, elle, n'avait pas changé de position. Elle sanglotait en silence, et de grosses larmes coulaient sur son visage écarlate et sur l'oreiller.

— Je n'ai pas envie, Karl, c'est tout…

— Tu n'as pas envie de quoi, Siobhan ? Dis-le-moi, bon Dieu !

— Je… je ne sais pas.

Elle avait essuyé ses larmes qui continuaient à couler.

— Tu ne veux pas que je te fasse l'amour, c'est ça, hein ?

— Je ne sais pas, Karl, je suis désolée.

— Bon, eh bien si ça t'est égal, je vais aller me branler !

Il s'était enfermé dans la salle de bains après avoir claqué la porte.

Siobhan avait vu s'éloigner le corps nu de Karl, ce corps encore jeune, aux muscles du dos bien dessinés, aux fesses rondes et fermes. Un corps qu'elle connaissait par cœur, qu'elle avait adoré pendant des années, qui l'avait comblée et maintenant, en le regardant disparaître derrière la porte, elle sanglotait.

Avait-elle raison de croire à son intuition ? Elle ne savait pas exactement quel était le problème, mais ça tournait autour de cette fille qu'elle avait vue au Sol y Sombra, la blonde du dessus, celle qui allait se marier. En sa présence, Siobhan s'était sentie laide, intimidée, triste. Elle avait eu peur de l'avenir, comme si quelque chose avait changé à tout jamais.

Elle aurait voulu en parler à Karl, mais elle n'y était pas parvenue. Comment lui expliquer qu'elle s'était refusée à lui parce qu'elle avait pensé qu'il aurait préféré faire ça avec Cerise ? Que pendant qu'il la caressait, elle s'était imaginé qu'il rêvait de cette fille, de tenir dans ses bras le corps ferme et bronzé de Cerise plutôt que sa chair informe.

Elle avait remarqué la façon dont il regardait Cerise, dont il avait rougi comme quand il était à l'université. Que s'était-il passé dans le bureau pour qu'il ait eu cet air paniqué en revenant ? C'était sûr, il avait envie de Cerise. La faute à son nouveau job. Comment un DJ

107

à succès se contenterait-il d'une femme grosse, pares-
seuse et velue ? Désormais, il lui fallait de la passion,
des stars de Hollywood, du bruit et de la fureur.

Assis sur le trône, il devait sans doute penser à Cerise
et, laissant éclater sa frustration, jouir en prenant plus
de plaisir qu'en faisant l'amour avec cette pauvre loque
de Siobhan.

À ses yeux, elle avait dû cesser d'être une femme.
Tout devenait donc logique : après tant d'années, il
voulait soudain un enfant d'elle afin qu'elle devienne
une mère et cesse d'être une amante. Les filles jeunes
étaient bonnes pour baiser ; les femmes grosses et
laides étaient destinées à rester à la maison, à faire des
enfants et à grossir encore plus. Leurs poitrines étaient
tétées par des goinfres de bébés puis leurs seins se
desséchaient et pendaient comme des outres vides. Et
pendant qu'elle, Siobhan, s'occuperait de son enfant,
il sauterait ses groupies qui l'attendraient à la sortie
de Radio Centrale, trop heureuses de s'envoyer un DJ
célèbre.

Puis la porte s'était ouverte doucement et Karl était
entré sur la pointe des pieds :

— Shuv, regarde ce que je t'ai apporté !

Un poids avait atterri sur le lit et Siobhan avait
senti une petite langue lui lécher le visage. L'odeur
de la chienne avait rempli la pièce. Siobhan avait pris
Rosanne dans ses bras et pleuré jusqu'à ce que ses
larmes se tarissent. Karl avait posé sa main sur l'épaule
de Siobhan :

— Shuv, je suis désolé, je ne voulais pas claquer la
porte ni crier. J'étais si... enfin, je voulais tellement te
faire l'amour. Shuv, je t'en prie, parle-moi, dis-moi ce
qui te perturbe.

Siobhan ne lui avait pas répondu.

— Je t'aime, avait murmuré Karl, j'ai besoin de toi.

Un lourd silence s'était installé entre eux, fait de douleurs incomprises et de pensées secrètes.

12

Jem avait remarqué que les hommes tombaient amoureux rapidement. Les grandes déclarations ne mettaient pas plus d'une semaine avant de surgir. Quand elle était plus jeune, elle était tellement choquée par ces serments d'amour qu'elle y répondait par un vague acquiescement. Hélas, à chaque rendez-vous, elle devait subir les mêmes assauts verbaux. Elle avait vite appris que devancer le « Je t'aime » par un ferme « Ne sois pas idiot, tu n'es pas amoureux de moi » ne faisait que décupler la passion du jeune don juan.

Aussi, ça ne l'embêtait pas plus que ça qu'il ne lui ait pas encore dit qu'il était amoureux d'elle au bout de deux mois de relation. Il n'avait pas besoin de le faire, c'était évident. Pour Jem, c'était une preuve de plus qu'il était l'Unique. Tout était facile, décontracté. Il ne lui faisait aucune demande, ne lui mettait aucune pression.

Comme c'était agréable ! Il ne l'embêtait pas avec de grands serments, avec des déclarations surfaites, des cadeaux, des marques d'amour merdiques. Il ne lui disait pas qu'elle était la femme la plus extraordinaire, la plus sexy, la plus formidable. Ce registre, elle l'avait suffisamment entendu. Surtout, elle savait que cette sorte de dévotion n'était jamais gratuite. L'amoureux, peu sûr de lui, devenait vite jaloux et possessif.

Jem se rendait compte que bien des femmes auraient trouvé son attitude incompréhensible. Elles étaient légion à rêver d'un homme qui remarquerait les paillettes d'or de leurs yeux, le duvet blond de leur nuque, la finesse soyeuse de leur peau ; un homme qui les caresserait, les cajolerait, les câlinerait, les adorerait, leur jurerait fidélité pour l'éternité, les placerait sur un piédestal, les couvrirait de pétales de rose. Tout en ne cessant de les regarder dans le fond des yeux pour ne pas rater une miette de leur incomparable beauté.

Pas Jem. Rien que d'y penser, ça la rendait malade.

Bien sûr, la première fois, elle avait adoré ! D'autant que c'était arrivé à la fin d'une adolescence difficile, alors qu'elle était persuadée qu'elle resterait vierge et malaimée jusqu'à la fin de ses jours. Il s'appelait Nick et il était plutôt beau gosse, avec une mâchoire puissante et un merveilleux sourire. Lui aussi avait eu une enfance difficile et, à dix-neuf ans, il s'était résigné à rester puceau. Puis il avait rencontré Jem.

L'amour de vacances typique, ponctué de piqueniques et de films, de soirées à boire de la bière et d'heures passées à se peloter dans la voiture maternelle. Et voilà qu'après avoir empêché pendant des années les garçons de mettre leur main dans sa culotte, elle avait eu follement envie de découvrir la virilité de Nick.

Cet été-là, le jour même des dix-huit ans de Jem, ils avaient enfin sauté le pas. Et contrairement aux confidences ultérieures de ses copines, cette première séance avait été magique et ne les avait déçus en rien. Ils étaient tombés follement amoureux l'un de l'autre.

Tout était parfait et Jem planait.

Mais un soir, trois semaines plus tard, tout avait changé. Elle en était à sa troisième bière et discutait avec un type bruyant à une fête bruyante quand Nick avait débarqué. Il s'était avancé jusqu'au bar et avait regardé dans la salle à la recherche de sa précieuse Jem. En la repérant, son visage s'était illuminé, et il avait foncé sur elle, les bras grands ouverts :

— Tu m'as tellement manqué, mes potes m'ennuyaient. Je voulais juste être avec toi.

Il l'avait prise dans ses bras et avait enfoui sa tête dans ses cheveux.

Jem avait *essayé* de lui sourire, *essayé* de lui rendre la pareille, d'être embrasée par la passion, mais sans succès. Au contraire, elle s'était sentie étouffée, piégée, compromise. Après ça, Nick lui avait semblé différent. Ils n'étaient plus sur la même longueur d'onde. Jem n'arrivait pas à retrouver l'amour facile et dévorant des premières semaines.

À la rentrée, elle s'était inscrite à l'université de Londres et lui était parti faire ses études à Newcastle. Au début, ils s'étaient retrouvés pour des week-ends agréables, mais peu à peu ça s'était détérioré. Nick passait des heures à la bombarder de questions – qui étaient ses nouveaux amis, qu'avait-elle fait, qui avait-elle embrassé avant qu'ils se connaissent... Un jour il s'était mis à sangloter sans raison et sans fin :

— Je suis allé à Newcastle dans le seul but de me prouver que je pouvais me passer de toi, mais c'est impossible ! Absolument impossible ! Je ne peux pas vivre sans toi !

Quand il avait évoqué l'idée de revenir à Londres, Jem avait décidé que la coupe était pleine. Elle n'en pouvait plus.

Rompre avait été une douloureuse épreuve : il avait très mal réagi quand elle lui avait annoncé la nouvelle au téléphone. Il avait dépensé tout son argent de poche dans un billet d'avion – le train était trop lent –, l'avait cherchée dans le quartier des étudiants, allant de maison en maison. Il l'avait enfin trouvée dans un quartier insalubre où elle s'était cachée. Pendant trois heures dramatiques, ils avaient passé en revue chaque instant de leur histoire. Nick avait plaidé sa cause et n'avait renoncé que lorsque des SDF avaient envahi les trottoirs. Il était alors rentré chez lui.

Jason n'avait pas cru Jem quand elle lui avait dit qu'elle l'aimait aussi et réclamait qu'elle soit constamment à sa disposition, qu'elle le rassure sans arrêt sur son amour, et cela pendant dix mois, excepté les périodes où il disparaissait pour bouder, quand il croyait qu'elle le trompait. Danny avait exigé qu'elle rompe avec ses amis – quel besoin de voir d'autres gens alors qu'ils s'étaient trouvés ? Clem avait voulu l'épouser au bout de six semaines et fait une dépression quand elle avait refusé, prétendant qu'il ne voulait plus la voir car c'était trop pénible.

Finalement, il y avait eu Freddie, un saxophoniste plein de charme, formidablement drôle et sexy dont Jem avait été sur le point de tomber amoureuse. Il n'était pas un de ces « jeunes gens convenables » qu'elle avait appréciés jusque-là, pourtant elle était prête à lui livrer son cœur sur un plateau. Mais il l'avait devancée. En quelques semaines, il avait coupé ses longs cheveux frisés, troqué ses jeans et ses gilets pour des pantalons de toile et des chemises à carreaux, sérieusement envisagé de vendre son sax et de prendre un boulot de vendeur afin d'obtenir un emprunt pour acheter une maison et élever une famille.

Jem était stupéfaite. N'était-ce pas aux filles d'agir ainsi ? N'étaient-ce pas les femmes qui désiraient s'investir dans une relation, avoir des enfants et un nid confortable tandis que les hommes aimaient se saouler avec leurs copains, s'amuser et draguer le plus longtemps possible ? Ce n'était pas ce qu'elle avait connu. D'après son expérience, c'étaient les hommes qui rêvaient d'engagement et de sécurité. Sinon, comment expliquer que neuf fois sur dix, c'était son petit ami qui lui avait proposé de se marier ? Or, personne ne les avait forcés.

Jem avait également appris que les femmes qui désiraient conserver une certaine liberté, qui ne bavaient pas devant les vitrines des joailliers, qui ne s'évanouissaient pas d'envie en voyant un beau bébé dans une poussette faisaient peur aux hommes. Même s'ils râlaient contre ces défauts féminins, ils les rassuraient. Leurs pères, grands-pères, arrière-grands-pères étaient passés par là. Ils étaient en terrain connu ; c'était la tradition.

Mais aujourd'hui, tout était différent. Les règles étaient enfreintes et une soirée passée à boire avec ses potes n'était pas aussi jouissive quand on savait que sa compagne s'éclatait avec ses propres copines. Quel plaisir y avait-il à rentrer à une heure du matin fin saoul si elle rentrait une heure plus tard après s'être encore plus amusée ? À quoi bon lui faire espérer le mariage pendant des années si elle n'avait envie ni d'une bagouse, ni d'un bébé ? D'ailleurs, que voulait-elle au juste ?

Mais Smith n'était pas comme eux. Il était parfait. Il était heureux que Jem soit indépendante et qu'elle réussisse. Il était généreux, charmant, facile à vivre, affectueux. Elle n'avait jamais connu quelqu'un d'aussi affectueux. Il ne cessait de s'occuper d'elle, de l'embrasser sur le front, de lui tenir la main, de caresser sa nuque, de la prendre tendrement dans ses bras. Jem savait pourquoi. Lors de leur premier rendez-vous, il lui avait avoué qu'il était chaste depuis cinq ans. Cinq ans ! Encore un autre signe. Son abstinence était plus qu'une coïncidence. Il devait sûrement attendre Jem. Et elle était ravie de lui faire rattraper le temps perdu !

Il sentait bon, il était beau à voir, il s'habillait superbement, elle adorait être avec lui. Il ne lui cassait pas les pieds à lui parler de ses sentiments et de ses peurs, il lui laissait de l'espace, du temps. Et cerise sur le gâteau : il était assez riche pour lui offrir des dîners et des taxis sans qu'elle se sente entretenue !

Bon, ce n'était pas le genre de relation amoureuse dont elle avait rêvé dans son enfance : ils n'avaient pas eu droit au stade du flirt – les longues conversations tard dans la nuit en buvant des verres, les heures sans fin à s'admirer le nombril et à inspecter petits boutons et vieilles cicatrices, les interminables bavardages au téléphone qui semblaient trop courts, les pizzas dans les jardins publics par de froids après-midi d'hiver. Sans doute n'avaient-ils pas grand-chose en commun – elle avait raison pour le vin blanc et les restaurants chic. Mais ils étaient si bien ensemble. Ils n'avaient même pas besoin de se parler quand ils n'avaient plus rien

116

à se dire, sans en être gênés. Certes, Smith n'était ni très aventureux ni très spontané, mais Jem s'en fichait. Elle avait eu son lot d'idylles. Elle n'en voulait pas d'autres.

Et tant pis si Smith avait oublié de fêter le premier anniversaire de leur rencontre. Et le second, le mois suivant. C'était un changement bienvenu. Tant pis s'il ne remarquait pas qu'elle avait changé de coiffure ou qu'elle portait une nouvelle robe. Tant pis si cela ne l'embêtait pas qu'elle passe une soirée en tête à tête avec son ami Paul et tant pis encore s'il n'était pas jaloux de son passé. Elle était heureuse qu'il travaille autant et qu'il n'ait pas changé ses habitudes pour elle. Elle ne voulait pas qu'il s'occupe d'elle, qu'il s'accroche à elle, qu'il ait besoin d'elle. On l'avait regardée trop longtemps à la loupe. Maintenant, tout ce qu'elle voulait, c'était Smith.

13

Depuis deux mois, Ralph n'avait pas lu le journal intime de Jem. En tout cas pas le journal de l'année en cours. Il n'y était question que de Smith et encore de Smith. Comme si Ralph avait cessé d'exister du jour où elle avait couché avec Smith. Il avait espéré qu'elle ait parfois des doutes, qu'elle avoue que Smith n'était pas l'homme qu'il lui fallait, qu'elle s'était trop précipitée. Mais non. Elle était totalement aveugle. Elle aimait Smith, et son journal n'était qu'une suite de compliments écœurants, nauséeux et nauséabonds sur la perfection de Smith, le bonheur d'être avec lui, le super-pied qu'elle prenait avec lui.

Pourtant, Ralph continuait à passer de longs moments assis dans la chambre de Jem. Il adorait rester là. La pièce sentait bon et il se sentait en sécurité parmi les affaires de Jem; c'était un maigre pis-aller quand elle était absente.

Allongé sur le lit de Jem, il feuilletait un vieux carnet d'adresses, notant les petits cercles qui entouraient certaines dates : des fêtes ? des rendez-vous de boulot ? Des endroits qu'elle avait fréquentés ?

Il était deux heures de l'après-midi. Claudia n'était pas à Londres. Ses copains étaient avec leurs nanas ; une soirée solitaire en perspective pour lui. Déprimé, se sentant malaimé, il s'était rendu dans la chambre de Jem.

Il rangeait le carnet dans le tiroir du haut de la commode quand son attention fut attirée par la pile des journaux intimes. Jusqu'à maintenant, il avait résisté à la tentation de les ouvrir – ce qui lui avait procuré un sentiment de fierté, une meilleure image de lui-même. Il les regarda encore et encore. Non – pas touche ! Et puis merde ! Il saisit celui du bas de la pile, sans doute le plus vieux de tous. Une étiquette *1986* était collée sur la couverture. Il l'ouvrit à la première page et le papier fragile crissa sous ses doigts. Il commença sa lecture.

Ce n'est que six heures plus tard qu'il s'arrêta. Il en avait appris beaucoup. Sur l'adolescence de Jem, sur ses cheveux crépus qu'elle détestait, sur son teint anémique et sur sa petite taille. Sur sa peur des garçons aussi : alors que les autres filles se faisaient dépuceler, tombaient enceintes ou venaient en classe en arborant des suçons, elle traversait la rue pour ne pas croiser ce qui pouvait ressembler à un adolescent. Maladivement timide, manquant de confiance en elle, elle pleurait chaque soir dans son oreiller, persuadée qu'aucun homme ne voudrait d'elle car elle était trop laide. Son premier baiser datait de ses quinze ans et ç'avait été si désagréable qu'elle s'était essuyé la bouche pendant un quart d'heure pour en chasser le souvenir. Il faut dire que son partenaire n'avait rien pour inspirer l'amour.

Ensuite, elle était sortie avec une série de garçons très laids tout en essayant de rester vierge, jusqu'au jour où Justin Jones l'avait invitée. Chouchou de ces demoiselles, ce beau brun avait la fine fleur des lycéennes à ses pieds.

— Pourquoi moi ? avait-elle demandé, sachant pertinemment que des filles bien plus jolies qu'elle faisaient la queue pour marcher au côté de Justin.

— J'sais pas ! C'est pas tant ton physique que ton air en général. Ça me botte !

Ce drôle de compliment avait suffi pour injecter dans son esprit une dose de confiance en elle que tous les éloges de ses futurs soupirants n'égaleraient jamais. Il avait rendu hommage à sa *personnalité*. Flattée, Jem comprit qu'il lui suffirait dorénavant d'être elle-même. Elle était quelqu'un de séduisant, et tant pis pour les hommes qui ne s'en apercevraient pas.

Depuis, Jem avait connu une longue liste de types qui s'étaient conduits comme des idiots, l'étouffant de leur amour, lui demandant la lune. Jusqu'à Smith.

Ralph comprit enfin ce que Jem trouvait à Smith, pourquoi elle était amoureuse de lui : pas sentimental, il ne lui demandait rien et la laissait totalement libre.

C'était le comble de l'ironie : si Jem aimait Smith, c'était parce qu'il n'avait rien à foutre d'elle ! En réalité, il était comme tous les hommes. S'il se conduisait d'une façon si détachée, c'est qu'il en aimait une autre !

Ralph prit une bière dans le frigo, s'affala sur le canapé et chercha la télécommande dans le foutoir de la table basse. Il avait raté *Les Simpson*, et Sky diffusait une série de reality-shows sinistres où des gens manquaient se noyer dans des chutes d'eau en faisant du rafting ou étaient arrachés à des immeubles en flammes.

Puisque Smith allait à un cocktail, il était possible que Ralph soit seul avec Jem ce soir. Au lieu de s'arranger pour ne pas lui adresser la parole comme à son habitude, il faudrait sauter sur l'occasion pour la faire parler d'elle et en apprendre encore plus à son sujet. Il connaissait déjà ses peurs, son passé amoureux, ses besoins et ses rêves. Maintenant, il voulait la connaître mieux que quiconque.

Des voix féminines provenant de la rue le poussèrent à regarder par la fenêtre. C'était Jem, chargée comme un baudet de sacs à provisions – personne ne faisait autant de courses qu'elle –, qui discutait avec la pétasse du haut. Il tendit l'oreille pour essayer de les entendre mais en vain. Il sourit en songeant que l'inaccessible petite amie de Smith engageait si facilement la conversation alors que Smith, en cinq ans, n'avait pu lui soutirer un seul mot. Ralph se regarda dans la glace, ébouriffa ses cheveux courts et se rassit.

Quelques minutes plus tard, Jem jaillit dans le salon – elle débordait toujours d'énergie – enveloppée dans un grand manteau noir et une écharpe violet foncé en fausse fourrure.

— Je viens d'avoir une discussion très agréable avec la fille du dessus. Elle a l'air vraiment sympa, non ?

Ralph avait toujours trouvé Cerise insupportable, mais Jem était peut-être meilleure juge.

— Elle est danseuse, tu sais, poursuivit Jem. Elle a fait du classique jusqu'à ce qu'elle grandisse trop ; ce qui explique son maintien si élégant.

Pour Ralph, Cerise n'était qu'une pouffe qui prenait des airs.

— Tu fais quoi ce soir ?

Il se gratta la tête :

— Que dalle ! Un triste vendredi soir en perspective.

— Parfait. Comme mes copines m'ont laissé tomber, je me suis dit que j'allais faire un curry, boire plein de bière, fumer un joint et me coucher de bonne heure. Ça te tente de te joindre à moi ? Sauf pour la dernière partie du programme ! ajouta-t-elle en riant.

Quel merveilleux plan, songea Ralph, qui tenta de dissimuler son excitation :

— Ça me va parfaitement. Mais je ne serai pas d'une grande aide dans la cuisine, sauf pour te rouler un joint.

— D'ac !

Ralph eut du mal à ne pas sauter au plafond de joie.

— Voici ce que j'ai décidé, dit Jem après s'être changée (robe courte en jersey vert foncé sans manches et bas noirs épais). As-tu vu l'émission *Recettes pour débutants* ?

Ralph demeura sans réaction.

— Allons, bien sûr. Tu restes enfermé toute la sainte journée ! Elle est destinée aux gens comme toi, qui refusent de cuisiner sans même avoir essayé. Le chef prend deux nuls qui doivent le regarder pendant qu'il prépare un plat – pas terrible, mais enfin ce n'est pas la question. Tout célibataire devrait pouvoir cuisiner au moins un plat, et comme tu aimes le curry, je vais t'apprendre. Allez, debout !

Il prit la main qu'elle lui tendait, sourit et la suivit dans la cuisine, ravi de sentir sa petite main dans la sienne.

— Je croyais que tu avais dit que tu cuisinerais et que je roulerais les joints ?

— J'ai changé d'avis. Bon, comme tu le sais, il y a mille façons de préparer un curry. Ce soir, je vais faire un poulet « à la Jalfrezi », une recette très facile. Rien ne t'empêche de rouler un joint pendant que je parle. Tu peux mettre autant de piment que tu veux dans le curry. Moi je l'aime vert et très fort. J'ai les blancs de poulet, on les hachera plus tard, plein de coriandre, des piments verts monstrueusement forts – les gros n'ont aucun goût, fais gaffe. Tu me suis ?

— Oui, fastoche.

Il s'assit et étala de l'herbe sur une feuille. Comblé, il se demandait pourquoi aucune de ses ex ne lui avait appris à cuisiner.

— Tu peux acheter du curry en pâte tout fait, mais il vaut mieux le préparer toi-même, tu peux le doser à ton goût. Tu vois, je mets des tonnes de coriandre, du fenugrec en feuilles fraîches et en grains – sens-moi ça !

Un instant plus tard, Ralph hachait des morceaux de poulet et de l'ail, coupait des oignons en tranches. Il avait ingurgité des tonnes de curry dans sa vie sans avoir la moindre idée des ingrédients qui le composaient. Du beurre clarifié ? Du cumin ? Des feuilles de citron vert ? Il fut surpris de voir à quel point il s'amusait, faisant des suggestions, demandant à aider. Pour la première fois, il se détendit en compagnie de Jem. Ils bavardaient et riaient comme de vieux amis, chantaient en chœur et dansaient dans la cuisine.

Puis ils mirent la table et Ralph s'extasia devant ce curry qu'il avait contribué à cuisiner, d'autant qu'il était délicieux.

— Ralph, puis-je te poser une question ?

Sinistre préambule, songea Ralph.

— Sincèrement, que penses-tu de Smith et de moi ?

Mon Dieu, que dois-je répondre ? se demanda-t-il. J'ai envie de toi, j'ai envie de toi, voilà ce que je devrais te dire. Ça serait honnête. Smith ne te connaît pas aussi bien que moi, tu ne connais pas Smith comme moi. Vous ne devriez pas être ensemble et je suis mort de jalousie.

— Je vous souhaite beaucoup de bonheur !

Voilà ce qui s'appelait de la franchise !

— Alors, tu ne te sens pas exclu, vraiment ? Étant donné que tu as vécu si longtemps avec Smith, tu pourrais trouver que je m'impose, que je prends ta place ?

— Mais non, c'est très agréable de t'avoir ici.

Au moins c'était la vérité.

— Tu me le dirais si ça ne te convenait pas ? Je ne veux surtout pas que tu sois mal à l'aise chez toi.

— Je te promets, tout va bien. Smith n'a pas été avec une fille depuis si longtemps que je suis soulagé, en quelque sorte. Il n'a jamais été aussi heureux, c'est grâce à toi.

Mais tu me rendrais encore plus heureux.

— Ah, je suis ravie de l'entendre. Tu ne devais pas sortir avec Claudia ce soir ?

Claudia, quelle Claudia ? Quel brutal changement de sujet ! Ralph dut faire un gros effort pour se rappeler qui était Claudia et pourquoi il ne la voyait pas.

— Ah, oui, elle est à Paris ce week-end. Pour un défilé de mode, je crois.

— Oh, cool ! Je ne la connais pas, à quoi est-ce qu'elle ressemble ?

— Franchement ?

— Oui, sois franc.

Le curry était si épicé que Jem fut obligée de se moucher avec une feuille d'essuie-tout.

— Oh, Claudia est plutôt jolie, grande et mince. Parfois elle est douce, mais en général c'est une chieuse. Elle me critique tout le temps. Je l'appelle toujours au mauvais moment, mais si je ne lui téléphone pas, elle me traite de salaud. Si on sort avec des copains à moi, elle ne les aime pas, mais si je sors sans elle, elle se plaint que je l'abandonne. Elle trouve que je ne suis pas assez soigné, que je devrais faire un effort, mais si je m'achète un truc, elle râle : « Tu as de quoi t'offrir des fringues mais pas d'argent pour me sortir. »

— Tu l'aimes ?

— Non.

— Elle te plaît ?

— De temps en temps.

— Pourquoi es-tu avec elle alors ?

— Pour la baise, sans doute.

— Au moins tu es honnête. Tu n'as donc pas envie de tomber amoureux ?

À son tour, Ralph eut besoin de se moucher.

— J'avoue que maintenant j'ai envie d'autre chose. Pendant longtemps j'ai eu peur de m'investir sentimentalement, d'être vulnérable.

— Tu as déjà été blessé ?

— Pas exactement, mais je me suis trop impliqué dans une histoire qui m'a épuisé… J'ai appris la leçon. Mais maintenant, je me sens prêt pour la grande aventure.

Ralph ricana. Il avait du mal à croire qu'il ouvrait ainsi son cœur.

— Tu n'as pas encore rencontré la fille idéale ?

Oh, Jem, si seulement tu savais…

— Si, en quelque sorte, dit-il, puis il changea de conversation : Alors, toi et Smith, vous vous aimez ?

Jem sourit :

— Absolument. Smith est tout ce que je désire, il est parfait.

C'est faux, Jem. C'est un petit con qui ne te mérite pas.

— Oui, quel chic type ! dit-il tout haut.

Il aurait aimé descendre Smith en flammes, le rabaisser, mais ç'aurait été vulgaire et méchant. Il aurait aimé lui parler de la vie sentimentale de Smith qui n'était qu'une série de fiascos, la faire cesser de voir la vie en rose. Lui dire que Smith trouvait ridicules ses histoires de rêves et de destinée, mais qu'il avait marché dans la combine pour pouvoir la sauter. Lui faire comprendre qu'il la laisserait tomber comme une vieille chaussette au moindre signe de Cerise. Bref, une foule de choses qu'il devait taire. Jem le tira de sa rêverie :

— Tu ne peins plus, pourquoi ?

Un vrai jeu de la vérité !

— C'est une question difficile. Je dirais plutôt que je ne peins pas à l'heure actuelle. Je manque d'inspiration ; j'apprécie trop la vie que je mène. Jeune, j'étais très malheureux, très tourné vers moi-même, et je peignais plus facilement.

— Tu t'es barricadé, c'est ça ? Tu as peur de souffrir ? Mais si tu tombais amoureux, je suis sûre que ça reviendrait, tu vibrerais à nouveau et tu foncerais dans ton atelier. Ton art ne te semblerait pas une corvée. Oui, c'est le remède du docteur Jem : trouve-toi une fille convenable et tombe amoureux d'elle.

L'ironie de la situation fit souffrir Ralph. Les effets du curry aussi : ses yeux le piquaient, ses lèvres enflaient et son nez coulait.

— Tu ne l'as pas trouvé trop épicé ? se moqua Jem. Je croyais que tu n'avais jamais mangé un curry qui t'ait embrasé.

— Mais pas du tout !

Encore un mensonge, mais il n'allait pas reconnaître que c'était la vérité !

— Au contraire, c'est ainsi que je l'aime. C'est plutôt toi qui as l'air de souffrir, mademoiselle Dure-à-Cuire.

— Mais non, je l'ai fait très doux en ton honneur.

— Ce qui veut dire que tu es la reine du piment ?

— Tout à fait. Je n'ai encore jamais connu quelqu'un qui me battait sur ce terrain...

— Jusqu'à ce soir !

Ravi de ce duel alimentaire, Ralph bondit et s'empara d'une poignée de piments crus.

— Bon, voilà, un piment chacun. On va voir qui l'emporte.

— D'accord, donne-m'en un.

— Souviens-toi, tu dois mordre dedans et me montrer les morceaux sur ta langue, ordonna Ralph.

Des langues de feu enflammèrent leur gorge. Jem et Ralph mâchaient leur piment comme des maniaques, inspirant et expirant telles des femmes en train d'accoucher, et faisant des moulinets avec leurs mains.

— Oh, merde, merde et merde, ça me troue la langue !

— Moi, j'ai la gorge en feu !

Le cœur battant, en sueur et les yeux exorbités, Ralph tapa furieusement la table de ses poings.

— Bon, il est temps de tirer la langue, je dois avaler ce piment avant qu'il me tue, cria Jem, le visage écarlate.

Ralph et Jem ouvrirent la bouche, exhibèrent la bouillie de piment qu'ils avalèrent aussitôt.

— De l'eau, de l'eau, supplia Ralph.

— Non, l'eau c'est pire, de la bière !

Hélas, l'ale blonde ne les soulagea pas.

— Mon Dieu, je vais mourir ! Il me faut du riz, du riz nature.

Ils foncèrent vers la casserole et prirent chacun des poignées de riz qu'ils ingurgitèrent sur-le-champ.

— De la glace ! Il doit y en avoir dans le congélateur.

— J'en ai trouvé ! s'exclama Ralph triomphalement en cognant le bac à glaçons contre le rebord de l'évier.

Les cubes de glace s'éparpillèrent partout, dans l'évier et sur le sol. Ils les ramassèrent et les sucèrent avec avidité.

Peu à peu, la douleur s'estompa, le froid faisant office d'anesthésiant.

— Mon Dieu, s'exclama Jem en passant un glaçon sur ses lèvres enflées, quelle aventure ! C'était comme faire l'amour !

Le cœur battant la chamade, pris de vertige, ils éclatèrent de rire.

— C'était mieux que de faire l'amour, renchérit Ralph.

De nouveau assise à table, Jem demanda :

— Alors, qui a gagné ?

— Disons que c'est match nul !

— Non, il faut un vainqueur. On en mange encore trois !

Quand Smith rentra, l'atmosphère de l'appartement avait viré à l'hystérie. Guidé par des fous rires, il se dirigea vers la cuisine, où Jem et Ralph avaient la tête dans le congélateur.

— Qu'est-ce que vous foutez ? questionna-t-il en posant son attaché-case sur la table parmi des bouteilles de bière vides, des assiettes sales et des glaçons à moitié fondus.

Tous deux se retournèrent l'air penaud, la bouche pleine de glace, les joues en feu et les yeux larmoyants.

— Un concours de piments, répondit Ralph. Cinq chacun, nous sommes à égalité.

— Bon sang ! Mais vous êtes dingues !

Il croisa le regard de Jem :

— Incroyable, on dirait que tu t'es échappée d'un asile.

Aux yeux de Ralph, Jem n'avait rien d'une folle. Au contraire, il la trouvait superbe avec ses cheveux qui encadraient son visage écarlate. Elle serra Smith contre elle ; Ralph fut blessé de voir comme elle avait vite abandonné leur jeu pour se précipiter dans les bras de Smith, à la manière d'un enfant qu'il aurait gardé toute la nuit en l'absence de ses parents. Pendant la soirée ils avaient été si proches l'un de l'autre... puis Smith avait débarqué et mis fin à l'intimité qui régnait entre eux. Sauf à la seconde où il avait pénétré dans la cuisine : à cet instant, Ralph avait senti que Smith était l'intrus et que Jem était à lui.

La fête était désormais terminée. Jem rangea la cuisine, Smith dénoua sa cravate et raconta sa soirée avec des banquiers suisses. Tout était fini.

La tristesse cloua Ralph sur place.

— Bon, eh bien, je vais me coucher, murmura-t-il tranquillement. Jem, merci pour cette charmante soirée, pour le concours de piments et pour le curry et pour tout. C'était génial.

Il se pencha pour l'embrasser sur la joue, mais elle pivota et son baiser atterrit sur ses lèvres. Une vague de plaisir inattendue envahit son cœur et tout son corps. Une sensation bien plus forte que le plus fort des piments !

— Bonsoir !

Plutôt que de quitter la pièce au plus vite, il aurait rêvé de rester là pour séduire Jem. Sagement, il se rendit aux toilettes et, assis sur le trône, il se mit à trembler.

Il était amoureux d'elle. Totalement, stupidement, merveilleusement. Quel bordel !

14

— Ça, c'est la vie ! Y a pas à dire, on est dans un beau pays, fit Karl en imitant l'accent écossais.

Rosanne était assise sur le siège arrière de l'Embassy, le museau dépassant de la vitre légèrement baissée, les yeux fermés pour se protéger du vent de décembre.

— Dis donc, malgré tes origines celtes, ton accent local est plutôt merdique, remarqua Siobhan.

— Bon, mais as-tu déjà entendu Sean Connery prendre l'accent irlandais ? Un désastre !

Siobhan et Karl roulaient dans les Highlands, une contrée faite de douces vallées au sud, puis de monts plus escarpés, héritage des plissements géologiques. Les routes désertes sillonnaient des paysages à la beauté saisissante. Ils n'avaient échangé que des « Oh » et des « Ah » admiratifs quand le soleil couchant avait fait étinceler les ruisseaux argentés qui descendaient des collines de terre noire, ou quand ils avaient aperçu une petite île plantée au milieu d'un loch. Les champs de velours vert que recouvrait parfois une brume bleu pâle avaient une douceur féminine, voire voluptueuse.

Ni l'un ni l'autre n'étant jamais venus en Écosse, ils étaient aussi excités que des enfants, à la fois anxieux de découvrir ce que masquait un virage mais désireux également de contempler plus longuement un panorama qui habiterait leurs rêves.

— Je regrette de devoir reconnaître que c'est bien plus beau que l'Irlande, avoua Karl. Je n'ai jamais rien vu de tel.

Siobhan consulta la carte posée sur ses genoux :

— Après le prochain virage, on est arrivé !

— Dommage, j'aurais pu continuer encore longtemps.

Ils ne s'étaient pas sentis aussi bien ensemble depuis des semaines. Ils avaient besoin de ce break, de quitter Londres et leurs soucis. Karl aurait préféré un week-end en tête à tête mais il s'entendait bien avec ce Rick de Largy. C'était un type sympa ; tout devrait bien se passer.

Il n'était que quatre heures, mais le soleil avait déjà atteint l'horizon.

— On devrait arriver à temps pour voir le coucher du soleil sur le loch. Jeff m'a dit que c'était à couper le souffle.

Un sourire aux lèvres, Karl posa sa main sur l'épaule de Siobhan et la pinça légèrement :

— Tu es nerveuse ?

— Non, juste un peu.

— Ouais, moi aussi. Mais tout ira bien, tu verras. Et si tu veux rester seule, tu peux toujours raconter que tu ne te sens pas très bien.

Siobhan eut un petit rire forcé qui attrista Karl. Cela faisait longtemps qu'elle n'avait pas ri de bon cœur. Il adorait quand elle piquait un de ses fous rires. Venus du plus profond d'elle-même, ils pouvaient résonner dans un restaurant, faire se retourner les passagers d'un bus, la faire virer des bibliothèques publiques. Désormais, ce n'était plus qu'un petit rire cristallin qui donnait l'impression de pouvoir à tout moment se transformer en sanglots.

Ils roulèrent en silence sous un ciel qui passait par toutes les couleurs de l'arc-en-ciel.

— Glencoe, deux miles : on y est presque ! Tu es prête à faire la fête ? Prête à te shooter et à faire des folies ?

Après les troncs d'arbres peints en blanc qui indiquaient qu'ils devaient quitter la route, ils s'engagèrent à gauche sur un chemin non pavé. Un panneau leur indiqua leur destination finale, Saint-Colombas.

— C'est là.

Au bout d'un kilomètre de cahots, Karl et Siobhan furent transportés au royaume des fées. L'étroit chemin qui menait à une chapelle était jalonné de lanternes chinoises roses et rouges.

— Mon Dieu, soupira Siobhan, c'est magnifique.

Et ce n'était qu'un début, comme ils s'en aperçurent en arrivant au bout du chemin : la chapelle recouverte de bardeaux était décorée de guirlandes lumineuses et une multitude de lanternes chinoises bordaient l'escalier qui descendait du cimetière vers le loch. Sur le lac glacé, un vieux bateau pittoresque en bois tirait sur son amarre. Une chouette hululait depuis la cime d'un des marronniers qui entouraient la chapelle, et des carillons teintaient sous l'action de la brise.

— Je veux être enterré ici, annonça Karl, bouche bée.

Sous le charme de tant de beauté, Rosanne se tenait étonnamment tranquille, imitant ainsi ses maîtres.

— J'avais peur que l'endroit soit de mauvais goût, mais il n'en est rien. Jeff devait être un bon vieux hippy quand il a décoré sa propriété.

Ralph et Siobhan sortirent leurs bagages du coffre. Une autre voiture était garée devant la chapelle.

— Alors, Shuv, t'es prête ?

— Oui, c'est maintenant ou jamais.

Karl fit tinter la grosse cloche suspendue à côté de la lourde porte d'entrée. Au bout de quelques secondes elle s'ouvrit :

— Ah, Karl, mon pote, ravi de te voir. Quel endroit, hein !

Pieds nus, vêtu d'un jean et d'un gros pull, Rick tenait un verre de vin à la main.

— Oui, fantastique, je n'ai jamais rien vu de pareil.

Les deux hommes se serrèrent la main.

— Rick, je te présente Siobhan, ma compagne.

— Heureux de te connaître, Karl ne cesse de parler de toi.

Siobhan aurait voulu lui sourire, mais elle avait du mal à respirer. Ce type était superbe ! Elle en vacilla presque. Pourquoi les mecs ne disaient-ils jamais « Au fait, tu verras, il est très beau » ? Karl aurait pu l'avertir.

— Je suis ravie de te rencontrer, dit enfin Siobhan, désireuse de se montrer polie.

Elle lui décocha son plus beau sourire et lui serra fermement la main. Elle décida qu'elle ne serait pas qu'une grosse vache face à cette gueule d'ange et dans ce décor magique. Elle était mince, très mince, belle et désirable. Elle secoua ses cheveux qui vinrent encadrer son visage :

— Vous ne trouvez pas que ce lieu est extraordinaire ? lui lança-t-elle.

— Absolument. Je n'aurais jamais imaginé que Jeff soit capable d'une telle réussite. Je m'attendais à trouver un baisodrome plein d'antennes satellite et de feux de bois au gaz. Nous venons de brancher le chauffage central, et Tamsin est en train d'allumer un feu dans la cheminée.

Karl et Siobhan suivirent Rick à l'intérieur de la chapelle. L'entrée était remplie de bottes, d'imperméables et de bûches. Lorsqu'ils découvrirent le salon, tous deux en eurent le souffle coupé. La pièce, immense, d'au moins dix mètres de hauteur, ressemblait à la caverne d'Ali Baba. Le sol était recouvert de tapis anciens. Une douzaine de lampes Art déco et des lustres victoriens éclairaient la salle, dont la charpente apparente laissait voir une mezzanine. À un bout de la pièce étaient disposés trois immenses canapés crème revêtus de tapisseries chinoises ; à l'autre bout trônait une table de banquet en chêne sur laquelle étaient disposés des candélabres et des vases.

— Eh bien !

La fille agenouillée devant la grande cheminée en pierre, face aux canapés, se leva et épousseta son jean.

Plutôt petite, elle avait des cheveux clairs et frisés coiffés en queue-de-cheval et quelques taches de rousseur sur le nez et le front. Elle n'était pas maquillée et, comme Siobhan le remarqua avec plaisir, elle était jolie mais sans plus.

— Siobhan, Karl, je vous présente Tamsin.

Karl et Tamsin se regardèrent, surpris, tandis qu'une certaine gêne s'installait.

— Ça alors, Tamsin ! Quelle coïncidence ! s'exclama enfin Karl.

— Ah oui, bonjour ! balbutia Tamsin, l'air très coincé, en se balançant d'un pied sur l'autre.

Siobhan interrogea Karl du regard. Rick fit de même avec Tamsin.

— Vous vous connaissez ? demanda enfin Rick.

— Euh, Tamsin a été une de mes élèves au cours de danse, l'été dernier.

— Ah bon ? fit Siobhan.

— Ça c'est cool, dit Rick. Le monde est petit ! Je ne savais pas que tu avais été prof de danse.

— Oh, tu sais, c'était pour faire bouillir la marmite.

— Ouais, je connais.

Pour détendre l'atmosphère, Rick changea de sujet :

— Bon, dit-il en claquant des mains, je vais vous montrer votre chambre.

— Karl, que se passe-t-il ? demanda Siobhan en déballant ses affaires dans leur chambre.

Celle-ci, de style rococo, était tapissée d'un satin jacquard plutôt poussiéreux et ornée d'une profusion de photos sépia dans des cadres vermoulus.

— Tu te souviens de cette fille ? Je t'en ai parlé. Le feu au cul. Complètement nympho. Elle habitait avec deux Français qu'elle se tapait.

— Quoi ! s'exclama Siobhan en étouffant un cri d'amusement. Je comprends son air gêné. Tu crois qu'elle sortait avec Rick en même temps ?

— Possible. Ils vivent ensemble maintenant, répondit Karl en suspendant ses pantalons sur un grand cintre en bois.

Soudain, Siobhan eut la certitude que tout se passerait bien. La maison était magnifique, Rick superbe et sa petite amie tout ce qu'il y avait de plus ordinaire. Surtout, elle-même détenait un secret que Rick ne connaissait pas : Tamsin serait mal à l'aise ce week-end et pas Siobhan. Elle sourit, le moral en hausse, tel un ballon gonflé à l'hélium. Elle allait s'amuser ; ce serait la fête.

Elle se laissa tomber sur le lit à baldaquin, ses cheveux étalés autour de sa tête.

— Quel pied ! J'ai l'impression d'être une princesse de conte de fées.

Surexcitée, elle se mit à faire des bonds sur le lit.

— Attention, Shuv, il est très vieux. Tu risques de le casser.

— Quelle délicatesse ! fit-elle en s'arrêtant. Tu ne dirais pas ça si je faisais un 36 !

— Je dirais la même chose si tu étais un pur esprit. Arrête de tout prendre mal ! Ce lit est une antiquité et il n'est pas fait pour qu'on saute dessus.

Karl rangea son sac de voyage derrière une grande commode.

Le moral de Siobhan baissa d'un cran. Elle en voulut à Karl de sa soudaine mauvaise humeur.

— Tu ne m'avais pas dit que Rick était aussi beau que ça ! lança-t-elle pour aiguillonner Karl et voir sa réaction.

— N'est-ce pas ! Surtout pour un producteur radio.

Aucune réaction – typique. C'était la première fois que Siobhan tentait d'éveiller la jalousie de Karl. Auparavant, elle n'avait jamais éprouvé le besoin de mesurer son amour, de le pousser dans ses retranchements, de voir ce qu'il pouvait endurer. Mais après ces deux derniers mois et la scène au Sol y Sombra, elle n'avait plus confiance en lui.

Qu'il aille se faire foutre ! Elle ne laisserait pas Karl l'empêcher de s'amuser. Cela ne lui était pas arrivé depuis une éternité. Elle flirterait avec Rick, se saoulerait, se droguerait, et elle serait la star, même si ça ne durait que trente-six heures.

Elle décida de se changer, mal à l'aise dans son vieux caleçon et son gros tricot. Elle allait se maquiller et se coiffer. Tant pis si Karl détestait son tour de taille, tous les hommes n'étaient pas comme lui.

Elle s'empara de sa trousse de maquillage, qu'elle n'avait pas utilisée depuis longtemps, et s'assit à la coiffeuse sous l'immense vitrail. Deux lampes roses diffusaient une lumière douce. Tandis qu'elle se poudrait le visage et qu'elle dessinait méticuleusement sur ses paupières un trait fin d'eye-liner noir, elle se sentit rajeunir. Cette maison était magique : son âge ne comptait plus, son poids ne comptait plus, seul comptait le moment présent, où elle était si belle grâce à l'éclairage ; féeriques lumières, lampes magiques…

— Mieux vaut ne plus évoquer ce sujet, dit Karl depuis le lit où il s'était allongé.

— Comment ? demanda Siobhan en revenant sur terre.

— Tamsin. Ne parlons pas d'elle ni du cours de danse.

— D'accord. D'ailleurs, je ne veux parler ni de Londres, ni de rien. Je veux demeurer sous le charme de cette maison.

Elle fit des torsades de sa crinière dorée et les épingla sur sa tête.

— Tu veux que je t'aide ? proposa Karl avec empressement.

Dans le temps, Siobhan lui demandait toujours de mettre des épingles dans ses cheveux. Il adorait ça : c'était un geste si féminin ; pour lui, cela représentait un privilège de jouer un rôle aussi important dans la toilette de Siobhan.

— Non, tu es gentil mais j'ai presque fini. Tu peux descendre si tu veux, je vais me changer.

— Je peux très bien t'attendre.

— Non, descends. Ça t'évitera de voir le triste spectacle de mon corps nu.

Siobhan n'avait pas prévu de lui parler ainsi, mais c'était sorti tout seul, comme une sorte de libération. Elle ruminait ça depuis des semaines, en fait des mois. Elle retint son souffle en attendant la réaction de Karl.

— Shuv, tu déconnes ou quoi ? demanda celui-ci d'une voix incrédule. Tu crois que je n'aime pas te voir nue ? Mais c'est tout le contraire !

C'est ça ! songea-t-elle. Bien tenté !

— Allons, Karl, descends. On en reparlera plus tard.

— Pas question ! Je ne bouge pas d'ici et on va crever l'abcès. Toute ta tristesse, ces silences entre nous, c'est à cause de ça ?

— Karl, fiche le camp ou je hurle. Je ne veux pas en parler. Je refuse d'écouter tes salades. Tire-toi !

Espèce de menteur, Karl Kasparov. Si tu aimais mon tour de taille, pourquoi piquerais-tu un fard en voyant la fille du dessus et pourquoi dégoulinerais-tu de sueur ? Pourquoi craindrais-tu que je casse le lit ? Pourquoi devrais-je te faire un enfant ? Menteur !

Karl quitta la chambre sur la pointe des pieds, suivi d'une Rosanne perturbée par cette querelle inhabituelle et par le visage blême de colère de sa maîtresse.

Siobhan ne regrettait rien. Elle allait le lui montrer ce soir. Elle redeviendrait la Siobhan d'avant, la fille heureuse, équilibrée, drôle et séduisante qu'elle était. Mais ce ne serait pas pour faire plaisir à Karl – il ne le méritait pas –, ce serait pour Rick.

Elle passa la tunique noire qu'elle avait faite elle-même, avec un large décolleté qui révélait sa poitrine. Jamais auparavant elle n'avait osé la porter. Puis elle enfila un pantalon assorti et des sandales chic.

Depuis la galerie, elle jeta un coup d'œil au salon. Karl, Rick et Tamsin, assis dans les canapés, buvaient du vin en bavardant tranquillement. Ils remarquèrent soudain sa présence, et Rick avala de travers :

— Ah, Siobhan, j'allais justement ouvrir du champagne.

Quand elle descendit l'escalier le plus gracieusement possible, ses talons claquant doucement sur les marches en bois, elle eut l'impression de participer à un concours de beauté.

— Je ne suis pas très élégante, constata Tamsin en montrant son jean et son pull. Toi, par contre, tu es superbe !

Rick tendit une coupe à Siobhan :

— À un week-end de folie !

— À Jeff !

— À l'Écosse !

Le quatuor qui se connaissait à peine trinqua. Siobhan décocha un sourire à Rick qui en disait long.

— À nos nouveaux amis ! lança-t-elle, radieuse.

15

Ils burent la première bouteille de champagne en trente minutes, la deuxième en vingt minutes, la troisième en un éclair. Rouge de plaisir, Siobhan était complètement détendue. Elle parla boulot avec Rick et Karl, pendant que Tamsin réchauffait un dîner de fête concocté par Marks & Spencer. En temps normal, Siobhan lui aurait proposé son aide, mais pas cette fois. Ce soir, elle préférait rester avec les mecs, croiser et décroiser élégamment les jambes, participer à la conversation. Soucieuse de son apparence, elle se tenait bien droite, rentrant son ventre, mettant sa poitrine en valeur, jouant avec ses bagues et ses cheveux. Elle observait l'attitude de Rick, évaluait l'intérêt qu'il lui portait tout en se demandant quand Karl allait s'apercevoir de son manège.

Tamsin réapparut, les bras chargés d'assiettes remplies de blancs de poulet, de morceaux de pizza, de filets de truite. Elle les posa bruyamment sur la table afin d'attirer l'attention sur elle et sa bonne volonté, mais le trio poursuivit sa conversation sans se retourner.

— Au cas où ça vous intéresserait, commença-t-elle sur un ton sarcastique qu'elle abandonna très vite, voici du solide pour éponger le champagne.

— Parfait, fit l'un d'eux.

Mais personne ne bougea. Ils continuèrent à rire et à plaisanter. Siobhan était devenue le centre d'intérêt.

Rick lui servit la dernière goutte de champagne.

— Oh, fit Tamsin en faisant tinter son verre vide, il n'y en a plus pour moi?

— Désolée, ma poupée, répondit Rick, il ne restait presque rien. Il y a du vin dans la cuisine, tu veux que j'aille le chercher?

— Non, répondit-elle en prenant illico un air de martyr. De toute façon, la bouffe refroidit.

— Allez-y, je n'ai pas faim, dit Siobhan.

S'il y avait une chose pire que de contempler une femme grosse, c'était de la voir se goinfrer. Entre Rick et elle, ça roulait, elle maîtrisait la situation ; elle avait oublié comme c'était facile de réduire un mec en bouillie. Elle n'allait pas tout compromettre en se jetant sur le poulet et la pizza.

— Tu veux que je t'apporte un petit truc? insista Rick en se levant.

— Non merci, on a fait un gros déjeuner en route. Peut-être plus tard.

Karl en profita pour s'approcher de Siobhan :

— Ça va? lui murmura-t-il à l'oreille tendrement, en frôlant sa nuque.

— Au poil, fit-elle d'un ton sec en refrénant la vague de tristesse et d'amour qui montait en elle.

Elle aurait aimé le rassurer, le consoler.

— Tu as l'air tellement plus heureuse ! continua-t-il.

— Oui, je m'amuse comme une folle. Rick est fantastique.

— Je suis bien d'accord. Je t'avais prévenue.

Irritée par l'aveuglement de Karl, Siobhan grinça des dents.

— Je vais me servir à boire.

En se levant, elle s'aperçut qu'elle était déjà ivre et qu'elle avait du mal à tenir debout. Elle calcula la distance entre le canapé et la cuisine et compta les obstacles sur son chemin. Ce n'était pas le moment de s'étaler par terre ni de tituber comme une vieille soûlarde.

Hélas, elle avait trop bu pour ralentir son débit. Comme tout le monde, d'ailleurs. Vers onze heures, un petit paquet de poudre blanche fit son apparition et elle fut la première à accepter un miroir de poche et un billet de banque roulé de Rick. Elle lui tourna le dos par crainte de montrer son manque d'expérience avant de passer le miroir à Karl :

— C'est le moment de faire des folies !

— Ah ! fit Rick. Tu as raison. J'ai apporté un magnétophone : j'ai pensé qu'on allait avoir des tas d'idées brillantes et qu'il serait dommage qu'elles se perdent. Cette nouvelle machine est formidable : elle enregistre pendant six heures et le son est parfait.

Il la posa sur la cheminée :

— La poudre commence à agir ?

Les autres l'acclamèrent et il brancha le discret magnétophone.

Jeff avait eu raison au sujet de Rick. Il était très drôle et son rire était contagieux. Pendant trois heures, ils racontèrent des bêtises, inventèrent des charades, des portraits, des mimes. Siobhan et Tamsin s'amusèrent à écouter les deux hommes. Comme prévu, les idées fusèrent, mieux que dans n'importe quelle salle de réunion de Radio Centrale. Sous l'effet de la coke et de l'alcool, tous avaient perdu leurs inhibitions, et rien ne leur parut trop loufoque ou trop extravagant.

Siobhan ne s'était jamais autant amusée. Rick la trouvait épatante, ce qui la fit se sentir au sommet de sa forme. Elle se trouva plus drôle que Tamsin et fut ravie de voir qu'elle n'avait rien perdu de l'art de flirter ou de faire tourner les hommes en bourriques. Elle avait conquis Rick. Pour bien montrer qu'il était sa proie, elle restait assise près de lui sur le canapé et avait étendu son bras derrière son dos, sans pour autant le toucher. Elle avait oublié comme c'était agréable d'être le centre d'attention.

Finalement, les rires diminuèrent. Le jour se levait et l'effet de la coke s'estompait. Les conversations languirent. Siobhan se leva et s'étira.

— Tu crois que tu as suffisamment de matériel ? demanda-t-elle à Rick.

— Oui, pour au moins les cinq prochaines années.

— Bon, j'ai besoin d'un bol d'air frais.

— Quelle bonne idée ! fit-il en se levant. Je vais chercher un manteau et t'accompagner. Vous venez ? demanda-t-il à Karl et à Tamsin, sans grand enthousiasme.

Siobhan monta dans sa chambre récupérer sa peau lainée. Elle se recoiffa, lissa ses sourcils et se remit un peu de rouge à lèvres. Elle était surexcitée. Qu'allait-il se passer ? Rick allait-il tenter quelque chose ? Comment réagirait-elle ? Elle songea à Karl et l'oublia aussitôt. Elle allait se laisser porter par les événements avant de décider quoi que ce soit. De toute façon, elle ne risquait qu'un baiser, il faisait trop froid pour envisager autre chose.

Malgré le vent glacial qui les enveloppa dès qu'ils eurent passé la porte, Rick et Siobhan descendirent jusqu'au loch et s'assirent sur les marches de la jetée. Les carillons tintaient sous l'effet des bourrasques. Ils s'enveloppèrent dans leurs manteaux pour conserver leur chaleur.

— C'est merveilleux, non ? fit Rick.

— Paradisiaque, reprit Siobhan qui, les coudes sur les genoux, contemplait les reflets roses des lanternes chinoises sur l'eau.

— L'endroit idéal pour tomber amoureux.

— Oui, sans doute.

Après un moment de silence, Rick s'éclaircit la gorge :

— Tu es une fille formidable, Siobhan. Vraiment unique. Karl en a de la chance !

— Je ne sais pas s'il s'en rend compte, répliqua-t-elle en riant nerveusement.

— Mais si, il te trouve extraordinaire. Il fait des tas de compliments sur toi... et ce n'est pas exagéré.

— Ah bon ?

— Vraiment, tu es superbe... Tu ne m'en veux pas si je te le dis ?

— Mais non, continue. J'adore ça.

Elle détourna la tête pour cacher sa gêne et sa fragilité.

— Vraiment, tu es épatante. Si drôle, si affectueuse, si intelligente, si belle. Je ne devrais pas te le dire mais si j'étais libre et si tu étais libre...

Elle lui fit face :

— Continue !

— Oh, j'aimerais pouvoir t'embrasser.

Siobhan rougit de plaisir et d'excitation.

— Tu crois que c'est mal ? demanda-t-il en cherchant dans les yeux de Siobhan la permission de la prendre dans ses bras.

— Essayons ! Si on sent que c'est mal on arrêtera.

— Et Karl, alors ? fit-il en jouant avec une mèche des cheveux de Siobhan.

— Et Tamsin, alors ? répliqua-t-elle en frémissant sous sa caresse.

— Je dois avouer que depuis quelque temps ça ne va pas fort. Tamsin n'est ni très équilibrée ni très gaie. J'ai l'impression que ce n'est pas le genre de femme qu'il me faut. Elle n'est pas facile…

Il lui caressa doucement, légèrement les joues.

— Quelle peau délicate, on dirait du satin !

Siobhan gémit tendrement. Il l'attira contre lui.

— Une vraie peau de bébé.

Rick déposa de petits baisers sur le front de Siobhan tout en continuant à lui caresser délicatement le visage. Enfin, il pressa ses lèvres contre celles de la jeune femme, qui ne résista pas, au contraire ! En un instant, un désir insensé embrasa son corps. Elle en eut la chair de poule et sentit le sang brûler dans ses veines. Elle n'avait rien connu de tel depuis des années. Ils s'embrassèrent avec passion. Les lèvres de Rick étaient douces et chaudes, son haleine sentait le vin et l'air frais de la nuit, et elle adorait ça. Comme c'était agréable de s'embrasser à pleine bouche ! Pourquoi cessait-on quand on se connaissait trop ? Pourquoi une caresse aussi érotique était-elle réservée aux premiers rendez-vous ?

Leurs langues se livrèrent au plus sensuel des ballets tandis que Rick allongeait Siobhan contre les marches et glissait sa main sous son manteau. Elle défit la chemise de Rick lorsqu'elle caressa son dos, elle fut ravie de constater que tout son corps frémissait de désir pour elle.

Alors rien n'exista plus : ni les carillons, ni les hiboux, ni Karl dans la chapelle toute proche. Elle se voûta légèrement pour permettre à Rick de dégrafer son soutien-gorge. Il ne put retenir un grognement de plaisir en saisissant à pleines mains ses seins lourds. Elle partageait son excitation : si elle était un homme, elle aussi serait émoustillée par cette magnifique poitrine. Il la pétrissait doucement tout en l'embrassant sur la bouche. Elle aurait voulu qu'il la morde !

Tout d'un coup, il abandonna les lèvres de Siobhan pour plonger entre ses seins, qu'il suça goulûment tout en murmurant des « mon Dieu, mon Dieu ! » de bonheur.

Siobhan se pencha pour le regarder – jusque-là, perdue dans son désir, elle avait fixé les étoiles – et ses yeux tombèrent sur les cheveux dorés de Rick. La magie s'évanouit instantanément. Qu'est-ce qu'elle foutait là ? Pourquoi laissait-elle ce blondinet lui sucer les seins ? Pendant quinze ans, elle avait contemplé les cheveux noirs de Karl – oh, Karl ! Que fabriquait-elle ?

Soudain, une froide sobriété s'empara d'elle. Tandis que les mains de Rick glissaient vers son slip, elle redescendit sur terre, pleinement consciente de ce qui se passait. Elle était avec un autre homme, sur les bords d'un loch, par une nuit glaciale de décembre. Ses che-

149

veux étaient emmêlés, son dos lui faisait mal et elle avait froid. L'angoisse remplaça la passion qui l'avait animée. Elle se raidit et se recula un peu, espérant que Rick se calmerait, qu'il arrêterait sans qu'elle ait besoin de le lui dire. Elle le regarda à nouveau : dévoré de désir, emporté par le plaisir, il ne s'était pas aperçu du changement d'humeur de Siobhan. Ce qu'ils faisaient était mal ! Au début, ce ne devait être qu'un simple baiser – ce qui lui aurait permis de retrouver Karl la tête haute. Oh, bon Dieu ! qu'avait-elle fait ?

Elle se redressa. Rick écarta ses lèvres des seins de Siobhan et voulut l'embrasser sur la bouche.

— Oh, j'ai tellement envie de toi. Regarde dans quel état je suis, dit-il en prenant la main de Siobhan et en la posant sur sa braguette.

— Rick, ça suffit, dit-elle d'une voix ferme.

— Mais non, je veux pénétrer en toi, ta peau est si douce, tu sens si bon.

Elle retira la main de Rick, rajusta son soutien-gorge et sa tunique, boutonna son manteau.

— Rick, il faut arrêter. Karl et Tamsin nous attendent. Qu'arriverait-il s'ils venaient nous chercher ?

— On peut se cacher, allons dans les bois.

— Non, ça suffit comme ça. J'en ai envie mais je ne peux pas. Ce serait mal.

Elle lissa ses cheveux.

Rick avait l'air d'un gamin qui a envoyé son ballon dans le jardin d'un voisin irascible. Elle voulut le consoler :

— Je suis désolée, si les choses étaient différentes, si nous étions ailleurs, si je n'avais pas Karl et toi Tamsin… mais merci.

— Merci ? répéta-t-il incrédule, pour quoi ?

— Pour avoir envie de moi, pour m'avoir montré que je pouvais être belle et désirable.

— Quoi ? Mais tu *es* belle et désirable.

Il lui baisa le bout des doigts.

— Je ne m'en rendais pas compte, vois-tu. Je n'ai pas toujours été grosse, j'étais même mince avant. Je ne m'y suis pas encore faite.

— Mais tu n'es pas grosse !

— Oh, Rick, arrête ! Je me vois dans la glace.

— D'accord, tu n'es pas Kate Moss, mais tu as un corps superbe. Bon, tu n'es peut-être pas terrible en minijupe, mais pour moi tu es une vraie femme. La première fille avec qui j'ai couché était ronde et sexy ; elle s'appelait Drew. Je la trouvais si mignonne, si passionnée que je ne l'ai jamais oubliée. Les gens ont des préjugés ridicules, ils ne savent pas apprécier quelqu'un qui sort de l'ordinaire. Ils ne savent pas ce qu'ils ratent ! Prends Tamsin par exemple, elle est mince, le stretch lui va bien, mais au lit, elle n'est pas très excitante. Elle manque de confiance en elle, elle a du mal à se laisser aller. Je préfère une femme rondelette qui aime faire l'amour plutôt qu'une maigrelette qui s'ennuie au lit ! En plus tu es musclée. Je te trouve parfaite.

Il l'embrassa sur la joue.

Siobhan le remercia d'un petit sourire et serra sa main dans la sienne.

— Merci, fit-elle en réprimant une larme, merci, tu es un chic type.

— Et voilà ! J'ai l'impression de n'avoir été qu'un bon remède.

— Non, j'aimerais te connaître mieux, tu sais... dit-elle, gênée.

— Oui, en fait, tu es amoureuse de Karl, c'est ça ?

Elle hocha la tête.

— Alors, que faisons-nous ici?

— Je ne suis plus sûre de rien. Je croyais que Karl s'intéressait à une autre fille. Enfin, je le pense encore. Peut-être. Je croyais qu'il avait changé, qu'il se détachait de moi, qu'il n'avait plus envie de moi. J'avais perdu confiance en moi…

— Tu lui en as parlé?

Un coup de vent glacial les enveloppa : Rick referma la veste de Siobhan avec tendresse.

— Non, je n'en ai pas eu le courage. Je ne savais pas par où commencer. J'ai toujours été si confiante que j'ignorais quelle serait sa réaction, s'il le supporterait.

— Écoute, je ne le connais pas bien, mais d'après ce que j'ai pu constater, il est capable d'encaisser le coup. Mais tu dois lui parler. J'aurais aimé que les choses soient différentes. J'aurais aimé t'emmener dans les bois pour te faire l'amour, mais les choses étant ce qu'elles sont, prends donc un nouveau départ avec Karl. Parle-lui avant qu'il ne soit trop tard. Je suis sérieux, n'attends pas! Parle-lui aujourd'hui même, pendant que tu es encore dans cet état d'esprit. Allons, rentrons maintenant.

Ils se levèrent, arrangèrent un peu leur mise et se dirigèrent à pas lents vers la chapelle.

— Merci, dit Tamsin. (Karl, le dos tourné, activait le feu.) Merci de n'avoir rien dit tout à l'heure, tu sais, au sujet de cet été. C'était une époque bizarre, finit-elle en se mordillant un ongle.

Karl se retourna :

— Il n'y a pas de quoi. Ce n'est pas mes oignons.

Ils se turent un instant.

— Je me demande où ils sont allés, lança Tamsin d'un air détaché.

— Oh, ils doivent contempler la vue, répondit Karl en reprenant sa place sur le canapé.

— Tu n'es pas inquiet ?

— Mais non. Rick l'accompagne, il veillera sur elle.

— Je ne parle pas de ça ! Bon Dieu ! Tu n'as donc rien remarqué ?

Karl parut ahuri.

— Ta copine flirtait avec mon mec. Ouvertement. Tu n'as donc rien remarqué ?

— Oh, pas de quoi s'inquiéter. Siobhan adore flirter, mais ça ne prête pas à conséquence. Au contraire, je suis ravi de voir que pour une fois elle s'amuse.

Tamsin, qui avait été d'une humeur de chien toute la soirée, explosa :

— Tu es vraiment bouché ou quoi ! Ils ne flirtaient pas, ils en étaient presque à faire l'amour, sous tes yeux. En ce moment, ils sont sans doute en train de baiser !

Karl éclata de rire :

— T'es un peu parano, non ? Je crois que t'as abusé de la coke et du pinard.

— Allons voir par nous-mêmes, si tu ne me crois pas ! fit-elle en bondissant sur ses pieds.

— Assieds-toi, bon sang ! Tu es ridicule. Ce n'est pas parce que ton mec...

— N'inverse pas les rôles ! C'est de ta copine que je me méfie. Tu n'as pas vu ses tentatives d'approche ? Elle ne le lâchait pas d'une semelle. Une vraie mante religieuse.

— T'es tombée sur la tête ! Il n'y a pas de fille plus douce, plus gentille, plus affectueuse que Siobhan. Tu es jalouse, et tu devrais apprendre à faire confiance à Rick.

L'attitude décontractée de Karl, son ton supérieur mirent Tamsin hors d'elle :

— Puisque c'est comme ça, je vais tout lui dire ! Tout lui raconter à ton sujet. J'en sais, des choses !

Les yeux de Tamsin lancèrent des éclairs et elle pointa un doigt accusateur vers Karl :

— Quant à faire confiance à Rick ! Quel sale hypocrite tu fais ! Comment faire confiance à qui que ce soit quand il existe des mecs dans ton genre ? Infidèles, lâches, perfides, prêts à s'envoyer n'importe quel joli petit cul !

Karl devina la suite.

— … Ah, tu imagines que personne n'était au courant de ce qui se passait dans le bureau entre Cerise et toi ! Tu croyais qu'on était aveugle ? Cerise m'a tout raconté, sans oublier les détails sordides. Elle m'a même parlé de son avortement, de ton bébé dont elle a dû se débarrasser. Qu'est-ce qui te fait croire que Siobhan est différente de Cerise ? Et que Rick n'est pas comme toi ? Baiser, niquer, s'envoyer en l'air, voilà ce qui fait tourner le monde. Siobhan, toi, Rick, moi, nous sommes tous à la recherche d'un bon coup. Impossible de faire confiance à qui que ce soit. Alors, arrête de dire que je suis parano et de te croire différent des autres, car c'est faux. Réveille-toi, bon sang ! Ta petite amie veut se taper Rick et c'est sûrement ce qui doit se passer en ce moment même.

Tamsin éclata en sanglots :

— Et s'ils ne le font pas, ils y pensent sérieusement, bordel !

Karl se cala dans le canapé et, songeur, fixa Tamsin. Il avait gardé son sang-froid.

— Je n'aime pas le chantage, dit-il, aussi appelons ça un accord. Si tu fais la moindre allusion à mon histoire avec Cerise devant Siobhan, j'aurai des tas de choses à raconter à Rick quand on déjeunera ensemble. Je suis certain qu'il sera prodigieusement intéressé.

— Tu parles ! s'exclama Tamsin en essuyant ses larmes, tu ne sais rien. Tu ne peux rien prouver.

— Je ne suis pas aveugle moi non plus. Tout le monde savait ce qui se passait. Ces deux Français n'étaient pas du genre discret : ils t'appelaient leur « sandwich au rosbif » ! Inutile d'entrer dans les détails… Disons que c'est un accord. Arrêtons donc d'en parler. Si tu as vraiment peur, va voir dehors, mais ça n'ira pas mieux après. La confiance est une qualité qui vient du cœur, et ça n'a rien à voir avec fermer les yeux. C'est le chemin du bonheur et de la dignité, la meilleure façon de rester sain d'esprit et de jouir de la vie.

Tamsin ne sut quoi rétorquer.

— Bon, reprit Karl, comme on ne va pas continuer à bavarder, j'aime autant aller me coucher. Désolé que les choses se soient envenimées, mais ç'a été une longue journée et une longue soirée. Demain, on pourrait peut-être repartir à zéro, non ?

Tamsin se contenta de hausser les épaules.

Karl lui tendit une main qu'elle serra mollement.

— On verra bien, ajouta-t-il, en tout cas, bonne nuit.

Suivi de Rosanne qui jusqu'à présent avait dormi devant le feu, il monta dans sa chambre. Tamsin se blottit dans le canapé pour continuer à pleurer et à broyer du noir, mais les prodigieuses quantités d'alcool ingurgitées l'envoyèrent immédiatement dans les bras de Morphée.

Aussi n'entendit-elle pas Rick et Siobhan entrer sur la pointe des pieds dans le salon, pas plus qu'elle ne se réveilla quand Rick la porta dans ses bras jusqu'au premier étage.

Enfin les lumières s'éteignirent une à une, les planchers craquèrent puis la maison devint silencieuse... À l'exception du tintement des carillons, du hululement des hiboux et du ronronnement du magnétophone qui, depuis la cheminée, avait tout enregistré...

16

Ralph se réveilla en sursaut. Chose rare, il avait fait un terrible cauchemar. Il tenta de s'en souvenir mais en vain. Il y avait quelque chose de bizarre, de différent. Une sonnerie? La radio qui diffusait de la musique à tue-tête? Il se rappela qu'il avait branché le réveil pour sept heures et demie. Quelle connerie! Il prit son oreiller et le flanqua sur sa tête dans l'espoir d'assourdir le bruit. Ses idées s'étant éclaircies malgré une formidable migraine, il écouta la chanson de Rick Springfield qui passait à la radio, « I wish that I had Jessie's girl[1]... ».

Bon Dieu! Il se redressa lentement. Il était sept heures et demie du matin, et voilà qu'il tombait sur cette chanson. Drôle de façon de commencer la journée.

Ralph quitta la chaleur de sa couette pour aller éteindre la radio. Incapable de trouver le bouton off, il débrancha le fil. Le silence revint dans sa chambre.

---

1. « Je voudrais avoir la femme de Jessie... » *(N.d.T.)*

Quelqu'un lui en voulait. Pour une fois qu'il mettait son réveil, il fallait qu'il tombe sur cette chanson. Incroyable !

Totalement perdu, il se demanda ce qui lui arrivait. Ah, oui ! L'atelier ! Aujourd'hui, il devait se rendre à son atelier. Pourquoi ? Parce qu'il était peintre ? Vaguement. Parce qu'il en avait envie ? Pas vraiment. Parce que Jem lui avait dit d'y aller ? Oui ! Plus exactement, elle l'y avait encouragé, le lui avait conseillé.

Et il le lui avait promis, pour lui faire plaisir.

— Tu as raison, avait-il dit. J'irai demain, de bonne heure.

— Ne le fais pas pour moi, avait-elle insisté, mais pour toi. Promis ?

Et voilà comment il se retrouvait, un vendredi matin à sept heures et demie, frigorifié, exténué, groggy, désorienté, avec l'impression qu'il ne faisait ça que pour Jem, pour qu'elle soit fière de lui, qu'elle s'intéresse à lui. Si ça pouvait lui faire plaisir, il se laisserait manœuvrer. Il était même prêt à jouer les artistes maudits si ça pouvait amener Jem à s'occuper plus souvent de lui et moins de Smith. Smith n'était qu'un financier, un banquier rasoir sans rien qui puisse enflammer l'imagination de Jem.

Ralph ouvrit les rideaux en grand, prêt à affronter cette nouvelle journée maintenant qu'il se souvenait de ce qu'il avait à faire. Temps superbe ; un atout supplémentaire. Il piquerait la bicyclette de Smith et en profiterait pour « se remplir les poumons d'oxygène », comme disait sa mère.

Il trouva un caleçon par terre et se rendit dans le vestibule, soudain tout guilleret, fredonnant même « I wish that I had Jessie's girl… ».

— Je ne savais pas que tu étais fan de Rick Springfield !

— Comment ? fit Ralph en sursautant.

Jem venait d'émerger de la chambre de Smith, vêtue d'un de ses tee-shirts, qui cachait à peine son slip. Elle avait les cheveux en bataille, le visage encore gonflé de sommeil. Elle bâilla :

— Alors, comment te sens-tu à cette heure matinale ? C'est atroce, non ?

Pas si atroce que ça si ça lui permettait de la voir sans soutien-gorge, dans un tee-shirt qui laissait deviner son corps et qui, si elle se penchait légèrement en avant, révélerait la naissance de ses fesses et peut-être même un... Ralph décrocha son regard des jambes de Jem.

— Lugubre, fit-il.

— Je me suis levée exprès de bonne heure pour t'encourager. J'espère que tu apprécies !

— Tu n'aurais pas dû. Comme c'est gentil !

Formidable ! Elle avait abandonné Smith pour être avec lui. Quelle victoire !

— Tu as besoin de la salle de bains ?

— Non, vas-y le premier. Je vais te préparer ton petit déjeuner, pour te faire démarrer du bon pied. Laisse-moi juste faire pipi.

— Bien sûr.

Il s'écarta pour lui laisser le passage, mais son corps presque nu le frôla en chemin : suffisamment pour déclencher une érection qui se manifesta fougueusement. Oh, merde ! Gêné, il croisa ses mains devant lui.

Quand Jem ressortit de la salle de bains, il la suivit du regard, plein d'espoir. Mais le déhanchement de la jeune femme ne révéla rien de plus. Cependant, il adorait l'idée que Jem, vêtue seulement d'un tee-shirt, allait préparer son petit déjeuner… miam-miam ! Il sourit à lui-même ; ses affaires avançaient.

Quinze jours s'étaient écoulés depuis la nuit des piments, et Ralph s'était donné beaucoup de mal pour resserrer les liens qu'ils avaient noués ce soir-là. Il se rendit compte soudain que ce qu'il ressentait était plus fort qu'une simple amourette, plus fort que de la jalousie ou du désir. Il était bel et bien tombé amoureux de Jem, et il n'avait pas l'intention de laisser passer sa chance. Il décida de mener son affaire sans se presser, avec prudence.

Il s'était subitement intéressé à l'emploi du temps de Smith, tant mondain que professionnel, afin de savoir quand lui, Ralph, pourrait passer du temps seul avec Jem. Il avait acheté deux nouveaux tee-shirts et lavé son jean, ce qu'il aurait dû faire depuis six mois. Il avait rapporté régulièrement des fleurs – des pivoines, bien sûr – de Northcote Road, s'arrangeant toujours pour avoir le temps de les disposer artistiquement dans un vase avant l'arrivée de Jem. Il avait même cuisiné deux fois pour elle. Ils s'étaient taquinés à propos de tel ou tel restaurant du quartier : « Celui de Brake Lane sert le meilleur vindaloo du monde » ou « Asda fait maintenant un fabuleux curry thaï ». Ralph avait même dégotté des graines de piment que Jem avait plantées. Ils les arrosaient à tour de rôle, observant leurs progrès tels des parents inquiets.

Ces soucis culinaires les avaient rapprochés tout en éloignant Smith, qui avait la fâcheuse habitude de commander des ragoûts de mouton bourrés d'amandes et de crème fraîche. Une épine dans l'écœurante complicité qu'il partageait avec Jem.

La veille, Jem et Ralph étaient en train d'arroser les graines de piment qui germaient dans un placard aéré quand Jem avait abordé le sujet :

— Tu as pensé à ta peinture ?

— Quelle peinture ? avait-il demandé d'un air distrait, imaginant qu'elle voulait repeindre le salon.

— Tu sais bien, peindre. Toi, l'artiste, fit-elle en se moquant de son esprit borné.

— Et alors ? Je devais y penser ?

— Pas forcément. Mais c'était une possibilité.

— Pourquoi ?

— Tu as changé récemment. Tu as l'air… plus déterminé. Plus heureux de vivre. Je me demandais si tu avais fait la connaissance d'une fille ?

Elle lui donna un coup de coude dans les côtes, pour rire.

— Non, je n'ai fait la connaissance de personne, répliqua-t-il en lui donnant une petite tape. Tu sais, j'ai une amie.

— Ah oui, l'adorable Claudia !

— Aurais-tu quelque chose contre elle, tout d'un coup ?

Ralph avait été surpris et ravi du ton quelque peu jaloux de Jem.

— Non, répondit-elle en inspirant à fond, sauf qu'elle ne te rend pas heureux et que tu mérites mieux.

Elle tapota nerveusement les petits pots en plastique pour cacher sa gêne.

— Oh, bénie sois-tu, Jemima, je croyais que je ne t'intéressais pas.

Ralph avait dit ça d'un ton léger, mais son cœur battait à tout rompre. Enfin, enfin, elle avait craqué ! Il ne lui était pas indifférent !

— Alors, quel genre me conviendrait mieux ? demanda-t-il avec un clin d'œil pour paraître décontracté.

— Je ne sais pas. Une fille qui te donnerait confiance en toi, qui verrait que tu es un type charmant et ne se plaindrait pas sans arrêt. Quelqu'un qui ferait ressortir ce qu'il y a de meilleur en toi et ne te traiterait pas comme un gigolo sans cervelle.

En disant cela, Jem était écarlate et malaxait fébrilement la terre des pots.

— Un gigolo sans cervelle ! répéta Ralph en éclatant d'un rire lourd. C'est drôle ! Je ne m'étais jamais vu ainsi, mais tu dois avoir raison, c'est exactement ce que je suis pour elle ! Un gigolo !

— Non, je suis sérieuse. Ce monde manque de types sympas et tu te gâches avec Claudia. Crois-moi, il y a des milliers de filles bien qui adoreraient sortir avec un mec comme toi. Et si tu avais une petite amie chouette, tu arrêterais de te dire que tu n'es jamais à la hauteur ; tu passerais plus de temps à faire ce que tu sais faire : peindre. Je ne rigole pas, fit-elle en refermant le placard et en se dirigeant vers la cuisine.

Ralph l'avait suivie pour ne pas perdre la suite de son discours.

— Ce genre de filles me rend dingue – elles salissent les autres filles. Vire-la et remets-toi à peindre. Je t'en supplie !

Ça devenait ultra sérieux…

— Puis-je commencer par peindre et virer Claudia plus tard ? demanda-t-il.

Elle s'amusa à lui donner un coup de poing dans l'estomac :

— Ah, monsieur ne peut pas vivre sans baiser, hein ?

— Je ne le nie pas, je suis une bête vorace, fit-il en souriant.

— Je ne veux pas que tu t'y mettes juste pour me faire plaisir, dit-elle en rangeant le vaporisateur sous l'évier, mais si tu as envie d'essayer, commence par une fois par semaine – et tu verras bien. Dans la vie, c'est toujours ainsi : plus tu attends et plus c'est difficile… Allez, commence demain. Lève-toi de bonne heure et va à ton atelier. Il est possible que tu ne peignes rien et que tu abandonnes tout de suite, mais c'est mieux que de rester ici toute la journée à glander.

Debout, les yeux mi-clos, elle avait débité son sermon d'un air si charmant que Ralph n'en avait pas pris ombrage. Au contraire ! Qu'elle s'occupe de lui, il ne demandait que ça. Il y avait longtemps que cela ne lui était pas arrivé.

— D'accord, avait-il accepté d'un ton de vaincu, mais juste un détail : qu'appelles-tu « de bonne heure » ?

— Oh, pas de demi-mesure ! Disons sept heures.

— Impossible ! Huit heures.

— Bon, sept heures et demie et pas de discussion.

— T'es vache ! Toi, tu ne te lèves jamais aussi tôt.

Jem sourit :

— Je te promets, ça va te faire du bien. Tu seras ravi !

Puis le moment redouté était arrivé : Smith avait tourné la clé dans la serrure, Ralph avait souffert de voir le visage de Jem s'illuminer en entendant son amant rentrer. Et elle s'était précipitée dans ses bras.

Mais pour le moment, elle était à lui pour quelques instants encore : jusqu'à ce que Smith se lève. Elle allait lui préparer son petit déjeuner – elle n'avait jamais fait ça pour Smith – et serait en tee-shirt ultracourt. Pour ne rien rater du spectacle, Ralph prit une douche en vitesse, enfila ses affaires les plus propres, s'aspergea d'after-shave, ébouriffa ses cheveux et fit son entrée.

Jem raclait les derniers haricots rouges de la boîte de conserve :

— Je déteste laisser des restes de peur qu'ils se sentent rejetés, fit-elle en allumant le gaz et en remuant les haricots dans la casserole. Tu veux mettre le couvert ? Je ne suis pas encore bien réveillée.

Elle avait noué un tablier sur son tee-shirt qui avait remonté un peu, mais pas encore suffisamment... En revanche, si elle devait attraper quelque chose qui soit placé en hauteur comme... le ketchup !

— Jem, peux-tu me passer le ketchup dans le placard au-dessus de toi ?

Il retint son souffle : le tee-shirt ne pourrait supporter une telle épreuve !

Jem se leva sur la pointe des pieds, étira son dos ; son bras gauche se tendit, son tee-shirt se souleva d'un millimètre, puis de deux, de trois et voilà ! Presque ! Dieu, encore un millimètre... Ralph s'était transformé en statue de sel, attendant, attendant. Oh, merde ! De sa main droite, Jem tira violemment sur le bas de son tee-shirt qui recouvrit ses cuisses. Ralph n'y croyait pas.

— Tiens, prends-le !

Elle fit semblant de ne pas voir l'air déçu et frustré de Ralph.

Bon, se consola-t-il, ce n'était pas son jour. Pourtant, il crevait d'envie de voir ses fesses. Surtout si elles étaient aussi excitantes que ses cuisses.

— Merci. De la moutarde ? dit-il en indiquant le même placard.

Elle haussa les épaules mais s'exécuta. Le pot était au fond du placard et elle dut s'étirer un peu plus, s'appuyant contre le montant pour garder l'équilibre. Ralph cessa de respirer pour mieux se concentrer : un millimètre, deux, trois, quatre, cinq... Bon Dieu ! Il était prêt du but ! Six... sept... sa bouche était sèche, ses yeux lui sortaient de la tête... oh, le plus joli spectacle au monde, deux voluptueuses rondeurs, pâles, lisses, comestibles... il mourait d'envie de les mordre...

— J'espère que vous ne regardez pas mon derrière, Ralph McLeary ! dit Jem en riant et en se retournant.

— Comment ? s'étonna-t-il, moi ?

— Oui, vous. Tiens, prends la moutarde.

Ralph tendit une main tremblante, s'efforçant de prendre un air innocent et candide. Mais il rata sa cible et le pot s'écrasa au sol. Il fut tout étonné de voir le verre se briser en plusieurs morceaux et la moutarde s'étaler sur le lino et les pieds nus de Jem.

— Oh, je suis désolé !

Il prit un rouleau de papier, fit un tampon trop gros qu'il passa sous l'eau :

— Je vais t'essuyer. Vraiment désolé.

Il s'agenouilla aux pieds de Jem :

— Voilà, ça part !

— Évidemment ! C'est de la moutarde, pas de la créosote !

Ralph saisit tendrement la cheville de Jem et nettoya son petit pied.

— Tout propre !

Il remonta jusqu'à son mollet, à quelques centimètres seulement du bas de son tee-shirt. Il aurait tant aimé poser son visage au creux du ventre de la jeune femme et lécher le reste de moutarde qui était sur sa jambe.

— Voilà, répéta-t-il, j'ai presque fini.

Il prit une feuille du rouleau et sécha ses pieds, ses orteils, tandis que son autre main glissait jusqu'au genou de Jem. Quelle déception quand il en eut terminé et dut se relever lentement ! Il en profita pour humer son corps, et soudain aperçut deux petites taches jaunes sur sa jambe :

— Oh, il en reste encore un peu !

Il les essuya et, pour ne pas perdre l'équilibre, se retint légèrement à la cuisse de Jem. C'était chaud, doux, délicieux. Jem, sans frémir, se contentait de l'observer en souriant :

— Tu fais les choses à fond !

— Tout est parti, dit-il gêné en se relevant complètement et en frôlant la poitrine de Jem.

Il était si près d'elle, et elle paraissait si petite à côté de lui qu'il se rendit compte du danger de la situation. Son cœur battait si fort qu'il craignit qu'elle l'entende.

— Merci, dit-elle sans bouger.

— Pas de quoi, répondit-il sans bouger lui non plus.

— Pas de moutarde pour tes saucisses.

— Tant pis !

Ni l'un ni l'autre ne bougèrent d'un pouce. Ils demeurèrent ainsi pendant quelques secondes qui leur parurent une éternité.

— Ralph ?

— Jem.

— Tu te souviens, je t'ai dit hier que tu méritais quelqu'un de mieux car je te trouvais épatant.

Ralph avait soudain du mal à respirer. Il eut l'impression de ne tenir debout que grâce à la force magnétique générée par Jem. Sans elle, il s'écroulerait.

— Eh bien ?

Qu'allait-elle lui dire ?

— Oh, je voulais que tu saches… Oh merde !

Elle se retourna, paniquée :

— Merde ! Le bacon crame !

Elle retira la poêle du feu et ouvrit la fenêtre. La cuisine était grise de fumée, le bacon réduit en de petits amas de cendres.

— Oh, quelle barbe ! Pas de bacon non plus ! gémit-elle.

— Ce n'est pas grave. De toute façon, je préfère les haricots. Ne t'en fais pas. Mais continue. Tu me disais que…

— Ah, oui. Je voulais te dire…

Une plainte assourdissante couvrit ses paroles, un cri suraigu provenant d'un coin de l'appartement.

— C'est quoi ce bordel ? demanda Ralph par-dessus le vacarme.

Smith apparut sur le seuil, vêtu d'une robe de chambre verte, l'air ahuri, les cheveux en bataille :

— Qu'est-ce qui se passe ? Qui a déclenché l'alarme d'incendie ? cria-t-il d'un ton furibard.

— Oh, j'ai brûlé le bacon, avoua Jem. Smith, dépêche-toi, souffle sur le détecteur.

Tous les trois se précipitèrent dans le vestibule. Smith se hissa sur un tabouret et chassa la fumée avec sa manche.

— Pourquoi faisais-tu frire du bacon ? demanda-t-il, irrité.

— Pour Ralph. Pour son petit déjeuner.

Smith continua à éventer le détecteur jusqu'à ce que l'alarme s'arrête.

— Bon Dieu ! fit-il en redescendant de son tabouret et en lissant ses cheveux.

— Désolée, mon chou, dit Jem en lui tendant la main. Au moins, on sait que ça marche !

— Ouais… Bon, de toute façon, c'était l'heure de me lever. Il y a quelque chose pour moi ?

Elle lui décocha un sourire radieux :

— Bien sûr ! C'est prêt dans une seconde.

Smith alla se doucher tandis que Ralph et Jem retournaient à la cuisine. Jem cassa des œufs dans une poêle et baissa le feu sous les haricots qui s'étaient solidifiés.

— Jem, dit Ralph en sortant les couverts, tu me disais…

— Plus tard ! répondit-elle en continuant à cuisiner.

Plus tard ? Combien d'heures à attendre ? Dix heures ? Comment pourrait-il patienter si longtemps avant de savoir ce qu'elle avait en tête ? Impossible !

— Tu peux me mettre sur la voie ?

— Oh, Ralph, bon sang, ce n'est pas dramatique. Je t'en parlerai plus tard, vu ?

— D'accord.

Il s'assit et observa les gestes de cette cuisinière avertie. Smith le rejoignit à table et Jem les servit :

— Voici un solide petit déjeuner pour de solides travailleurs. Avalez-moi ça !

Elle remplit chaque assiette d'œufs, de saucisses, de haricots, de champignons et de toasts beurrés.

— Tu es un ange, une sainte, la perfection faite femme ! Merci !

Profitant du contexte, Ralph n'avait pas hésité à couvrir Jem d'éloges et à lui montrer son adoration sans éveiller pour autant la jalousie de Smith. Jem prit ça sur le ton de la plaisanterie et sourit à ce client satisfait.

Les étranges événements de la matinée avaient stimulé l'appétit de Ralph qui se précipita sur son assiette. Il mangea comme un goinfre, dévorant sa nourriture en un clin d'œil ; de toute façon, il avait envie de filer : Jem et Smith se faisaient du pied sous la table en échangeant de tendres sourires. Il rangea son assiette dans le lave-vaisselle, mit sa radio, des Mars et un tricot dans un sac, enfourcha le vélo de Smith et déguerpit après avoir enfilé le casque de son copain. Jem et Smith, tendrement enlacés en haut du perron, lui dirent au revoir de la main, tels des parents fiers de leur progéniture. Cette vision le mit mal à l'aise et rompit le charme érotique de l'heure précédente.

17

Ralph pédalait vite en prenant l'itinéraire panoramique par le Battersea Bridge, les jolies maisons de Cheyne Walk, l'élégante Grosvenor Road et Millbank.

« Where can I find a woman like that – like Jessie's girl... » chantait-il à tue-tête sans se préoccuper des passants. Il avait du mal à réprimer un mélange de sentiments contradictoires fait de jalousie, de désir, d'amour-propre blessé, d'excitation et de déception. Et ça devenait insupportable. Comment continuer à vivre avec ces deux-là : Jem qui lui montrait ses fesses, disait qu'il était « épatant » tout en faisant du pied à Smith comme s'il n'existait pas ? Le faisait-elle exprès ? Était-elle vraiment nympho ? Non. Ce n'était pas le terme. Il devait y avoir autre chose. Un truc spécial entre eux... peut-être spirituel. Ils s'entendaient si bien, leur histoire était donc « spéciale ». S'il n'avait pas autant envie d'elle, ils pourraient être amis – une amie, voilà ce qui aurait été nouveau dans sa vie. Maintenant, c'était trop tard. Il y avait eu le mini tee-shirt, la moutarde et tout le reste.

Qu'avait-elle à lui dire ? Cela l'obsédait. Oh et puis après tout, il n'avait qu'une longue, qu'une interminable journée à attendre avant de l'apprendre.

Il prit à droite puis à gauche sur Parliament Square, suivit le quai sur Victoria Embankment. Il pédalait comme un malade sans se préoccuper des brûlures dans ses muscles ni des piétons qui croisaient son chemin.

C'était une journée magnifique, froide mais avec un magnifique ciel bleu. Le Parlement étincelait sous le soleil.

Putain de Smith ! Il avait toujours eu de la veine. Chanceux dès le départ. Il avait grandi dans une maison charmante de Shirley avec des parents larges d'esprit. Il avait eu des amis très cool, les plus jolies filles à ses pieds, une voiture de sport pour ses dix-huit ans, des vacances, un job et puis de l'argent, un appartement, une carrière. Ralph avait suivi le mouvement.

Ses parents étaient vieux, plus vieux que les autres parents et terriblement timides. Il n'aurait jamais pu inviter des copains chez eux, à Sutton – sa mère leur aurait offert des gâteaux achetés tout faits et elle aurait insisté pour parler avec ses « jeunes amis » de leurs études et de la météo. Son père se serait réfugié dans le jardin, s'activant avec un râteau ou une binette, et, avec sa casquette à carreaux, on l'aurait pris pour le gardien d'un imposant domaine. Ils auraient éteint la télévision – ça ne se faisait pas de l'allumer quand il y avait « du monde » – et, dans le petit salon beige, l'on aurait entendu le tic-tac de la vieille horloge en bois qui égrenait d'interminables secondes.

Il avait eu du mal à trouver ses marques dans l'univers de Smith. La première fois qu'il avait été voir

Shirelle, l'attitude des parents de Smith l'avait choqué. Ils juraient sans arrêt, criaient pour se faire entendre par-dessus le vacarme des téléviseurs, laissaient les amis de leur fils aller et venir à leur gré sans manifester le moindre intérêt pour leurs études ou s'inquiéter de savoir qui allait se taper l'étudiante étrangère dans la chambre d'amis.

Au début, il ne s'était pas attardé : il se contentait de sauter Shirelle aussi vite que possible tout en surveillant la porte. Ne comprenant pas l'attitude décontractée des parents de Smith, il s'esquivait rapidement, se rhabillait même dans l'escalier, les yeux rivés au sol de peur d'avoir à parler à l'un des nombreux visiteurs de cette grande et confortable maison.

Et puis, bien sûr, il y avait eu cette promenade avec Smith et il avait découvert que ce n'était pas un mauvais bougre. En plus, Ralph s'était rendu compte que les prouesses sexuelles de Smith ne l'impressionnaient pas tant que ça. Pour finir, il était entré dans la vie de ce dernier.

Au début, il était mal à l'aise, craignant d'être la victime d'une énorme blague. Puis il s'était détendu et avait profité de ses amis riches et heureux. Sa jalousie envers Smith s'était estompée et, au fil des ans, ils étaient devenus égaux, comme des frères. Vedette des Beaux-Arts de Londres, encensé par la presse, entouré de blondes ravissantes, il était au centre d'un large cercle de relations et l'invité chouchou de soirées élégantes.

Et voici que ses vieilles hantises remontaient à la surface, son complexe d'infériorité, son manque de relations, ses origines de cul-terreux, son inadaptation sociale. Tout ça parce que Smith avait ce que Ralph n'avait jamais connu et désirait maintenant par-dessus tout : une femme qui serait vraiment amoureuse de lui.

Connard de Smith ! Connerie de vie ! Connerie d'injustice !

Ralph remonta à toute vitesse Thames Street, bloquée sur quatre files par une succession de feux rouges. Les brûlures dans ses jambes avaient disparu depuis belle lurette et il pédalait comme un automate. Une voiture klaxonna derrière lui. Il pointa un doigt en l'air en criant « Va te faire foutre ! ».

Puis il lâcha le guidon, se leva de sa selle, ferma les yeux pour sentir le vent balayer son visage, respirant à fond la bouche ouverte pour que l'air s'engouffre dans ses poumons.

Il cria, mais le son se perdit dans le crissement des pneus d'une voiture, dans le bruit de carrosseries entrechoquées quand son vélo heurta le capot d'une Mercedes 350 SL rouge – son rêve. Son corps fit un vol plané au-dessus d'une voiture en stationnement puis d'un parcmètre pour atterrir contre le mur d'un immeuble de bureaux.

Il fut immédiatement entouré par un groupe d'inconnus qui proféraient des « Oh » et des « Ah », demandaient s'il y avait un médecin parmi eux, proposaient d'appeler une ambulance. L'un d'eux se pencha pour voir s'il respirait encore.

— Chut ! fit un petit gros qui avait pris – pour une raison inconnue – la situation en main, taisez-vous tous, il essaye de parler.

Il approcha son visage gélatineux à quelques centimètres de la bouche de Ralph puis se redressa, les joues écarlates, dévisageant la foule autour de lui :

— Il répète sans arrêt qu'il « aimerait avoir la femme de Jessie » !

— *I want Jessie's girl…*

— Mais bon Dieu, pourquoi chante-t-il toujours ça ? demanda Smith.

Jem haussa les épaules et serra la main de Ralph.

— Regarde-le ! Dire que tout est de ma faute. Il ne se serait pas levé si ce n'avait pas été pour me faire plaisir.

Elle posa sa tête sur le lit à côté de Ralph et se mit à sangloter.

— Jem, arrête de pleurer et de t'accuser, fit Smith en lui caressant les cheveux. Tu n'y es pour rien. Souviens-toi de ce qu'a dit le chauffeur de la Mercedes : il roulait à toute vitesse, les yeux fermés. Ce n'est pas une question de malchance…

Il s'interrompit en songeant à sa pauvre bicyclette. Il ne l'avait achetée que deux mois auparavant et maintenant elle était bonne pour la casse. Merci, mon cher Ralph !

Le médecin leur avait donné quelques précisions : Ralph avait le poignet cassé, des hématomes sur le côté gauche, une côte fêlée ainsi qu'un léger traumatisme crânien ; il allait reprendre ses esprits d'un instant à l'autre. D'une certaine façon, il avait eu de la chance : le mur avait arrêté sa chute. S'il avait heurté le trottoir en premier, il aurait pu se blesser le dos ou se casser une jambe.

Tous deux étaient assis à l'hôpital, chacun d'un côté du lit de Ralph, Jem lui tenant les mains, Smith gardant les siennes croisées. Ils attendaient que Ralph reprenne conscience et arrête de marmonner cette putain de chanson.

— Je vais te chercher un thé, proposa Smith en se levant et en s'étirant avec un coup d'œil à sa montre. Il avait des millions de choses à faire.

Jem contemplait toujours Ralph. Il était si mignon, le visage violacé et plein d'éraflures, ses gros yeux ronds désespérément clos, son bras gauche dans le plâtre, des bandages comprimant sa poitrine. On aurait dit un gosse, vulnérable, adorable, brisé, et c'était de sa faute à elle. Peu importait ce que Smith ou n'importe qui prétendait, c'était elle qui avait conduit Ralph à agir ainsi, qu'il soit en partie responsable ou non. Sans elle, il aurait été au fond de son lit au moment de l'accident. Elle avait décidé de son destin en ce vendredi matin. Elle et personne d'autre.

— « Jessie's girl – I want Jessie's girl ! » psalmodiait Ralph de son étrange voix pâteuse.

— C'est moi, Jem, tu m'entends ?

— « Where can I find a woman like that… »

— Oh, Ralph, je t'en supplie, ouvre les yeux, regarde-moi !

Pas le moindre mouvement.

— Ralph, Ralph, c'est moi.

Il se réveilla soudain :

— Jem…, fit-il d'une voix faible, fatiguée.

— Chut, n'essaye pas de parler, conseilla Jem en posant sa main sur sa joue.

— Jem.

Il lui sourit, ferma les yeux et frotta son nez contre la paume de Jem.

Smith revint à cet instant, deux gobelets en plastique à la main.

— Smith, il s'est réveillé ! Il m'a parlé !

Smith posa les gobelets sur la table de nuit et reprit sa place :

— Ralph, tu m'entends ?

Hochant la tête, il ouvrit lentement les yeux, sourit à Smith et croassa :

— Mais bon sang, que se passe-t-il ?

— À toi de me le dire, espèce de cycliste kamikaze à la con ! fit Smith en lui étreignant la main. À quoi tu jouais ?

— Je… ne me rappelle pas… Ah, si… je chantais. J'étais sur ton vélo. Ouais, c'est ça.

— Je vais chercher l'infirmière, murmura Smith à Jem, il faut les mettre au courant.

— Jem, dit Ralph quand il fut seul avec elle, je suis si heureux de te voir. Tu es… ravissante.

— Merci du compliment, mais ton jugement est sans doute un peu déformé.

— Smith est rentré chez lui ?

— Non, il est allé chercher une infirmière. Tu es resté inconscient pendant des heures.

En le regardant s'endormir paisiblement, Jem se sentit fondre. Soudain, elle aurait aimé l'enlacer, le protéger, le surveiller, l'aimer. La matinée avait été si bizarre. L'histoire de la moutarde l'avait troublée. Ç'avait été si agréable, la sensation des mains de Ralph sur ses jambes, de ses doigts entre ses orteils… Il y avait eu un instant, avant que le bacon brûle, où le monde avait cessé de tourner tandis qu'il était penché sur elle, tout près d'elle. Son cœur battait si fort qu'elle avait cru que ses tympans allaient éclater… Et maintenant… maintenant, voilà qu'elle se sentait bizarre, qu'elle ne savait plus très bien où elle en était.

Elle fixa son attention sur Ralph : sa joue était encore appuyée contre sa main, son corps immobile et blessé, son esprit ailleurs. Il était si faible, semblait avoir tant besoin d'amour et de tendresse.

Le cœur de Jem se serra.

18

Siobhan et Karl venaient de passer deux semaines de rêve, les plus heureuses depuis des mois et des mois. Siobhan avait suivi le conseil de Rick et avait tout déballé à Karl, le soir même. Celui-ci, fort comme à son habitude, l'avait écoutée et s'était montré compréhensif – même à propos de son escapade avec Rick.

— Tu l'as embrassé? avait-il demandé sur un ton détaché, assis torse nu sur le lit à baldaquin, Rosanne nichée contre lui.

— Euh, oui, avait-elle admis, en regardant tristement le plancher.

Elle portait encore ses sandales à hauts talons toutes crottées de la boue du loch. Elle avait dénoué ses cheveux qui tombaient en de grandes vagues dorées sur ses épaules, mais ne s'était pas démaquillée. Son mascara noir avait coulé.

Karl avait été surpris par l'aveu de Siobhan. Cette folle de Tamsin ne s'était pas entièrement trompée. Rick et elle s'étaient embrassés; ils avaient échangé des baisers. Cela l'avait bouleversé.

— Ah bon ! Et vous vous êtes embrassés longtemps ? avait-il insisté en se frottant le menton.

La nouvelle l'avait pris par surprise et il voulait réagir en adulte.

— Dix minutes, vingt minutes, je ne sais pas. J'ai pensé à toi, avait-elle précisé pour ramener la conversation sur le sujet qui lui importait : leur couple. J'ai pensé à toi et j'ai arrêté…

— Pourquoi t'es-tu conduite comme ça ? Tu étais ivre ? L'effet de la coke ?

Karl s'était exprimé calmement, rationnellement, tentant de comprendre ce qui s'était passé. Pourtant, il ne pouvait chasser de son esprit l'image de Siobhan dans les bras d'un autre homme, l'embrassant à pleine bouche…

— Non, j'y ai pensé avant même de boire, à la minute où je l'ai vu.

À ce moment elle avait regretté d'en avoir peut-être trop dit, mais il fallait bien qu'elle commence par le début si elle voulait reconstruire quelque chose.

— Oui, disons que c'est un beau mec…

— Oh, Karl, arrête ! Sois sincère ! Tu crois que ce n'était qu'une question de physique ? Tu crois qu'il m'a plu et qu'après quinze ans je me suis dit « tiens je vais me le faire » ? Bien sûr qu'il est beau, mais ce n'est pas la raison.

— Bon, alors c'est quoi ?

— Je voulais te montrer que je pouvais encore plaire aux autres hommes. Te rendre jaloux. Je sais que ça peut paraître enfantin… même bête. J'espérais que tu ne me laisserais pas continuer à flirter, que tu serais furieux, possessif, que tu verrais le danger et que tu réagirais violemment, mais rien de tout ça n'est arrivé.

Tu t'es conduit à la Karl – cool, décontracté, content de ta petite personne ! Tu n'as pas songé une seconde qu'un autre homme pouvait avoir envie de moi ! Tu me prends pour une mocheté, une grosse qui n'attire personne...

Elle avait versé des larmes amères.

— Oh, Siobhan, c'est de ça qu'il était question avant qu'on descende. Je désirais en discuter mais tu étais tellement furieuse, tellement sur la défensive que tu as refusé. Viens près de moi, avait-il dit, les yeux embués de larmes, je t'en supplie, je veux être tout contre toi.

Elle avait quitté la coiffeuse et s'était lentement avancée vers le lit. Assise sur le bord, elle désirait se rapprocher de Karl tout en étant encore sous le coup de sa colère rentrée et de sa rancune.

— Shuv, je vais te parler franchement. C'est vrai que tu as grossi. Je n'en ai pas parlé parce que ça ne me paraissait pas important.

Siobhan avait levé les sourcils en signe de doute.

— Vraiment, avait-il poursuivi, tu es la plus belle femme du monde. Je ne dis pas « à mes yeux » car ce serait faux. Tu es également belle pour les autres. Dans la rue, j'ai vu la façon dont les hommes te regardent. Tu as pris trop de poids mais ce n'est pas grave. Regarde-toi, tu es magnifique – pense à tes cheveux, tes yeux bleus, ton port de tête, ton rire, ton aisance avec les gens. Nue, tu es voluptueuse, ronde, féminine...

Siobhan commença à sourire à travers ses larmes.

— Ne crois pas que j'aie moins envie de toi, c'est tout le contraire. Ce soir-là, après le verre au Sol y Sombra, j'ai eu envie de toi comme jamais, plus encore qu'à nos débuts.

Ah oui, cette nuit ! avait songé Siobhan. Il fallait crever l'abcès. Elle prit une inspiration :

— Karl, à propos, je veux t'expliquer.

Il lui tendit la main pour l'encourager.

— C'est à cause de cette fille, Cerise, tu sais, notre voisine du dessus. Je l'ai vue à ce pot et elle était si jeune, si mince, si belle et tu avais l'air… tellement sous son charme. Alors, je ne me suis pas sentie à la hauteur, mais moche. Plus tard, quand tu as essayé de me faire l'amour, j'étais persuadée que c'était elle que tu désirais en moi, que tu imaginais que j'étais elle, que j'étais jeune et mince… c'est pour ça que je t'ai repoussé – c'était insupportable. À mes yeux, j'étais hideuse, monstrueuse, comme une putain, une grosse putain. Si tu avais tellement envie de baiser c'était qu'*elle* t'excitait, et pas moi. Tout ça est pathétique, non ?

Karl s'était senti affreusement mal. Qu'avait-il fait ? Tout était de sa faute. Pourquoi s'était-il approché de cette horrible garce ? Il avait la meilleure des compagnes, une femme qui l'aimait et lui faisait confiance. Et son égoïsme, son infidélité l'avaient forcée à se jeter dans les bras d'un autre. Il l'avait bien mérité ! Depuis des mois, le remords le rongeait. Il lui fallait payer le prix pour l'avoir trompée et trahie.

— Mais non, tu n'as rien de pathétique, dit-il en prenant Siobhan dans ses bras. C'est moi qui suis fautif.

— Je ne comprends pas.

— C'est toi qui as toujours été la plus forte. Pendant des années, j'ai compté sur toi, je me suis reposé sur toi. Tu as toujours pris les décisions importantes. Sans toi, nous habiterions encore cette affreuse chambre meublée à Brighton, j'essayerais d'être une star du rock, je me produirais devant des étudiants de première année dans des bars qui sentiraient le vomi et la mauvaise bière. Et je me persuaderais d'aimer cette vie ! Tu m'as fait mûrir. Grâce à toi, je me suis amélioré. Et je te jure qu'en rentrant ce soir-là, c'est de toi que j'avais envie, c'est toi que je voyais en fermant les yeux, que je sentais au bout de mes doigts, de ma bouche, de mes lèvres. Uniquement toi. Bien sûr, cette Cerise est jolie, mais il n'y a que toi qui me fasses de l'effet, que tu pèses cinquante kilos ou trois cents, enfin, pas trois cents...

Il éclata de rire et Siobhan lui permit de la consoler, de la réconforter.

Bon, je n'ai pas tellement menti au sujet de Cerise, avait songé Karl avec un soupçon de culpabilité. Juste un petit mensonge pour protéger leur couple, leur amour, leur avenir. Mais Dieu qu'il s'était senti mal. Il avait caressé les cheveux de Siobhan.

— Oh, Shuv, ta tête est pleine de brindilles et d'herbes. Tu es sûre que vous n'avez fait que vous embrasser ?

— Oui, je me suis couchée pour l'embrasser, avait avoué Siobhan nerveusement. Tu me pardonnes ? Tu sais que ce n'était rien, hier ? Je me suis conduite comme un enfant et j'ai utilisé Rick pour t'atteindre...

— Oh, il n'a pas dû trouver ça désagréable ! Quel homme pourrait résister, espèce de démon !

Ils s'étaient enlacés puis avaient bavardé pendant des heures des événements des douze derniers mois, de la détresse de Siobhan. Ils avaient fait des plans pour qu'elle soit heureuse à l'avenir, pour que leur amour reste passionné. Pour qu'ils se parlent et n'aient plus de secrets. Ensuite, ils avaient fait l'amour pour la première fois depuis deux mois. Lorsque Karl avait posé sa tête entre les seins de Siobhan, elle avait regardé ses mèches bouclées en souriant.

Assez tôt le lendemain, ils avaient entendu la Peugeot de Rick démarrer – Tamsin et lui avaient préféré s'esquiver sans attendre la suite – et ils avaient passé les vingt-quatre heures suivantes seuls dans la chapelle à parler, à se promener, à manger et à faire l'amour.

En rentrant à Londres le lundi matin, Siobhan s'était précipitée sur son téléphone pour prendre rendez-vous avec son gynécologue et décider d'un traitement contre la stérilité.

En fait, pendant la nuit où ils avaient parlé à cœur ouvert, Siobhan avait admis que sa stérilité était depuis toutes ces années un sujet tabou. Avant de savoir qu'elle ne pourrait jamais avoir d'enfant, elle avait rêvé d'être mère. Quand elle l'avait appris, elle avait acheté Rosanne et décidé de vivre sans chercher la moindre solution à cette situation. Résignée… Elle avait soudain compris qu'ainsi elle ne se conduisait pas en femme d'action mais comme quelqu'un de choqué, de paralysé. Cette nuit-là ils avaient réalisé qu'ils feraient d'excellents parents, alors qu'il y avait tant de mauvais parents de par le monde qui ne méritaient pas d'avoir des enfants, qui ne les désiraient pas, qui les battaient, les étouffaient ou les gâtaient. Pendant leur conversation, ils avaient compris qu'ils méritaient des enfants, qu'ils étaient prêts pour les élever et que rien d'autre ne comptait.

Siobhan, sachant déjà ce que tout médecin lui conseillerait, s'inscrivit immédiatement dans un groupe

Weight Watchers. Quelle ironie, songea-t-elle : maintenant qu'elle savait que Karl l'aimait, voilà qu'elle décidait de maigrir. Pour leur avenir, pour leur bébé. À plus court terme, cela lui permettrait de ressortir ses anciens vêtements ravissants et de jeter ses horribles caleçons.

C'était l'ennui qui l'avait poussée à se gaver, ces heures passées seule chez elle en compagnie d'un frigo plein d'aliments malsains, à prendre ses repas toute seule. Avec Karl, elle avait décidé qu'elle devait s'occuper : par exemple, en mettant à profit ses compétences pour confectionner des robes de mariée. Une semaine après avoir passé une annonce, elle reçut trois commandes. Le téléphone n'arrêtait plus de sonner, et elle transforma la chambre d'amis en atelier de couture.

La décontraction qui avait régné dans leur couple avait également causé sa perte. Ils n'avaient jamais discuté des choses à fond, ne trouvant pas ça utile. Siobhan avait mené la barque et Karl, totalement confiant, avait suivi le mouvement. Il avait laissé échapper le moment où il aurait dû reprendre la barre et décider de leur avenir.

Karl avait eu du mal à digérer ce qui s'était passé entre Siobhan et Rick, cette nuit-là au bord du loch. Il avait dû réprimer une pointe de jalousie qui n'était pas dans sa nature. Mais il s'en était sorti et avait même apprécié que Siobhan lui ait avoué qu'elle avait besoin de lui.

Il avait mûri et ça lui plaisait. Désormais, il désirait dépenser de l'argent pour améliorer leur appartement, se débarrasser des meubles et des bibelots tocards qu'ils avaient apportés de Brighton, enlever les affiches, acheter des lampes et une jolie housse de couette, remplacer l'horrible revêtement en plastique rouge de la salle de bains par du carrelage italien.

Il avait trente-cinq ans et ne pouvait demeurer un rocker toute sa vie. S'il avait des enfants, leurs copains se moqueraient de leur père qui ressemblerait à Bill Haley. Ce serait douloureux mais il allait le faire. Il allait demander à un coiffeur de couper sa chère banane et ses rouflaquettes. Cela n'aurait pas que des inconvénients : il passerait moins de temps le matin à se préparer et il n'utiliserait plus cette brillantine que Siobhan détestait. Il pourrait construire des placards pour sa collection de disques qui occupaient actuellement des mètres et des mètres d'étagères dans leur salon tel un tableau moderne. Ces milliers de microsillons et de CD étaient son trésor, le symbole de son passé. Il était temps de les mettre de côté, voire d'en vendre certains. L'heure était venue de passer à autre chose.

Karl et Siobhan avaient été heureux si longtemps ensemble qu'ils avaient oublié d'évoluer, se figeant dans un quotidien qu'ils avaient idéalisé. Il avait fallu cette nuit en Écosse pour leur rappeler que le film de leur vie n'était pas terminé, qu'ils avaient d'autres scènes à jouer, qu'ils devaient avancer quoi qu'il advienne.

Karl progressait dans son émission. Un lundi après-midi, un Jeff tout sourire l'avait convoqué dans son bureau. Les derniers chiffres d'audience montraient que le taux d'écoute avait grimpé – seulement d'une fraction, mais suffisamment pour ne rien changer pendant quelques semaines.

— Écoute la bande enregistrée à Glencoe, avait suggéré Jeff. Rick pense qu'il y a des tas d'idées brillantes. Juste au cas où.

Mais Karl avait pensé qu'il n'en aurait pas besoin. La semaine suivante, les taux d'écoute avaient encore monté et ça allait sûrement continuer. Il n'avait plus renâclé à passer les derniers hits pour attirer les jeunes auditeurs à condition qu'il puisse aussi leur passer de vieux classiques pour les éduquer.

Il avait décidé d'être franc avec Rick sur ce qui s'était passé à Glencoe. Il l'aimait bien, respectait son travail et voulait que leur équipe marche :

— Rick, lui dit-il à la cafétéria après une émission, je sais ce qui s'est passé en Écosse entre Siobhan et toi.

Rick s'était tassé sur sa chaise et avait regardé tristement son sandwich au cheddar et au brocoli. Il n'avait proféré qu'un « Oh » suraigu.

— Écoute, Rick, je ne suis pas du genre jaloux. J'ai été un peu secoué, je l'avoue. Mais tu as été très gentil avec Siobhan, tu lui as donné d'excellents conseils et, franchement, on en avait besoin. Je veux que tu saches que je ne t'en veux pas…

C'était faux, archifaux. Karl en était encore malade mais s'il laissait la jalousie prendre le dessus, la situation tournerait mal. Or il voulait être positif.

Rick, qui avait retenu son souffle, reprit sa respiration :

— Tu sais, Siobhan est une fille épatante, dit-il d'un ton haché.

— Je sais.

Karl se fichait éperdument de l'opinion de Rick. Ce fut son tour de respirer à fond pour ne pas s'énerver :

— Bon, écoute, oublions l'incident. J'ai du respect pour toi et finalement cette histoire nous a fait du bien, à Siobhan et à moi. On avait besoin qu'on nous botte le cul. Tu sais, on s'était un peu laissé aller, enfin, tu vois…

— Ouais, fit Rick un peu gêné par la candeur de Karl.

— Alors, comment ça va avec Tamsin ? Elle n'était pas très contente là-bas… demanda Karl en réfléchissant à ce qu'il pouvait dire sur l'état chaotique de Tamsin.

— Bof, elle est… partie, répondit Rick de sa voix suraiguë.

— Je suis désolé, mon vieux. Comment est-ce arrivé ?

— Je lui ai avoué ce qui s'était passé.

— Vraiment ! Mais pourquoi ?

— Oh, elle en avait deviné une partie. Quand je me suis réveillé le lendemain, elle était assise au pied du lit à me regarder. J'ai eu la trouille. Elle avait à la main mes affaires de la veille, pleines de taches de boue et d'herbe.

Il détourna le regard et laissa échapper un soupir :

— Elle est devenue complètement cinglée, tu vois le genre ? Elle m'a traité de tous les noms, de connard syphilitique, de salaud, etc. Ça m'étonne que tu ne l'aies pas entendue gueuler.

— Oh, merde.

— Je suis resté six mois avec elle, mais j'ignore toujours ce qu'elle a dans le ventre. Elle est complètement hermétique. Elle garde pour elle des tonnes de secrets.

— Hum, fit Karl, sachant à quel point Rick avait raison.

— Heureusement que je m'en suis aperçu à temps.

— Comment te sens-tu maintenant ?

— Assez inquiet. J'ignore comment elle va s'en sortir.

— Oh, elle t'appellera si elle a besoin d'aide. Elle va sans doute changer d'avis et décider de revenir. C'est une grande fille, elle sait mener sa barque. Tu sais, les gens qui paraissent faibles sont souvent durs comme l'acier et inversement. Elle va s'en tirer.

— Je l'espère. Au fait, fit-il en fouillant dans son attaché-case, j'ai apporté ça.

Il tendit à Karl le petit magnétophone qu'il avait utilisé en Écosse :

— J'ai écouté la bande et je ne pense pas qu'elle te soit utile, mais on ne sait jamais.

Karl remercia Rick, fourra l'appareil dans sa poche revolver et s'en alla.

Voilà, il avait fait le ménage et tout ce qu'il avait sur le cœur avait été dit. Il eut l'impression d'avoir agi en homme mûr et en fut content. Pourtant, il aurait bien aimé casser la belle gueule de Rick.

Karl venait de passer deux excellentes semaines et, en cette veille de Noël, il avait quitté la station de radio et conduisait sur Kensington High Street. Il faisait nuit, la chaussée luisait de reflets orange, et les trottoirs étaient bourrés de gens qui faisaient leurs derniers achats. De la neige était tombée vers midi mais elle n'avait pas tenu ; une fanfare de l'Armée du Salut jouait des chants de Noël devant Bakers. Le son des cuivres, le bruit des conversations ajoutèrent à sa bonne humeur. Par miracle, il trouva une place sur Derry Street et s'agglutina à la foule qui le porta jusqu'à l'entrée du grand magasin. À l'intérieur régnait une douce chaleur. Karl traversa rapidement la parfumerie où des vendeuses au

visage lisse brandissaient des flacons de parfums trop
épicés pour se rendre à la joaillerie, où l'atmosphère
était plus recueillie. Déçu par la panoplie de bijoux fan-
taisie exposée, il s'adressa à un vendeur :

— Dites-moi, où se trouvent les vrais bijoux ?

Le jeune homme lui indiqua la direction à suivre.

— Est-ce que je peux vous aider ? lui demanda un
autre vendeur.

— Oui, bien sûr. J'aimerais voir des bagues aux
alentours de… – il réfléchit rapidement à ce qu'il pouvait dépenser – mille ou quinze cents livres. Non, met-
tons deux mille !

Karl fit un grand sourire. Il voulait être à la hauteur
de l'événement.

— Certainement. Quel genre de bague désirez-
vous ?

La question surprit Karl. Pour lui, il n'existait que
des bagues de fiançailles.

Oui, il allait l'épouser ! Il allait se marier avec la
belle Siobhan. L'excitation faillit lui couper le souffle.
Comment n'y avait-il pas pensé plus tôt ? Il contempla
le plateau où étaient alignés les symboles de l'amour,
des pierres éternelles. Quelle bague choisir ? Ce serait
pour la vie ! Une idée le frappa soudain : vivre pour
toujours avec Siobhan était follement romantique. Ce
n'était pas seulement une décision inéluctable du destin, ni un engagement tacite, mais du pur romantisme.
Il y aurait leur couple, puis des enfants, des petits-
enfants, une jolie maison… peut-être à Chelsea, des
carrières brillantes et leur couple, tous les deux – Karl
et Siobhan Kasparov – toujours amoureux après cinquante, cent, trois cents ans. De quoi fondre !

Il devait songer à ce que Siobhan aimerait et ne pas suivre son seul goût. Lui aurait choisi un gros caillou, mais Siobhan préférerait quelque chose de plus subtil, de plus fin, une pierre de couleur, bleue comme ses yeux ou jaune comme ses cheveux d'or. Le vendeur lui montra toutes les bagues du magasin, calculant en silence le montant de sa commission. Il encouragea Karl, s'enthousiasma avec lui. Et finalement, Karl vit la bague idéale, celle qui irait parfaitement à Siobhan : un ensemble de petites perles, de diamants et de saphirs montés sur or blanc. Le tout à la fois original, vaguement celtique et totalement sans prétention, à l'image de Siobhan.

Le vendeur, ravi, plaça la bague dans un écrin de cuir rouge et Karl quitta le rayon délesté de deux mille deux cents livres mais pressé de rentrer. Ils avaient invité à dîner leurs amis Tom et Debbie pour partager un plat de pâtes et regarder une vidéo. Maintenant, il espérait qu'ils partiraient sans le « et si on se faisait un film ? » habituel afin qu'il ait le temps de demander la main de Siobhan. Sinon, ils seraient trop fatigués pour célébrer l'événement.

En attendant, il n'arrivait pas à tenir en place. Il faisait les cent pas dans la cuisine tandis que Siobhan préparait des spaghettis à la carbonara, avec de la crème fraîche allégée, précisa-t-elle.

— Tom et Debbie seront un peu en retard, ils ont téléphoné avant ton arrivée.

— Quelle barbe ! Quand seront-ils là ?

— Dans une demi-heure à peu près.

— Oh ! râla-t-il.

— Qu'est-ce qui t'arrive ? Depuis quand es-tu si à cheval sur les horaires ? demanda Siobhan en riant.

— Oh, ce n'est rien. J'ai juste envie que cette soirée se termine pour me retrouver seul avec toi. Ce soir, la patience n'est pas mon fort.

Il prit Siobhan par la taille et lui fit un suçon dans la nuque.

— Contrôle-toi, Karl Kasparov ! Ça ne va pas te tuer.

— On ne sait jamais, on ne sait jamais…

Karl n'en pouvait plus. C'était Jeff – oui, Jeff ! – qui lui avait mis ça en tête. Il n'avait rien dit ou fait de spécial, c'était simplement sa façon de parler de sa femme – Jackie par-ci, Jackie par-là – et de ses enfants qu'il évoquait constamment, en les appelant « les gosses » alors qu'ils avaient au moins vingt ans. « Jackie et les gosses », « Siobhan et les gosses ». Depuis trente ans, Jeff et Jackie formaient un couple aussi uni qu'une étoffe finement tissée. Il émanait d'eux une impression de solidité, d'immuabilité. Ils n'avaient jamais cessé de progresser ensemble, d'aller main dans la main vers le même but. Ça pouvait paraître niais, mais c'était ce dont Karl rêvait pour son mariage.

Tom et Debbie arrivèrent enfin et tous les quatre passèrent une soirée tranquille. Bientôt il fut onze heures, trop tard pour voir un film. Pour Karl, il était temps qu'ils s'en aillent afin qu'il puisse faire sa demande. Ça faisait des heures qu'il imaginait la tête que ferait Siobhan, qu'il passait en revue les préparatifs du mariage, la liste des invités, le choix d'une église et d'une salle. Après en avoir parlé toute la nuit, ils feraient l'amour et célébreraient leur union à venir. Si leur passé était important, le futur était l'essentiel.

Tom bâilla enfin et se prépara à rentrer.

— Tu veux que j'appelle un taxi ? lui proposa Karl.

Ils accompagnèrent leurs amis sur le perron et, dès que le taxi eut disparu dans la nuit glacée, ils remontèrent chez eux.

— Je vais me brosser les dents, annonça Siobhan.

— Non, attends ! s'exclama Karl en souriant jusqu'aux oreilles. Ne bouge pas !

— Qu'est-ce que tu complotes ?

Il revint du vestibule, les mains derrière le dos.

— Siobhan, c'est la chose la plus importante de ma vie. Et la meilleure. J'espère que tu seras d'accord avec moi.

Il éclata d'un rire nerveux tandis que Siobhan le regardait avec un mélange de curiosité, d'amusement et d'appréhension.

— Siobhan McNamara, la plus belle femme du monde, veux-tu m'épouser ? demanda-t-il en lui montrant l'écrin rouge et en l'ouvrant maladroitement.

Il attendit ce qui lui sembla une éternité, tenant la boîte en l'air, scrutant le visage de Siobhan pour voir sa réaction.

— Oh, mon Dieu ! Karl ! Espèce de fou ! Qu'est-ce qui te prend ?

Elle s'empara de l'écrin d'un geste délicat. Terrassé par la panique, il était comme paralysé.

— Oui, je le veux ! Oui, je le veux ! dit-elle en jetant ses bras autour de son cou.

19

Smith était parti pour tout le week-end. Une idée de James d'organiser un séminaire de créativité pour « souder l'équipe ». Vu l'effectif restreint de l'agence et la disparité de ses membres, il n'y avait rien à « souder », mais James était tombé sous le charme d'une paire de jolies jambes appartenant à une conseillère en management qui l'avait persuadé qu'un week-end de brainstorming améliorerait « la déconstruction et la reconstruction » et « motiverait » le personnel.

Smith avait donc fait sa valise ce vendredi matin pour retrouver Diana, James, trois vieux responsables de budget, deux secrétaires grassouillettes et une réceptionniste acariâtre dans une Espace de location. Ce petit monde avait pris l'autoroute A1 en direction d'un hôtel du Hertfordshire. Jem, amusée par la situation, s'était pourtant montrée désolée de voir Smith s'en aller.

— Je ne dispose que d'un week-end par semaine, avait-il dit en tirant la tronche, et je dois le passer avec une bande de cinglés !

Dans la soirée, Jem devait retrouver un groupe de copains pour fêter un anniversaire au Falcon, un pub de St. John's Hill. Elle était rentrée se changer.

Ralph était à l'appartement. Il n'avait pas bougé depuis son retour de l'hôpital, deux semaines plus tôt. Il souffrait encore un peu, surtout des côtes quand il riait, mais le docteur était satisfait de l'évolution de son patient. Après tout, il était jeune, solide et cicatrisait bien.

Jem le rejoignit sur le canapé, une canette de bière à la main. Ralph la regardait, un étrange sourire aux lèvres.

— Qu'est-ce qu'il y a ? demanda Jem.

— Devine !

— Quoi ?

— C'est fait !

— T'as fait quoi ?

— J'ai été raisonnable. J'ai fait le ménage dans ma vie.

— Ah oui ? Qu'est-ce que tu veux dire ?

— J'ai largué Claudia !

— Comment ça ? Tu l'as larguée ?

— Oui, tout simplement. C'est terminé.

— Bon Dieu ! Je n'en crois pas mes oreilles. Tu as vu Claudia, la Claudia aux jolies jambes, au visage d'ange, celle qui te laissait la sauter, tu l'as vue et tu lui as dit « Désolé, mais c'est fini, on ne se verra plus » ?

— Absolument, fit-il en croisant fièrement les bras sur sa poitrine.

— Tu ne lui as pas dit « c'est fini, mais on pourra toujours baiser de temps en temps » ?

Il fit non de la tête.

196

— Ni « c'est fini mais tu t'en fous si je baise ta meilleure amie » ?

Il fit à nouveau non de la tête.

Elle se jeta au cou de Ralph et l'enlaça rapidement.

— Oh, bon sang, je suis fière de toi ! Comment elle a pris ça ?

— Du Claudia typique : « Évidemment, il faut que ça tombe juste avant le mariage de ma sœur. Tu ne penses qu'à toi. Qui va m'accompagner ? Toutes mes sœurs ont des jules ou des maris, et moi je serai la vieille fille. Je te hais ! »

Ralph avait pris une petite voix féminine pour imiter Claudia.

— Elle a commencé à pleurer, ce qui m'a surpris de sa part. Elle a essayé de le cacher mais je crois qu'elle était vraiment furax.

— Et maintenant ? demanda Jem. Comment vas-tu assouvir tes besoins sexuels ? Que feras-tu le vendredi soir ? Qui sera la prochaine ?

— Parce que tu crois que je veux une « prochaine » ? Non, je veux rester seul et faire le point.

Il avait imité les psys américains en disant ça.

— Je n'ai pas été seul depuis que… depuis toujours. Ça va me faire du bien. Je peux m'en passer, du moins pendant un certain temps. Si je ne tiens pas le coup, j'ai toujours mon petit carnet d'adresses !

— Parfait, conclut Jem en se redressant. C'est un très bon début. Il suffit de trouver une fille dont tu tomberas amoureux…

Pendant un instant, ils restèrent figés, conscients d'une légère tension entre eux, ce qui fit plaisir à Ralph. Jem pensait qu'il ne sortait avec une fille que pour le sexe, il avait donc trouvé la parade : il avait lancé l'opération « Intelligent et disponible ». Sa décision de rompre avec Claudia n'avait pas été totalement rationnelle ni réfléchie. Certes, il en avait eu plus que marre des gamineries de Claudia et de sa soi-disant « logique féminine », surtout quand il la comparait à Jem.

Mais en fait, s'il avait rompu, c'était pour faire plaisir à Jem, pour remonter dans son estime et par-dessus tout pour compter à ses yeux. Depuis son accident, il avait compris qu'il était inutile de soupirer après elle en lui offrant des fleurs ou un plat indien épicé. Jem avait vingt-sept ans, l'âge où une femme recherche des qualités différentes chez un homme, où le charme ne suffit plus. Un compte en banque bien garni, une belle situation sont alors des atouts plus précieux qu'une coiffure à la mode, un sens de l'humour farfelu ou le comportement romantique d'un artiste maudit.

C'est pourquoi elle avait choisi Smith, et elle avait sans doute eu raison. En effet, Ralph avait toujours envisagé de se faire entretenir par une femme riche ; et pourquoi donc en vouloir à Jem d'avoir pris la même décision ? Smith était du genre à rembourser régulièrement les crédits immobiliers, acheter des vêtements d'enfant au prix fort, faire bonne impression lors des réunions de parents d'élèves, monter une bibliothèque en kit. Inutile de lui en vouloir pour sa chance de cocu. Ralph devait se montrer à la hauteur. Une fille choisirait sûrement un artiste à succès plutôt qu'un banquier à succès.

Il avait donc pris contact avec Philippe, son « gourou », qui avait été heureux de l'entendre après si longtemps. Ils avaient discuté de l'avenir, de la Bourse, des stars à la mode, de ses œuvres passées, de son état d'esprit. Le moral au beau fixe, Ralph brûlait d'envie de se remettre à peindre dès qu'on lui enlèverait son plâtre au poignet. Il s'était déjà rendu à son atelier – sans dommages cette fois – pour enlever les toiles d'araignée, les crottes de rat, les vieux pinceaux et les tubes desséchés, bref, pour s'imprégner de l'atmosphère des lieux.

Avec Jem, il l'avait joué cool, sortant plus souvent avec ses potes même quand il savait qu'elle était seule à l'appartement. Il avait négligé les plantations dans le placard, s'était abstenu de lui acheter des fleurs ou de lui faire des compliments. Et plus il semblait s'être détaché d'elle, plus elle s'était rapprochée de lui. Sans doute se sentait-elle en partie responsable de son accident. Aussi était-elle aux petits soins pour lui, s'assurant qu'il ne manquait de rien, cuisinant pour lui. Elle achetait des fleurs à sa place et découvrait des plats pimentés dans de nouveaux supermarchés asiatiques. Il était évident qu'elle regrettait leur complicité.

Quand Ralph avait été certain que Jem s'était entichée de lui, il était passé à la phase 2 de son plan : il avait largué Claudia. Et comme par miracle, voilà que Smith s'absentait deux jours. Qu'allait-il se passer ? Il l'ignorait mais il sentait du changement dans l'air.

Jem aussi. Depuis l'accident de Ralph, elle n'avait pas eu un instant de paix. Elle avait combattu des émotions qui lui étaient nouvelles. Jusque-là, elle s'était toujours donnée à un homme à la fois, en vraie monogame. Chaque fois, elle restait un ou deux ans avec le même type, puis elle rompait proprement.

Si elle finissait par briser le cœur de ses amants, ce n'était ni par cruauté mentale ni par vice. Elle leur faisait du mal sans le vouloir. Elle ne les avait jamais trompés et elle n'avait jamais été trompée. Ses histoires avaient pris fin parce qu'ils lui demandaient plus qu'elle ne pouvait donner. Jem ne faisait pas partie de ces filles qui tombent toujours sur le type impossible ; elle n'avait jamais eu d'histoire torride qui l'aurait consumée de désir. Elle avait été amoureuse et on l'avait aimée. Chaque liaison lui avait apporté quelque chose en attendant de trouver le grand amour. Et maintenant qu'elle l'avait trouvé, elle était follement attirée par un autre. Par Ralph ! C'était ridicule. Et imprévu.

Loin d'être idiote, elle savait pertinemment que Ralph était aussi attiré par elle. Comme c'était mignon la façon dont il s'était épanoui quand elle l'avait félicité d'avoir choisi ses fleurs favorites, la façon dont il lui faisait des compliments sur ses vêtements, son habitude de rester avec elle quand Smith était absent ! Ils pouvaient alors discuter des sujets qui les intéressaient : les piments, la musique, les recettes. Au départ, elle n'avait pas compris le message. Pourquoi Ralph qui n'aimait que les grandes blondes de la haute se serait-il intéressé à elle ? Elle se faisait des illusions… Et puis il y avait eu cet étrange matin, avant l'accident, où elle s'était conduite d'une manière scandaleuse… Elle avait deviné qu'il serait émoustillé par son mini tee-shirt et par l'absence de slip. Elle savait pertinemment qu'il lui avait demandé de prendre des condiments en haut du placard pour avoir l'occasion de regarder ses fesses ; et elle avait été plus que ravie de lui faire ce plaisir.

Sur le moment, elle ne s'était rendu compte de rien. Comme la plupart des gens, elle ne décortiquait pas chacun de ses gestes. Elle n'avait rien calculé, se contentant de savourer le béguin que Ralph éprouvait pour elle. Mais elle avait eu honte d'être tout excitée à l'idée de passer un long week-end seule avec lui. Cependant, elle s'était persuadée qu'il ne se passerait rien, absolument rien. En aucun cas.

Quand il lui annonça qu'il avait rompu avec Claudia, elle ressentit un vrai choc. Il était libre, il était disponible ! En quoi était-ce important ? En tout cas, en entendant la nouvelle, son cœur avait bondi dans sa poitrine. Elle était installée depuis deux mois et demi avec eux et était devenue de plus en plus proche de Ralph. Elle voulait qu'il soit heureux et non un pantin dans les mains d'une fille amère, coincée, atroce. Par bonheur, il avait enfin pris sa vie en main. Mais quand elle lui avait conseillé de tomber amoureux, pendant une seconde elle s'était sentie bizarre, mal à l'aise. C'était stupide, bien sûr. Après tout, elle n'était pas amoureuse de lui, elle ne faisait que rêvasser. Elle était amoureuse de Smith, un point c'est tout. Elle aimait bien Ralph, elle avait envie de le chouchouter, et voilà. D'ailleurs, il n'était pas amoureux d'elle.

— Que fais-tu ce soir ? demanda-t-elle à brûle-pourpoint, pour changer de conversation. Ta première nuit de liberté ! ajouta-t-elle en se levant.

— Pas grand-chose. Je pensais rester ici et faire quelques croquis puisque mon poignet ne me fait plus mal.

Jem regarda son pansement et se mit à rire.

— Qu'est-ce qu'il y a de drôle ? fit Ralph en riant à son tour.

— Je viens de penser à quelque chose.

— À quoi ?

— Tu as choisi le mauvais moment pour te débarrasser de Claudia. Pas de baise et pas de branlette ! Tu vas être en manque.

201

Ralph regarda tristement sa main :

— Oh merde, tu as raison ! Enfin, il paraît que c'est bon pour la santé. Un peu d'abstinence, conserver sa semence… Mais quand même !

— Tu vas avoir besoin d'une pompe aspirante, fit-elle en se tapant sur les cuisses.

Ralph se crispa.

— Sors avec nous ce soir, on va au Falcon. Ça te changera les idées, proposa Jem.

— C'est qui « on » ?

— Oh, juste un petit groupe d'amis. C'est l'anniversaire de Becky.

Ralph pesa le pour et le contre : une soirée solitaire ou une soirée avec Jem.

— D'accord. À quelle heure ?

Puis il se prépara un petit pétard pour la route avec de l'herbe qu'il venait d'acheter à un copain :

— Je ne sais pas si elle est bonne mais elle m'a coûté une fortune, fit-il en prélevant des pincées d'herbe dans un sachet en plastique.

— Vas-y mollo !

— T'en fais pas, dit-il avec l'assurance d'un type en possession d'une toute nouvelle livraison.

Ils emportèrent des bières, s'emmitouflèrent dans des vêtements chauds et fumèrent sur le trajet. À mi-chemin de St. John's Road, ils étaient complètement pétés.

— Oh merde, constata Jem, je suis raide.

— Moi aussi, je suis défoncé.

— Je t'avais dit de faire gaffe.

St. John's Road était vide à l'exception de bandes de fêtards titubants. Les vitrines, illuminées à outrance, exhibaient leur mauvais goût. C'était le dernier week-end avant Noël.

St. John's Hill, un quartier d'artistes, était plus animé. En sortant du métro, nombre de banlieusards se précipitaient dans les grands magasins encore ouverts avant de rentrer chez eux. Jem et Ralph finirent leurs bières, trouvèrent une poubelle pour jeter les canettes et ne cessèrent de ricaner. Ils poussèrent la porte du Falcon et une atmosphère bruyante, chaude, enfumée leur sauta au visage. Ils durent se frayer un chemin pour atteindre le bar en U décoré dans le style victorien.

— C'est ma tournée, annonça Jem. Que veux-tu boire ?

Elle se hissa sur la tringle en cuivre pour se grandir et se pencha sur le zinc. Des années d'expérience lui avaient appris que c'était le seul moyen d'attirer l'attention des serveuses, qui s'occupaient en priorité de la clientèle masculine.

— Deux Löwenbräu, s'il vous plaît, cria-t-elle.

Muni de son verre, Ralph suivit Jem qui opérait une percée entre des rangs compacts d'employés de bureau en costume sombre ou en tailleur et de gens en pull et en jean.

Enfin, elle trouva ses amis. Des sourires, des présentations, des noms prononcés et vite oubliés, des questions sur le sort de Smith, des poignées de main amicales les accueillirent. Puis les conversations individuelles, interrompues par leur arrivée, reprirent leur cours.

— Jem m'a dit que tu étais peintre.

Mon Dieu, quelle entrée en matière ! Ralph se tourna pour faire face à un mec filiforme au visage de guingois qui portait un tee-shirt *Reservoir Dogs* et buvait une bière trouble qui ressemblait à du pipi de chat.

— Oui, en quelque sorte, en tout cas j'essaye, fit Ralph en ricanant et en regardant le fond de son verre.

— Moi aussi, je suis une sorte d'artiste, continua le propriétaire du tee-shirt *Reservoir Dogs*. Je suis graphiste. Jem m'a dit que tu utilises un bon vieux Mac ?

Dans l'excitation de la conversation, il grimaçait et se tortillait, et Ralph devina la suite :

— Tu sais, les Mac se sont finalement améliorés…

Et le voilà parti. Ralph crut qu'il allait mourir d'ennui. Il adorait les ordinateurs mais détestait en parler. Et il était défoncé. Complètement. Il lui était impossible de suivre ce que ce type disait. Impossible aussi de lui répondre sans passer pour un homme de Cro-Magnon. La musique était si forte qu'il ne cessait de faire répéter Reservoir Dogs tout en se foutant de ce qu'il racontait. De temps en temps, il jetait un coup d'œil vers Jem, qui bavardait avec une fille moche dotée d'une abondante poitrine. Elle aussi avait l'air de se barber. Puis il reportait sur attention sur son interlocuteur, souriait, hochait la tête, répétait des « Je suis bien d'accord ». Sans avoir la moindre idée de ce que ce type disait. Il fallait qu'il se tire, ça tournait au cauchemar. Il finit sa bière : elle n'avait duré que dix minutes.

— Tu veux encore un verre ? demanda-t-il en montrant son verre vide au cas où l'autre n'aurait pas entendu sa question.

— Avec plaisir, je prendrai une Parson's Codpiece.

Heureux de s'échapper, Ralph s'avança vers le bar. Pourquoi s'être roulé un joint ? Quelle connerie ! Il se sentait comme une vraie loque. Dans le pub il y avait trop de lumière, de bruit, de mouvement ; Ralph avait l'impression de marcher sur un manège et d'être le point de mire de tous les clients ; il avait envie de rentrer.

— Comment tu t'en tires ?

Il se retourna. Dieu merci, c'était Jem.

— Je suis naze, je n'en peux plus. Qui est ce mec bizarre ?

— Qui, Gordy ? Il est super sympa, c'est toi qui débloques.

— Et toi, ça va ?

— Je suis naze, moi aussi. J'ai essayé de parler à Becky, je ne pige pas ce qu'elle dit. Je n'arrête pas de zieuter ses seins.

— Je te comprends. C'est mieux que de regarder sa gueule.

Jem fit semblant de le gifler et se mit à rire.

— Écoute, ça t'ennuierait qu'on parte après ce verre ? Je n'ai pas envie de rencontrer de nouvelles têtes.

— D'accord, l'ambiance n'est pas terrible de toute façon. Je viens avec toi.

Ils regagnèrent leurs places.

— Merci, mon pote, fit Gordy en prenant sa bière.

Ralph et Jem, soucieux de cacher leur état avancé, subirent les conversations de gens aux visages déformés et aux voix criardes. Leurs verres terminés, ils trouvèrent un prétexte pour s'éclipser, se faufilèrent parmi des nuages de fumée, des dos et des corps d'inconnus jusqu'à la porte, et se retrouvèrent dans l'air pur et froid de la nuit silencieuse.

— Le pied ! firent-ils à l'unisson.

— Oui, mais quel cauchemar ! insista Ralph.

— C'était merdique, renchérit Jem en ajustant son manteau en fausse fourrure et en enfilant ses gants. J'ai envie d'un endroit tranquille et accueillant où je n'aurai pas besoin de parler à des inconnus…

— Et si on rentrait? proposa Ralph en soufflant sur ses doigts.

— Non, profitons de notre état. Allons en ville et faisons les fous. On va prétendre qu'on est des touristes allemands et on va aller dans tous les endroits où on ne mettrait jamais les pieds. Tiens, voilà justement le 19, le bus qu'il nous faut. C'est de bon augure.

Elle prit la main de Ralph et ils coururent jusqu'à l'arrêt du bus. Ils sautèrent sur la plate-forme juste à temps.

20

Ils commencèrent par Piccadilly Circus et, pour la première fois, s'assirent sous la statue d'Éros. Au son de tam-tams africains, ils admirèrent les lumières de la place et trouvèrent qu'ils disposaient d'un point de vue original. Tels deux zombies, ils errèrent autour du Trocadero, éblouis par les projecteurs et les étalages des boutiques. Ils s'aventurèrent dans le train fantôme, hurlèrent avec la foule quand les wagons dépassèrent le million de miles à l'heure dans les virages. Puis ils remontèrent Gerrard Street, une rue que Jem empruntait chaque jour, mais qui, dans son état, lui fit penser à un décor de cinéma peuplé par une troupe extraordinaire de figurants. Londres était vivante et célébrait l'arrivée de Noël. Tout les émerveillait, la ville, les magasins, les passants, les restaurants, les nouilles sautées. Le monde n'était que couleur, agitation, musique.

Ils entrèrent ensuite dans le supermarché chinois et déambulèrent dans les rayons, s'exclamant devant tout et n'importe quoi. Le boucher favori de Jem était à son poste :

— Bonsoir, Jem, fit-il.

— Oh, salut, Pete. Tu ne te reposes donc jamais ?

— Non, j'adore ce métier. Je ne me lasse pas de manipuler de la viande et de jouer avec les abats.

Comme il allait fermer et qu'il habitait tout près, il les invita à boire un verre chez lui et à fumer un joint. La soirée devenait de plus en plus étrange.

Pete habitait un appartement sur Hong Kong Bank qui appartenait à son patron, le propriétaire du super-marché et selon ses dires d'une partie de Chinatown. Il se refusa à parler des Triades, mais pour Jem et Ralph c'était clair. Ce n'était pas un joli appartement : l'esca-lier était peint couleur caca d'oie, le mobilier du salon était cher mais de mauvais goût, quant aux tapis à longs poils crème, ils étaient pleins de taches.

Sur les talons de Pete, Ralph et Jem traversèrent un immense vestibule éclairé par de fausses chandelles et revêtu d'un papier peint décoré de bambous. Pete poussa une porte en contreplaqué blanc :

— Voici mon boudoir, annonça-t-il fièrement.

Jem et Ralph éclatèrent de rire. La pièce était gran-diose : trois grandes fenêtres donnaient sur les lumières de Gerrard Street qui se reflétaient sur les miroirs et le plafond. Mais l'objet de leur hilarité était le lit de près de huit mètres carrés et son gigantesque chevet qui ressemblait au tableau de bord du *Starship Enterprise* avec ses ampoules clignotantes, ses manettes et ses interrupteurs.

— Oh, merde ! s'exclama Jem, tu as un permis pour ce truc ?

— Dingue, non ? Vous avez envie d'essayer ?

Ralph et Jem se regardèrent, inquiets. Ils réalisèrent soudain qu'ils étaient dans l'étrange appartement d'un boucher qui se déshabillait et les invitait sur un lit très spécial.

Peter devina leur malaise :

— Il n'est pas à moi mais à mon patron. C'est le Palais de la Baise – là où il amène ses gonzesses. Rassurez-vous, je ne suis pas fou. C'est juste pour rire.

Il sauta sur le lit qui s'agita en tous sens.

— Oh, un matelas à eau ! s'écria Jem ravie. J'en ai toujours rêvé !

— Profites-en ! Enlève juste tes chaussures !

Jem rejoignit Pete sur le lit et sautilla un peu :

— Viens, Ralph, c'est marrant !

Ralph hésita. Il était un peu dégrisé, mais se sentait encore assez nerveux. Et si une bande de fétichistes fous était dissimulée dans les armoires à glace qui recouvraient les murs ? Et si Pete amenait ici de naïves victimes pour profiter d'elles avec des copains pervers ? Et si lui et ses copains appartenaient aux Triades ? Et si c'était sa façon de payer son loyer ? Ralph chercha du regard des caméras cachées, des menottes, des chaînes, des cordes, des instruments de torture. Il ne vit que le reflet cent fois multiplié de Jem, de lui et du boucher. C'était dingue.

— Euh, non. Ça va comme ça.

Il enfonça ses mains dans ses poches en se balançant d'un pied sur l'autre.

— Comme tu veux, fit Pete.

— À quoi servent toutes ces manettes ? demanda Jem.

Pete sourit et appuya sur un bouton. Le lit se mit à vibrer. Lorsqu'il tourna une manette, le lit ondula telle une danseuse du ventre. Il déclencha ensuite des lumières multicolores et le lit joua de la musique. Un tiroir contenant une boîte à cigarettes en or, un briquet et un cendrier émergea soudain du tableau de bord. Puis un panneau s'ouvrit pour découvrir des bouteilles de gin miniatures et deux verres.

— Mais voici le clou, fit Pete en actionnent une manette.

Avec un léger ronronnement, le lit se souleva de quelques centimètres et pivota de 180°.

— Oh, le pied ! cria Jem.

— C'est extraordinaire, non ? admit Pete. Tiens, regarde mon compartiment secret.

Un autre panneau s'ouvrit et dévoila une petite boîte en bois. Pete l'ouvrit et l'offrit à Jem : elle contenait des feuilles, du carton et un gros morceau de hasch.

— Sers-toi. Je vais prendre une douche et me raser, je dois sortir plus tard. Amusez-vous sur le lit, en m'attendant.

Il referma la porte derrière lui et Jem se tourna vers Ralph qui n'avait pas bougé :

— Ça va pas ?

— Non, j'ai les boules. Qu'est-ce qu'on fout ici ? C'est peut-être dangereux, tu ne le connais pas. Qui sait s'il n'y a personne de caché ici ?

Il se mit à ouvrir toutes les armoires.

— Arrête ton cirque, Ralph, fit Jem en s'approchant de lui.

— Je vérifie, c'est tout, avoua-t-il un peu gêné par sa paranoïa.

Jem croisa les bras sur sa poitrine et sourit tendrement.

— Qu'est-ce qu'il y a de drôle ?

— Toi !

— Pourquoi ?

— Tu es si mignon !

— Oh, charrie pas !

Mais un sourire en coin se dessinait sur le visage de Ralph.

— Viens ici, fit Jem en lui ouvrant les bras.

Ralph tressaillit. Elle voulait l'enlacer ! Il s'avança à petits pas, souriant franchement. Pieds nus, elle était toute petite. Ses cheveux étaient lâchés. De la musique douce remplit la pièce ; les lumières suivaient le tempo de la chanson. Ralph eut l'impression que les murs tournaient autour de lui. Jamais il n'oublierait ce moment.

Il entoura de son bras les épaules de Jem. Il aurait voulu lui dire quelque chose mais il n'osa pas parler. Elle lui prit la taille et ils se serrèrent l'un contre l'autre. Alors elle se leva sur la pointe des pieds et posa sa tête sur son torse. Jamais Ralph n'avait connu une telle étreinte. C'était magique. Jem sentait le bonheur. Si seulement elle était libre, libre de lever la tête et de lui offrir ses lèvres, sa bouche si douce…

— Ralph… tu te rappelles le matin avant l'accident ?

— Ouais…

— Nous étions dans la cuisine et je voulais te dire quelque chose ?

Ils s'écartèrent l'un de l'autre tout en se tenant par la main.

— Oui.

Enfin. Il savait qu'un jour elle se souviendrait de cette phrase laissée en suspens.

— Je voulais te dire…

— Ouais ?

— Que tu étais quelqu'un d'unique…

Vraiment unique !

— … et que je suis si heureuse de te connaître et… que la fille dont tu tomberas amoureux aura de la veine. J'adore être avec toi, et je me sens très proche de toi. J'espère que c'est la même chose pour toi.

Ralph sourit et serra très fort la main de Jem :

— Oh, bien sûr ! En fait, je… je…

Était-ce le moment de tout lui avouer, de lui dire qu'il était fou d'amour pour elle ?

— Je… je…

— Vas-y, accouche !

— Oh, rien. Je suis ravi de te connaître, moi aussi. Tu es exceptionnelle. Smith est un veinard.

Il eut un petit rire nerveux. Non, le moment n'était pas venu. Pas encore.

Jem lui donna un baiser sur la joue et sauta sur le lit :

— Rejoins-moi. Détends-toi ! C'est totalement sur-réaliste, ne rate pas ça !

Ralph se laissa amadouer, ôta ses chaussures et retrouva Jem sur le lit :

— Ce sera de ta faute si vingt-deux membres d'une Triade nous violent, nous découpent à coups de machette et nous enfoncent des godemichés en acier inoxydable partout !

Jem roula des joints et ils s'assirent au bord du lit pour regarder les lumières de Chinatown. Ils avaient l'impression d'être sur un yacht blanc au milieu de Soho. Pete leur apporta des bières et ils lui passèrent un joint.

— Quel appartement ! commenta Jem en ouvrant sa canette de bière. J'en parlerai à mes petits-enfants.

— Ouais, mais il y a aussi des inconvénients, répliqua Pete. Je dois me tirer en quelques secondes si le proprio rentre avec une de ses putes. Après, je dois changer les draps. Et si je veux quitter ce boulot, je perds l'appart. Mais t'as raison, c'est pas banal ici !

Il ouvrit des placards et choisit des vêtements. Il enfila un pantalon en jacquard mauve, une chemise en soie lilas avec un col immense et des manchettes gigantesques, une large cravate en satin orange et une redingote aux revers démesurés.

— Alors ? Je vous plais ainsi ?

— Incroyable ! fit Jem, impressionnée par une telle transformation. On dirait une star du rock.

— Merci, fit-il, tout heureux.

Jem avait touché juste.

— Tout est vintage. Des fringues de collection que j'achète au marché de Greenwich, dit Pete en ajustant des boutons de manchette en forme de gros diamants. Eh, vous voulez venir danser le boogie ? Je vais au Nemesis, au coin de la rue. C'est hyper cool.

Ralph et Jem échangèrent un regard : aucun des deux n'en avait envie.

— Non, merci, Pete, on n'est pas en tenue ! répondit Jem.

— Merci, en tout cas, mon pote, ajouta Ralph.

Il avait enfin admis que Pete n'allait pas les dépecer et que les policiers ne tourneraient pas au vert en découvrant leurs corps mutilés. Les meurtriers fous ne portaient pas des chemises en soie lilas ni des boutons de manchette en diam's.

Pete s'inspecta dans un des miroirs, lissa ses rouflaquettes, fit gonfler ses cheveux, rajusta ses boutons de manchette. Il leur proposa de rester là pour la nuit étant donné qu'il ne reviendrait pas avant la fin de la matinée. Quand ils refusèrent, il leur offrit un joint pour la route et des bières supplémentaires.

— Si vous êtes dans le secteur, passez me voir à la boucherie et on ira boire un verre.

— Tu prêtes souvent ton appart à des inconnus ? fit Ralph.

— Bien sûr. La vie serait morne si on ne l'épiçait pas un peu. Je bosse dur et je m'amuse à fond ; si je meurs demain, ça sera toujours mieux que de finir comme mon père : il ne supporte tellement pas le changement qu'il râle si on modifie la mise en page de son journal ou si son émission favorite à la télé est en retard de cinq minutes. Il n'a jamais mis les pieds à Londres et encore moins à l'étranger. Voici comment je vois les choses : il y a des gens qui ont la bougeotte. Ils partent à l'aventure en Thaïlande ou en Afrique, mettent des fringues dégueulasses et trimbalent des sacs à dos bourrés. Pas mon genre. Mes aventures, je les trouve ici. Il suffit de savoir regarder. On est dans la plus belle ville du monde et les gens du monde entier se ramènent ici. On y trouve de tout : des pauvres en guenilles, des riches en voiture de luxe, des artistes, des banquiers, des mannequins, des trafiquants de coke, des gens laids et des gens beaux, des gens de toutes les nationalités. On voit des juifs hassidiques à Stamford Hill, de riches Américains à St. John Wood ou à South Kensington, des Japs à Finchley Central. Des Arabes sur Edward Road, des Irlandais à Kilburn, des Grecs chypriotes à Finsbury Park, des Turcs sur Turnpike Lane, des Portugais à Westbourne Park. Et ici, à Chinatown, les gens les plus braillards, les plus mal élevés, les plus hargneux de la terre. Mais j'adore ça. Je suis ouvert à tous. 99 % des gens vivent dans leur bulle, continua Pete. Comme toi, Jem. Je te vois au moins deux fois par semaine, on bavarde un peu et je sais que tu es sympa et assez curieuse, mais tu as peur de t'aventurer plus loin. On avait trouvé notre point de rencontre et, sans ce soir, on aurait continué ce train-train. Mais la vie est trop courte pour rentrer chez soi, s'enfermer à double tour, ne pas laisser des inconnus franchir le seuil. Regardez ce soir ! Je parie que vous n'aviez pas prévu de vous retrouver sur un matelas à eau à regarder un boucher se pomponner. Mais j'imagine que vous êtes contents, non ?

Il éclata de rire.

— Vous avez vu le film *After Hours* ? C'est un mec qui suit Rosanna Arquette dans le quartier de Soho, à New York, et qui se retrouve sans fric, en rade au milieu de la nuit. Il ne rencontre que des hurluberlus. Des tas de gens ont dû prier que ça ne leur arrive jamais, pas même en rêve. Moi, j'ai envie de ça. J'imagine que je me promène et que j'entends un téléphone sonner dans une cabine publique. Bien des mecs ne décrocheraient pas de peur d'être mêlés à une sale histoire, mais moi je suis curieux de nature et je répondrais. Tant pis si c'est un faux numéro ; ça pourrait être un rendez-vous mystérieux, un truc d'amoureux. Le début d'un film ou d'un bouquin.

Il consulta sa montre et se tapa sur les cuisses :

— Bon, voilà pour mes règles de vie, il faut que j'aille m'éclater.

Tous trois descendirent ensemble l'escalier délabré et retrouvèrent la gaieté de Chinatown.

— Si je ne vous vois pas avant Noël, amusez-vous bien, leur souhaita Pete en frissonnant dans la nuit froide.

Il embrassa Jem sur la joue. Puis, se penchant à l'oreille de Ralph, il ajouta :

— T'as du bol, mec !

Ralph faillit lui dire « Ce n'est pas ma copine » mais il s'abstint. Il voulait que Pete pense qu'il était exceptionnel.

Le boucher disparut. Jem et Ralph restèrent plantés sur le trottoir à digérer leur étrange aventure et la philosophie de leur hôte.

— Bon Dieu ! fit Jem.

— Absolument !

— Tu as faim ?

— Sans doute.

Le visage de Jem s'illumina subitement d'un sourire coquin :

— Viens, avant d'aller dîner, il y a une chose dont j'ai toujours eu envie.

Ralph haussa les épaules, sourit à son tour et la suivit.

21

Un gros Mexicain en costume jouait de la flûte de Pan devant des cabines téléphoniques : nul ne lui prêtait attention. Les restaurants fermaient pour la nuit et des êtres décharnés habillés de salopettes tachées vidaient les ordures. Deux drag queens en boa doublèrent bruyamment Jem et Ralph et disparurent dans un bar situé au-dessus d'un coiffeur chinois ; un couple n'en finissait pas de s'embrasser devant le Dive Bar.

Ensuite, Jem et Ralph traversèrent Shaftesbury Avenue, se frayant un chemin dans une foule de passants emmitouflés dans leurs manteaux et leurs chapeaux.

— Où va-t-on ? demanda Ralph.

— Patience !

Ils empruntèrent Old Compton Street, où Ralph jeta des coups d'œil discrets dans les bars homosexuels aux vitrines d'acier chromé et de verre – un monde où il n'avait pas sa place, un monde qui lui était fermé – avant de s'engager dans Brewer Street.

— On y est ! dit Jem devant une boutique sombre cachée derrière un rideau en perles de verre.

Dans la vitrine, un mannequin en cire brandissait un fouet dans ses doigts qui semblaient déformés par l'arthrite, entre de la lingerie de mauvais goût et un écriteau annonçant la vente de poppers. D'impossibles godemichés étaient alignés comme des suspects dans un commissariat de police.

— Ici? Pour quoi faire? demanda Ralph du ton réprobateur de l'Anglais moyen.

— Pour rire! Je ne suis jamais allée dans un sex-shop avant. Entrons!

Ils prirent un air blasé, comme s'ils passaient leurs soirées à arpenter les sex-shops de Soho. Une Brésilienne avec des cheveux noirs qui descendaient jusqu'aux cuisses, de l'eye-liner appliqué à la louche et une robe en cuir si serrée qu'on lui avait sûrement enlevé deux côtes pour qu'elle l'enfile leur jeta un coup d'œil professionnel et se replongea dans une bande dessinée étalée sur la caisse. Avec sa peau mate et ses dents pointues, on aurait dit un vampire.

Un malabar en tee-shirt et jean se tenait près de la porte, les mains jointes devant lui, les pieds légèrement écartés. Un vigile. Au fond du magasin, un couple mal assorti regardait les tenues de soubrette et les ensembles en latex. La femme était grande, jeune, une vraie blonde avec des vêtements de luxe : elle aurait fait un malheur sur un étalon noir, en jodhpurs, les cheveux retenus dans un filet. Lui était petit, vieux, solidement bâti, chauve. Dans la salle de conférence d'une grosse entreprise, il aurait inspiré le respect. Tous deux semblaient être des habitués; ils débattaient sans humour des différentes tenues sur le ton d'une discussion d'affaires. Qui étaient-ils? Patron et secrétaire? Client et pute de haut vol ? Mari et seconde épouse ? Ou peut-être que c'était la fille de son meilleur ami d'université ?

Un autre couple examinait les rayons des cassettes porno. Ils étaient tous les deux gros et mal fagotés. Sérieux comme des papes, comme dans une bibliothèque de sciences politiques.

Il n'y avait pas un bruit : ni musique, ni télévision, juste des conversations à voix basse. Ce n'était pas ce que Jem avait escompté.

Elle s'avança jusqu'au rayon des cassettes et le couple se poussa pour lui faire de la place. Là, elle s'empara d'une vidéo. Sur la jaquette, une blonde platinée avec une bouche comme un vagin malaxait ses énormes seins tandis qu'un mâle la sodomisait et qu'un autre mec à la quéquette démesurée la prenait par-devant. Normal qu'elle ait l'air choqué ! Jem replaça la vidéo sur l'étagère, puis elle inspecta les extraordinaires articles de cuir qui pendaient du plafond comme des quartiers de viande de boucherie. Masques, capuches, menottes, bracelets, fouets et chaînes et tout ce qui servait à attacher sa victime sur un lit, à la forcer, à la fouetter. Un body en latex pendait d'un mur. Ce qu'on doit transpirer là-dedans, songea Jem.

Elle rejoignit Ralph qui feuilletait un magazine plein de couples en action.

— Je vais m'acheter un vibromasseur, murmura-t-elle en mettant sa main devant sa bouche.

— Comment !

Les vibromasseurs étaient exposés dans une vitrine sous la caisse. Jem essaya de jouer les expertes. Que cherchait-elle au juste ? Le modèle noir de trente-cinq centimètres de long ou celui plus discret, couleur crème, à glisser dans son sac à main ? Elle fit signe à Ralph de la rejoindre.

— Qu'en penses-tu ? fit-elle.

Ralph haussa les épaules. Il se sentait totalement déplacé. C'était une affaire de fille – pas sa spécialité. Il était mal à l'aise. Bien sûr, il connaissait les sex-shops : plus jeune, il y allait avec ses copains pour rire, pour acheter du poppers ou regarder des magazines porno. Mais ce soir, c'était différent. Il imagina Jem dans sa robe de chambre au dragon chinois, sa culotte autour des chevilles, sa jupe relevée, les jambes ouvertes et couchée sur un lit défait ; elle utilisait son nouveau jouet. Bon sang, c'était fantastique, érotique, bandant ! Mais il chassa cette image de sa tête. Il préférait se rappeler la façon dont ils s'étaient enlacés dans la chambre de Pete, la moutarde sur les pieds nus de Jem ou encore la rondeur entraperçue de ses fesses. Il voulait se la représenter souriante, épanouie, joyeuse. Il voulait l'imaginer se promenant avec lui, comme deux amoureux, faisant l'amour ou sortant leur chien.

Il regarda le visage de Jem, le bout de son nez pincé, ses yeux brillants et tendres. Elle était belle, merveilleuse, angélique. Il se refusait à ressembler à Smith, cette pourriture. Jem voulait que Ralph soit ouvert, dans le vent ; il lui sourit et regarda l'étalage :

— Qu'importe la taille du moment que ça vibre ? Sauf si tu veux vraiment te l'enfoncer, fit-il.

— Tu as raison, et je n'ai pas envie du noir ni de celui qui a des veines, ils sont trop vulgaires.

— Ouais, et prends-en un bon marché, inutile de dépenser une fortune.

— Bon, et que penses-tu des accessoires ? demanda-t-elle en désignant des langues en caoutchouc, des bites en forme de cactus, des doigts en plastique, des fausses couilles.

— Non, fit Ralph désormais plus à l'aise, ces gadgets sont une perte d'argent. Tiens, regarde ce vibromasseur tout simple, il coûte huit livres. C'est bien suffisant.

— OK.

Jem se releva en regrettant de ne pas se trouver dans un supermarché, où elle se serait servie toute seule avant de passer à la caisse. Là, elle allait devoir demander à Mme Dracula de s'occuper d'elle. Elle inspira à fond et rassembla tout son courage. C'était comme de subir un frottis vaginal : désagréable pour la patiente, pure routine pour l'infirmière. Dracula avait dû en voir de toutes les couleurs et elle ne prêterait pas attention à une gentille fille qui achetait un inoffensif vibromasseur un vendredi soir.

— Je voudrais un de ceux-là ! demanda Jem à voix basse.

Morticia se pencha pour voir le modèle choisi, se retourna pour ouvrir une armoire fermée à clé, prit une boîte, en montra le contenu à Jem, attendit son accord, referma la boîte, la glissa dans un sac en plastique blanc, encaissa le billet de dix livres, rendit la monnaie. Le tout en silence.

— Merci beaucoup, dit Jem.

Elle frissonna en entendant sa voix polie résonner dans ce palais du sexe.

Le vigile resta de marbre quand ils sortirent. Dans la rue, ils furent rassurés de voir que Londres ne s'était pas transformée en ville fantôme, que des gens normaux parcouraient les rues, faisaient la queue devant des boîtes de nuit, attendaient en vain des taxis.

Sur Lisle Street, Jem et Ralph trouvèrent un restaurant indien. Ils commandèrent des plats ultra-épicés à une serveuse qui bâillait d'ennui. Arrachée à sa torpeur par cette demande, elle leur apporta un bœuf pimenté et un poulet aux piments et resta à côté de leur table pour voir s'ils prenaient feu.

— Ce que Pete a dit avant notre départ au sujet de l'esprit d'aventure m'a donné à réfléchir, fit Jem en se versant une bière de Bombay. Je pense que je suis téméraire, ouverte à toutes les expériences. Mais Pete avait raison. Ici, les gens ont la trouille. Les rues sont pleines de dingues mais ils ne vont pas vous tuer ou vous kidnapper. Et pourquoi avons-nous si peur les uns des autres ? On a tous des petits cercles d'amis dont on ne veut pas sortir, ceux qu'on voit le lundi, ceux qu'on voit le mardi, etc. Les nouvelles têtes nous font paniquer et nous ne rencontrons jamais personne. On est pris dans une telle routine qu'on ne profite que d'une infinitésimale partie de notre vie. Qu'est-ce que ça sera quand j'aurai cinquante ans ? C'est triste, non ?

— Tu exagères, Jem. Les amis, ce n'est pas toujours facile, on ne fait pas que rire et s'amuser avec eux. Ils ont aussi des besoins, des problèmes, des exigences, des peurs, des attentes qu'il faut satisfaire. Il faut du temps pour développer de telles amitiés. On est obligé de faire des choix, de ne prendre que quelques chocolats dans la boîte et de laisser les truffes aux autres.

— Je vois, mais qui va déguster les nougats ?

Ralph sourit :

— Les nougats finissent dans un sex-shop de Soho et rentrent dans un appartement vide couvert de crottes de chauves-souris.

Il prit l'addition que la serveuse s'était empressée d'apporter.

— C'est vrai, je suis une idéaliste. Les amis peuvent être barbants, trop exigeants. Et si on les choisissait mal? J'ai lu quelque part que nos amis ne sont pas les gens que nous aimons le plus mais ceux que nous avons rencontrés en premier. On passe sa vie à chercher le compagnon idéal, mais on se contente d'amis de seconde catégorie sans savoir ce qu'on rate. Oh, je raconte des salades, sans doute, mais Pete m'a fait réaliser que je passe à côté de plein de choses, que je ne vis pas à fond. Je regrette les inconnus que je ne connaîtrai jamais.

Elle tourna la soucoupe pour regarder l'addition.

— Pete est l'exception qui confirme la règle, objecta Ralph, on ne peut pas l'imiter. La nature humaine en général n'est pas faite pour une telle ouverture, on n'est pas équipé pour ça. Si nous avons évolué ainsi, c'est pour une raison : la survie dans une ville de huit millions d'inconnus. Et c'est raisonnable.

Ralph sortit un billet de dix livres de sa poche.

— J'ai toujours l'impression de passer à côté des choses, fit Jem. Si je dois choisir entre deux fêtes, je me persuade que j'ai raté celle dont on parlera encore pendant dix ans. Ailleurs, l'herbe est toujours plus verte...

Elle se tut soudain et ils se dévisagèrent. Silence. Jem cessa de jouer avec sa serviette.

— Ça s'applique aussi à tes liaisons? demanda Ralph, mi-figue, mi-raisin.

— Quelquefois!

Elle se plongea dans la contemplation de ses ongles.

— Mais pas souvent?

Ils avaient conscience de traverser un moment délicat.

— Non, pas souvent.

Ils étaient au bord du précipice, songea Ralph, retenus seulement par le bout des doigts. Un millimètre de plus et ce serait la chute. Il ne fallait surtout pas un mot de trop, pas une phrase maladroite. Il attendit qu'elle dise quelque chose ; elle n'en fit rien. Ils retenaient leur souffle. Jem ouvrit la bouche, baissa les yeux. Le cœur de Ralph s'arrêta. Mais elle ne dit rien. Puis ce fut au tour de Ralph :

— Quand ?

Allez, Jem, fais le grand saut. Je suis là pour te rattraper. Tout ira bien. Saute !

Jem plia sa serviette en forme d'éventail.

— Oh, rarement !

— Mais il t'est arrivé de te dire que tu n'étais pas avec le type idéal ? Qu'avec un autre, ç'aurait été mieux ?

La serveuse encaissa l'addition sans qu'ils s'en aperçoivent.

Jem haussa les épaules :

— Je ne sais pas.

— Tu n'y as pas songé ? demanda Ralph en insistant un peu.

— Non. On s'en va ?

Elle se leva si violemment de sa chaise que celle-ci tomba. Troublée, Jem essaya de la redresser, mais son sac se prit dans un pied de la table. Ralph l'aida à se remettre d'aplomb et s'occupa de la chaise. Ils étaient à quelques centimètres l'un de l'autre. Jem croisa alors le regard de Ralph : elle y vit une telle flamme qu'elle détourna les yeux immédiatement.

— Excuse-moi ! dit-elle en s'écartant de lui.

Mais il la prit par les épaules et scruta son visage :

— Tu n'as pas trouvé le compagnon idéal ? C'est bien ça ? Tu crois que tu vas le rencontrer ? Un jour ? Peut-être ?

Oh, Dieu, pria Ralph, faites qu'elle dise oui !

— Non, je ne crois pas. Les choses ne se passent pas ainsi. Non ?

— Tu parles de Smith ?

— Mais non ! Je voulais dire… dans l'absolu.

— Ah ! je vois, fit Ralph atrocement déçu. On s'est mal compris.

Il tenta de sourire. Enfoiré de Smith !

— Bon, essayons de trouver un taxi.

Ils ne tentèrent même pas de retrouver l'atmosphère qui avait régné pendant le dîner. Leur conversation, qui leur avait semblé si claire sur le moment, leur paraissait de plus en plus ambiguë.

Dans le taxi, ils parlèrent habilement d'autre chose tout en découvrant Londres au petit matin. En arrivant chez eux, ils étaient à nouveau amis. Mais c'était un pansement temporaire : chacun savait que, dans le fond, ce n'était pas un quiproquo. Le restant de la nuit, Ralph demeura comme au garde-à-vous dans son lit à fixer le plafond. Il était fatigué mais refusait de fermer les yeux ; sinon, il aurait vu de cruelles images, visions d'un univers parallèle où il aurait apporté des pivoines, fait plus d'efforts, n'aurait pas été se coucher le premier en cette soirée fatidique, se serait mieux occupé de sa carrière. Alors Jem aurait fait le bon choix : elle l'aurait choisi, lui.

Il venait de passer la meilleure soirée de sa vie. Jamais il ne s'était autant amusé avec une fille, n'avait vécu autant d'aventures. La soirée avait été magique, irréelle, merveilleuse. Et il était encore plus amoureux de Jem qu'avant.

Une larme coula le long de son nez. Jem lui avait dit non, définitivement. Il n'avait jamais été aussi triste de sa vie.

22

— Bonjour, Jem, lança Stella.

— Bonjour.

— Une nouvelle veste?

— Non, elle est vieille.

Quand Stella épuiserait-elle sa cargaison de compliments?

— Elle est ravissante et te va très bien. Bon week-end? Comment va ton pauvre colocataire?

— Oh, il récupère. Il n'a plus mal et son poignet est presque cicatrisé. Le médecin pense qu'il n'y aura pas de séquelles.

— Quelle bonne nouvelle! Quand ma tante Kate s'est cassé le poignet, ça ne s'est jamais remis. Elle a souffert le reste de sa vie sans pouvoir s'en servir, mais elle avait quatre-vingt-deux ans et, à cet âge, les os sont fragiles. C'est comme la hanche de ma mère – elle se l'est fracturée et a dû attendre trois ans avant d'être opérée. Puis son genou a rendu l'âme et il a fallu qu'elle patiente encore deux ans pour qu'il soit remplacé. Elle marchait comme un canard, en se dandinant...

Jem n'écoutait plus. Elle songeait à son étrange et merveilleux week-end. Leur nuit dans Soho avait été magique. Et puis il y avait eu ce moment gênant dans le restaurant indien où ils avaient failli... Mon Dieu ! Ils avaient presque abordé un sujet que Jem n'avait aucune envie d'évoquer. Ni maintenant, ni jamais...

Incapable de voir précisément où elle en était, Jem fit une liste dans sa tête des qualités et des défauts des deux hommes.

Smith : beau, gentil, généreux, pivoines, ses amies l'aimaient bien, elle aimait bien ses amis, belle situation, beaucoup d'argent, joli appartement, affectueux, facile à vivre. L'homme de ses rêves ?

Ralph : gentil, généreux, beau, sexy, beaucoup de choses en commun, drôle, bavard, toujours de bonne humeur, artiste, passionné, vulnérable, peu conventionnel. L'homme de ses rêves ?

Smith : coincé, boude parfois, sans audace au lit, prévisible, aime le korma indien et les filles chic qui boivent du vin blanc, pas très artiste, introverti, conventionnel.

Ralph : carrière instable (mais il se reprend), choisit mal ses compagnes (mais a rompu avec Claudia), baise trop (non, elle biffa ça de sa liste)... pas d'autres défauts... si, porte des caleçons longs (non, il ne le fait plus)...

Jem frissonna en s'efforçant de se débarrasser de ces idées. Stella finissait d'énumérer les opérations chirurgicales familiales quand Jarvis, leur patron, entra avec une masse de papiers dans les mains :

— Oh, Jemmy, puis-je les déposer sur ton bureau ? implora-t-il. La sorcière écossaise avec son affreux manche à balai veut une augmentation de 5 % pour faire son jeu-concours au Carlton. Elle devrait s'estimer heureuse d'être engagée – avec sa tête qui ressemble à un cul de rhinocéros. Tu veux bien t'en charger, chérie ? J'ai une gueule de bois d'enfer et j'ai le dos en compote.

Il lui envoya un baiser, disparut dans son bureau et s'effondra sur son canapé pour dormir.

Jem et Stella échangèrent un sourire. Puis Jem prit un dossier en soupirant. Quel début de semaine ! Elle détestait négocier les cachets, surtout ceux des présentateurs de jeux idiots. La sonnerie du téléphone lui épargna de continuer :

— Bonjour, ici Smallhead Management, roucoula-t-elle.

— Bonjour à vous, fit une voix nasillarde, j'ai une petite tête qui fait des siennes à l'heure actuelle et je voulais savoir si vous pourriez la manager. Traitez-vous les grandes oreilles et les grosses chevilles ?

— Ha ! Ha ! McLeary ! Très drôle !

— Vous êtes trop rapide pour moi, madame Catterick, et comment allez-vous aujourd'hui ?

Il avait l'air plein d'entrain mais un peu nerveux.

— Pas mal du tout. Et à quoi dois-je cet honneur ?

Le cœur de Jem battait la chamade. C'était Ralph ! Mais pourquoi avait-elle le vertige ?

— Oh, je suis crevé, malheureux et je m'ennuie sans toi.

Il eut un petit rire de gorge étranglé, comme pour s'excuser de lui avoir fait cette confidence.

— Tu ne vas pas à ton atelier aujourd'hui ? demanda-t-elle en faisant semblant de ne pas avoir entendu.

— J'y suis. Depuis neuf heures. Mes doigts sont souples, je vais essayer de les utiliser.

— Bravo !

Un silence gêné s'installa entre eux.

— Merci pour le week-end, reprit Ralph, je me suis bien amusé.

— Oui, c'était sympa, non ? J'ai bien aimé aussi.

— Et je me demandais...

— Oui ?

— Il y a ce restaurant sur Bayswater... et je sais que Smith travaille ce soir... on y sert le meilleur curry de la ville... si tu n'as pas de rendez-vous et si tu ne veux pas te coucher de bonne heure... on pourrait s'y retrouver... euh...

— Ouais...

— C'est une idée comme ça, rien d'extraordinaire...

— D'accord.

— Vraiment ?

— Oui. À quelle heure ?

— Dès que tu sors du bureau. Vers six heures et demie. Je te retrouve à la sortie du métro.

— Très bien.

— Bon, eh bien passe une bonne journée, à plus tard.

— Travaille bien !

— Bien sûr. Au revoir.

Jem raccrocha et inspira à fond plusieurs fois pour se calmer. Bon sang ! Si elle avait bien compris, Ralph

230

lui avait demandé de sortir et elle avait accepté. Voilà.
Le début de la fin.

Sans se préoccuper de Stella dévorée de curiosité,
elle se plongea dans son dossier.

Oh merde ! Dans quel bourbier se fourrait-elle ? Et
pourquoi était-elle excitée comme une puce ?

23

Le magnétophone ronronna, puis toussota et s'arrêta. La pièce fut plongée dans le silence ; Siobhan sursauta. Elle arrangea une mèche derrière son oreille, posa sa tête dans ses mains, se leva et arpenta le salon. Il était huit heures et demie. Elle se massa les tempes et contempla le sol. Une voiture se gara dans la rue ; elle ouvrit les rideaux ; ce n'était pas lui. Elle se regarda dans la glace, se recoiffa et enleva le mascara qui avait coulé avec ses larmes. Elle avait d'abord pleuré, puis s'était mise en colère et finalement s'était mise à le haïr.

Siobhan chercha sa brosse à cheveux parmi les objets qui jonchaient le parquet : elle ramassa des coussins et des éclats de verre de cadre qui gisaient par terre, regarda sous le sapin de Noël. Elle trouva enfin la brosse dans le vestibule, où elle avait jeté le contenu d'un vide-poches – épingles à cheveux, pièces de monnaie étrangère, plectres de guitare, clés. Elle libéra ses cheveux et les brossa longuement avant de les nouer avec un ruban de velours. À présent, elle était un peu plus détendue.

Une autre voiture se gara. Toujours pas lui. Elle fit à nouveau les cent pas. Espèce de salaud ! Irlandais de merde ! Connard, connard, connard ! Elle était prête à lui faire sa fête. Elle demeura près de la fenêtre à attendre. Le brun et la fille du sous-sol sortirent en riant et en buvant de la bière. Prêts pour un vendredi soir. Normal.

Allons, mon salaud, rentre donc ! Elle tapota la vitre du bout des ongles. Ramène-toi !

Enfin, le grondement de la vieille Embassy se fit entendre. Karl chercha lentement une place, n'en trouva pas – bien fait pour lui –, fit marche arrière, se gara habilement comme toujours, sortit de la voiture son attaché-case et des bouteilles de vin, ferma la portière à clé et remonta Almanac Road à pied. Salaud ! Elle restait postée à la fenêtre à attendre le bruit de la porte.

— Salut, pourriture !

Un instant de silence.

— Oh, merde, fit-il depuis le vestibule, que s'est-il passé ? Shuv, où es-tu ? Ça va ? Qui a tout cassé ? Shuv ?

Il entra dans le salon et un morceau de verre crissa sous ses pieds. Horrifié, il contempla les dégâts.

— Bon Dieu, c'est quoi ce bordel ? fit-il en avançant vers Siobhan. Tu vas bien ?

Il voulut la prendre par le bras, mais elle recula.

— Arrière avec tes sales pattes ! Ne me touche pas !

— Mais qui a fait ça ? On t'a blessée ?

— Tu peux le dire, répliqua-t-elle avec un rire amer.

— Mais qui ?

Il essaya à nouveau de la toucher.

— Tu me fais vomir, espèce de merde. Ne m'approche pas !

— Moi ? fit Karl incrédule. Comment ça ?

— Oui, toi ! Tu préférerais sans doute que ce soit quelqu'un d'autre, tu pourrais te mettre en colère, appeler la police, courir dans la rue en cherchant à te venger. Mais tu es le seul coupable. Si j'ai foutu le bordel, c'est de ta faute, espèce de salaud.

Elle le repoussa et fonça dans la chambre.

— De quoi parles-tu ? insista Karl en la suivant. Dis-moi ! Qu'ai-je fait de mal ?

Siobhan se retourna, rouge de colère. Elle leva la tête lentement et pointa un doigt vers le plafond.

— Quoi ?

C'était dingue. Toute la journée, il avait attendu ce moment. À la radio, il n'avait eu qu'une série d'emmerdements, mais il savait qu'au bout du tunnel il y avait Siobhan, Rosanne, et un week-end relax à regarder la télévision et à sortir dans des pubs. Certainement pas ce cauchemar.

— C'est ça, ce que tu as fait. Cette petite pute du dessus ! Dans le bureau du cours de danse…

Karl eut le choc de sa vie ; il ne pouvait plus respirer. Impossible ! Pas maintenant. Quelle attitude devait-il adopter ? Il envisagea un million de réponses en une seconde. Nier ? Avouer ? Pleurer ? Que savait-elle au juste ? Avait-il laissé traîner un truc ? Non, ce devait être cette langue de vipère. Elle avait dû tout lui raconter. Mais pourquoi ? Pourquoi avoir attendu si longtemps ?

— Tu vas me répondre ou tu vas rester là comme un débile ? Tu sais de quoi je parle, hein ? Tu ne vas pas nier, j'espère ? Je te détesterais encore plus.

Siobhan croisa les bras en une attitude méprisante.

L'estomac de Karl se noua. Il se sentait à l'agonie. Il s'assit sur le lit en poussant un profond soupir. Comment était-elle au courant ?

— Shuv, qui te l'a dit ?

— Toi, toi tout seul, espèce de connard imprudent. Attends une seconde !

Karl entendit Siobhan traverser le salon et marcher sur du verre. Comme des milliers d'auditeurs le lui avaient raconté, il sentit le monde s'écrouler. C'était la pire situation qu'il ait jamais vécue.

Siobhan revint, tenant dans sa main un petit objet métallique : le magnétophone dernier cri de Rick. Karl se creusa les méninges et un souvenir précis lui revint soudain. Cette nuit-là dans la chapelle, Rick lui avait dit : « Ce magnétophone est formidable, il enregistre six heures de suite. »

Siobhan le rembobina un peu, appuya sur le bouton Play et la voix de Tamsin remplit la chambre : « *Ah, tu crois que personne n'était au courant de ce qui se passait dans le bureau entre Cerise et toi ! Tu crois qu'on était aveugle ? Cerise m'a tout raconté. Sans oublier les détails sordides. Elle m'a même parlé de son avortement, de ton bébé dont elle a dû se débarrasser… »*

Karl ferma les yeux. Quel idiot !

— Sale con ! explosa-t-elle en jetant le magnétophone sur le lit. Karl, je veux que tu t'en ailles. Prépare un sac tout de suite et fiche le camp. Demain, je vais chez ma mère. Tu pourras revenir ici. Je ne veux pas vivre sous le même toit que cette pute. Je ne veux plus jamais en reparler et je ne veux plus jamais te revoir.

Sa voix s'étrangla dans un sanglot tandis qu'elle claquait la porte en sortant.

Groggy, Karl resta assis une minute sur le lit. Ce n'était pas vrai. C'était un mauvais rêve. Hélas, il était bel et bien éveillé. C'était horrible ! Il fallait que ça s'arrête.

Il sauta sur ses pieds et fonça dans le salon. Siobhan était installée sur le canapé, leur canapé tout neuf, et fixait le plafond. Roxanne, vautrée sur sa maîtresse, jetait des coups d'œil inquiets autour d'elle. Karl se mit à quatre pattes pour ramasser les débris de verre et les morceaux de microsillons.

— T'occupe pas de ça !

— C'est dangereux, Rosanne pourrait se blesser.

— Je le ferai, dès que tu seras parti. Au fait, ça ne te dérangerait pas de dégager ?

— Siobhan, je t'en supplie, j'aimerais qu'on discute…

— Et de quoi, bon Dieu ? Écouter tes excuses ? Tes détails sordides ? C'est pitoyable. Tu as été nul. Tout est fini. Je ne veux pas en parler. Maintenant, fiche le camp.

Karl se mit à pleurer :

— Shuv, non !

Il s'agenouilla et prit les jambes de Siobhan entre ses bras. Il sanglotait et tremblait.

— Non ! Je refuse de partir. Ce n'était rien, juste une erreur, une connerie, c'était idiot, un moment de faiblesse. Une grosse erreur. Je suis désolé, désolé…

Voir Karl prostré fit fondre Siobhan. Elle qui s'était juré de rester de marbre commença à pleurer :

— Je t'ai fait confiance. Je t'ai parlé d'elle en Écosse, tu te rappelles ? Et tu m'as fait passer pour une petite idiote. Comment as-tu pu me faire ça ? J'ai été honnête avec toi au sujet de Rick, tu aurais pu faire la

237

même chose avec moi. C'est ça la pire blessure : tes mensonges. Tes sales, tes odieux petits mensonges. Tu t'es trompé. Je me suis trompée. Pourquoi ne pas me l'avoir avoué ? Et pourquoi t'es-tu conduit ainsi ? Parce que j'étais grosse, voilà la raison ! Et tes conneries du genre « Oh Shuv, tu es belle, tu es belle, je t'aime quelle que soit ta taille ! ». Tu m'as menti ! Tu m'as prise pour la dernière des connes ! Je te déteste, Karl, je te hais !

Elle sanglota de plus belle. Karl serra ses jambes encore plus fort et ses pleurs redoublèrent :

— Je suis navré, oh, bon Dieu, qu'ai-je fait ?

— Tu as tout foutu en l'air, voilà ce que tu as fait, pauvre con ! Tu as tout détruit.

Pendant quelques instants, ils restèrent ainsi chacun pleurant de plus belle. Rosanne les regardait, troublée. Elle gémit en reniflant le crâne de Karl qui l'embrassa. Pour la première fois depuis son retour il croisa le regard de Siobhan ; il sut ce qu'il avait à faire. Il prit la main de Siobhan :

— Tout n'est pas fichu. Essayons ! Nous sommes solides, nous pouvons traverser cette épreuve. D'autres couples ont échoué, mais nous sommes différents. Je ferai n'importe quoi. Je déménagerai momentanément, si tu le désires. Mais je t'en prie, battons-nous pour que ça marche ! C'est impossible d'abandonner pour... un truc aussi stupide. Sinon, on le regrettera toute notre vie, je t'en prie.

Il lui serra la main et lui lança un regard implorant :

— Imagine la vie que nous aurions, séparés. Moi dans mon coin, toi ailleurs. Imagine ce que nous deviendrions. Ça ne peut pas nous arriver.

Siobhan le regarda. C'était en effet impossible d'imaginer l'avenir ainsi, et elle en souffrait d'avance. Mais elle ne pouvait pas revenir à lui ; elle ne lui faisait plus confiance. Il avait couché avec la voisine, l'avait mise enceinte. Il l'avait trompée. Ce n'était plus l'homme de sa vie, le chevalier Bayard, sans peur et sans reproche, incapable de mentir. Et ce n'était sans doute pas la première fois ! Si elle restait, elle deviendrait une épave, comme ces femmes qu'elle méprisait, inquiète chaque fois qu'il serait loin de sa vue. Elle fouillerait ses poches, l'interrogerait sur son emploi du temps, reniflerait ses vêtements à la recherche d'une trace de parfum, ouvrirait son courrier, écouterait ses conversations téléphoniques, guetterait ses réactions. Non, elle ne vivrait pas cet enfer. Elle préférait être seule plutôt que de partager la vie d'un homme en qui elle n'avait plus confiance. Elle retira sa main de celle de Karl, qui attendait anxieusement sa réponse :

— Non, c'est trop tard, fit-elle d'une voix douce. C'est terminé.

— Mais non, je t'en prie, tu ne peux pas dire ça. Rien n'est terminé. Nous sommes liés. Il faut que nous restions ensemble !

Elle le repoussa gentiment et se leva :

— Il m'est impossible de vivre avec toi, je n'ai plus confiance. Et maintenant, prépare un sac et va-t-en. Si je compte un tant soit peu pour toi, pars !

Karl se releva lentement :

— Je partirai demain, promit-il en soupirant.

Siobhan refusa. Karl se dirigea lentement vers la chambre, et, du salon, elle l'entendit ouvrir et refermer des placards et des tiroirs, sortir sa valise et la remplir de ses affaires. Quels bruits sinistres ! Elle sanglota en silence.

Le dos voûté tant par la tristesse que par le poids de sa valise, Karl s'arrêta au seuil du salon. Siobhan aurait bien aimé lui demander où il allait, mais elle se l'interdit. Cela aurait voulu dire qu'elle s'intéressait encore à lui. Cela aurait paru trop familier… trop quotidien. Elle l'imagina dans la rue, cette rue qu'il avait traversée une demi-heure plus tôt d'un cœur léger. Comme tout aurait pu être différent ! Ils auraient pu être en train de dîner, puis ils auraient regardé un film en buvant une bouteille de vin, tendrement enlacés, éclairés par les guirlandes du sapin qu'ils avaient décoré la semaine précédente. Ils auraient discuté de l'émission de Karl, et Siobhan l'aurait informé de l'avancement des préparatifs de la noce. L'un d'eux aurait promené Rosanne puis ils auraient été se coucher dans les bras l'un de l'autre.

Mais la réalité était tout autre. Comme elle s'ennuyait dans l'après-midi, elle avait écouté le magnétophone de Rick. Ce qu'ils avaient raconté l'avait d'abord fait rire… mais la fin de la bande l'avait fait hurler ! Oh, au début elle avait pensé que Tamsin et Karl plaisantaient. Puis, en les réécoutant, elle avait eu envie de vomir et avait dû se précipiter dans la salle de bains, toute tremblante. Après qu'elle se fut passé de l'eau froide sur le visage, l'état de choc avait laissé place à la colère. Pendant un quart d'heure, prise de folie furieuse, elle avait mis la maison sens dessus dessous. La réalité, c'était Karl prêt à s'en aller :

— Je te téléphonerai plus tard, dit-il doucement.

— Non. Ne m'appelle pas.

— Mais si.

Rosanne bondit du canapé et vint se frotter contre son maître. Il se pencha vers elle et lui murmura des mots d'adieu à l'oreille. En se relevant, il fixa Siobhan dans les yeux, puis sortit sans ajouter un mot.

Siobhan se posta près de la fenêtre pour le regarder ouvrir le coffre de la voiture, y placer sa valise, se glisser derrière le volant et démarrer.

En passant devant la maison, il ralentit, les yeux levés vers leur appartement. Un instant, leurs regards se croisèrent, puis la petite voiture s'éloigna en pétaradant.

24

Pour la centième fois, Ralph consulta l'horloge accrochée au mur nu de son atelier. Il était 17 h 18. Pas tout à fait l'heure de partir. Quoique, s'il prenait son temps, traînassait un peu sur le chemin, il pouvait s'en aller tout de suite. Tant pis s'il arrivait à la station de métro en avance, il faisait beau. Et si par hasard Jem était elle aussi en avance, ils auraient plus de temps à passer ensemble.

Il éteignit la petite radio, la rangea dans son sac à dos, prit son pull et son manteau sur la chaise près du radiateur électrique où il les avait posés pour qu'ils soient chauds. Il s'assura qu'il avait débranché les lampes, ferma la porte à clé et sortit.

Le couloir était glacial et résonnait du cliquetis des machines à coudre et de la musique africaine de sa voisine couturière. Ralph descendit les marches quatre à quatre, traversa une cour sinistre, passa devant Murray, le vigile ivre en permanence, et se retrouva dans Cable Street, une rue particulièrement animée.

Une journée foutue. Totalement perdue. Il n'avait même pas soulevé un pinceau. La première heure de la matinée, il l'avait passée à arpenter son atelier, avant d'avoir le courage d'appeler Jem depuis la cabine du couloir. Et quand elle avait accepté, il avait passé le reste de la journée à arpenter l'atelier, l'estomac noué, à la fois énervé et effrayé. Eh merde ! Comment gérer la situation ? Il était affreusement tiraillé.

Smith, connard, trou du cul ! Pourquoi t'être confié à moi ? Pourquoi m'avoir mis dans une telle position ? Smith s'était ouvert à Ralph parce qu'il était son meilleur ami, détail que, depuis l'arrivée de Jem, Ralph avait presque oublié. Pour lui, Smith n'était plus que son rival, son adversaire. Il était l'obstacle qui l'empêchait de réaliser ses rêves et sa destinée, l'obstacle à surmonter pour être heureux. Il avait oublié que pendant si longtemps Smith et lui avaient été les meilleurs copains du monde. Cela lui faisait de la peine, mais ce n'était rien comparé au choc qu'il avait eu lorsque Smith était rentré de son week-end de « créativité ».

Dès qu'il avait mis les pieds dans l'appartement, ç'avait été une véritable pile électrique : il parlait fort, gueulait pour un rien, n'arrêtait pas de parler de son week-end. Jem était allée prendre un bain. Aussitôt qu'il eut entendu la porte se refermer et après s'être assuré qu'elle ne pouvait l'entendre, il avait pris un air de conspirateur.

— Ça y est ! s'était-il exclamé, fou d'excitation.

— Quoi donc ?

— Enfin ! Je le savais bien. Je t'avais prévenu !

Il avait donné une tape sur la cuisse de Ralph et s'était fendu d'un sourire jusqu'aux oreilles.

— Allez, accouche ! C'est quoi ton cirque ?

— Mais Cerise, bien sûr ! *Ma Cerise d'amour !*

— Et alors ?

— Écoute, mon vieux, j'ai eu raison d'être patient : l'affaire est dans le sac ! Ce soir, devant la bouche du métro de Sloane Square, je suis tombé sur la très belle Miss Dixon. Nous avons attendu le bus ensemble et nous avons papoté. Tu te rends compte ! Cerise et moi, en train de parler ! Sans bafouiller, ni bégayer, ni grimacer, ni casser quelque chose, ni transpirer, ni trébucher. Oui, on a parlé ! Et quand elle parle, elle est encore mille fois plus belle. Dieu ! Quelle beauté ! Enfin, comme nous nous étions gelés à poireauter pour rien, je lui ai proposé d'aller prendre un verre chez Oriel et de rentrer en taxi ensuite. Et c'est ce qu'on a fait. Elle a commandé une bouteille de vin ! Toute une bouteille ! Si elle avait été juste polie, elle aurait pris un jus de tomate, tu vois ? Et si tu savais comme elle est gentille ! Bon, toi tu crois qu'elle est conne et méprisante, mais elle est vraiment superbe. De ma vie je n'ai vu une telle qualité de peau. Ses mains sont parfaites et ses cheveux sont… comme…

Ralph l'avait écouté sans proférer un mot. Puis il avait respiré à fond. Smith était encore amoureux de Cerise ! Malgré Jem, malgré tout ! Mais tout n'était pas rose : pauvre Jem, elle ne méritait pas ça. Ralph l'aimait trop pour supporter qu'elle souffre.

— Dis donc, Smith, je croyais que tu en avais fini avec Cerise ! À quoi tu joues, bordel ?

— Moi aussi, je pensais que c'était terminé. Mais quand je l'ai vue ce soir, si belle… Et j'ai pu lui parler, vraiment…

— Et Jem dans tout ça? Tu peux parler avec Jem, non? Je n'ai jamais rencontré de meilleure interlocutrice...

— Oh, je sais. Mais Jem c'est Jem, et Cerise, c'est autre chose...

— Quoi? Cerise est quoi? Une fée?

— Mais calme-toi! Je ne sais pas... je ne sais pas, répéta Smith en se prenant la tête à deux mains. Ne sois pas rabat-joie.

— Je veux seulement te rappeler que tu as une petite amie. Tu te souviens? Jem? Celle qui est douce, et confiante, et loyale, et fidèle, et... amoureuse. Bon, alors, que s'est-il passé ensuite?

Smith se redressa :

— On était donc chez Oriel, on a discuté, on a bu, on s'entendait bien. Elle m'a parlé d'elle, de ses nombreux amants dont elle s'est débarrassée et de ses espoirs de trouver l'homme idéal! Incroyable, non? Elle est libre maintenant! Et l'homme idéal, qui est-ce à ton avis? Moi, bien sûr! Je l'ai attendue cinq ans, je l'ai désirée tout ce temps, j'ai rêvé d'elle, j'ai pensé à elle... Merde, quand j'étais au lit avec Jem, c'est à elle que je pensais...

Ralph grimaça de dégoût :

— T'es vraiment la dernière des ordures!

— Jem s'est pointée au bon moment. Elle m'a changé les idées, et quand Cerise a réapparu, j'ai pu me comporter comme un être sensé. Tu comprends? Tout est une histoire de timing. C'était écrit.

— Tu m'avais dit que tu n'y croyais pas!

— Maintenant j'y crois! Je ne croyais pas au destin de Jem, mais je crois au mien. Ralph, c'est ma grande affaire!

— Quelle affaire ? Tu veux bien me dire ce qui se passe ? T'as pris un pot avec la fille du dessus, elle t'a raconté qu'elle était libre et voilà que tu t'emballes.

Ralph se tordit les mains :

— Tu vas dégager Jem, hein, la jeter comme un vieux mouchoir ?

— Merde, Ralph, je ne comprends pas ta réaction. Tu devrais être content pour moi. Tu sais depuis combien de temps je suis amoureux de cette fille, tu sais ce que j'ai souffert. Avant Jem, je n'avais pas baisé depuis cinq ans ! Cinq ans ! Tu imagines ? Jem a été vraiment formidable, elle m'a sorti de ma coquille, m'a appris à tout partager, physiquement et moralement. Et je ne vais pas la jeter. Pas encore. Avec Cerise, je n'en suis qu'au début ; je dois gagner sa confiance. Moi, je sais que nous sommes faits pour être ensemble, mais elle ne le sait pas forcément. Non, il faut que j'y aille mollo...

— ... et en attendant, tu vas faire marcher Jem. Smith, je suis effaré. Et dégoûté. Au point de ne plus te parler.

Ralph se leva et toisa son ami :

— Je n'ai jamais rencontré quelqu'un d'aussi bien que Jem, et je refuse de t'écouter m'expliquer comment tu vas la maltraiter. Je vais tout lui dire, et tout de suite !

Smith bondit :

— Je ne te le conseille pas ! Un mot de ta part et tu te retrouves à la rue ! Je ne plaisante pas, vieux ! Un seul mot et je te vire. Ralph, tu es mon ami, et j'espère que tu le seras toujours. Mais on doit se tenir les coudes. On ne doit pas prendre parti pour les filles. Tu me connais depuis quinze ans ; Jem, tu la connais depuis un quart d'heure. À toi de choisir. Mais sois sûr d'une chose : je n'hésiterai pas une seconde !

Smith s'empara de la télécommande, allongea ses jambes sur la table basse et alluma la télé.

Comment une fille aussi maligne, aussi réfléchie que Jem avait-elle pu tomber amoureuse d'une andouille telle que Smith, avec son costume froissé et son visage dénué d'expression ? Comment avait-elle pu croire qu'il était l'homme de sa vie, l'homme dont elle rêvait depuis ses seize ans ?

Ralph quitta le salon d'un pas lourd et alla directement dans sa chambre.

Cette nuit-là, il n'avait pas fermé l'œil. Il avait la tête comme une marmite en ébullition. L'espace d'un instant, il avait exulté car il détenait un secret qui pouvait détruire les sentiments de Jem pour Smith. L'instant d'après, son moral était retombé à zéro, car il savait que, s'il parlait à Jem, ce serait le chaos total. Lui-même n'était pas tout blanc. Il était à la fois désolé pour Smith parce que c'était un connard, et pour Jem parce que Smith la menait en bateau. Mais au moins, il avait maintenant la confirmation que Smith n'était pas digne de Jem, ni de son amour inconditionnel : à présent, ses rêves les plus fous pourraient se réaliser.

Ralph s'était tourné et retourné dans son lit puis s'était levé de bonne heure, bien avant Jem et Smith, et était parti à l'atelier le cœur gros. Il n'avait pas encore décidé de ce qu'il allait dire à Jem au téléphone, sauf qu'il voulait absolument lui parler. Ils avaient passé un week-end merveilleux ensemble, et malgré la scène de la veille avec Smith, il ne voulait pas en briser la magie.

248

Tandis qu'il attendait la rame de métro qui ne venait pas, Ralph n'arrivait toujours pas à se décider. Devait-il révéler le pot aux roses à Jem ou pas ? S'il le faisait, Smith devinerait facilement que Ralph avait parlé à Jem et le virerait de l'appartement. Et ça mettrait fin à un long hébergement gratuit. De toute façon, un jour ou l'autre, Smith allait vivre avec quelqu'un, Cerise, Jem ou une autre, et il se retrouverait à la rue.

Le moment était sans doute venu de ne plus se protéger derrière Smith. Mais « cafter » revenait à perdre son meilleur ami. Quelle importance après tout ? Cette pensée le faisait souffrir un peu, mais ce n'était rien comparé à la douleur de perdre Jem. Mais si Jem se mettait à le haïr pour avoir brisé son rêve, pour avoir saccagé son bonheur ? Au lieu d'en vouloir à Smith, ce serait Ralph qu'elle détesterait ; dans ce cas, il aurait tout perdu, et Smith et Jem.

Par prudence, il choisit donc de se taire. Et de patienter en attendant que Jem se rende compte à quel point Smith était une ordure. Alors, lui, Ralph, serait là pour la consoler et la remettre sur pied.

Mais patienter combien de temps ? Quelle serait sa vie pendant ce temps ? Et si toutes les conneries de Smith au sujet de Cerise n'aboutissaient à rien et qu'il gardait Jem jusqu'à la fin de ses jours ? Dans dix ans, ils auraient peut-être même quatre enfants… Parfois, ayant pitié de lui, ils l'inviteraient à dîner dans leur maison de campagne. Non ! Il n'irait pas. Il ne voulait par se retrouver, à quarante ans, à regarder Jem dans les yeux en regrettant qu'elle soit toujours avec ce salaud de Smith.

Finalement, le métro arriva et Ralph fut ravi de trouver un peu de chaleur. Ce qui ne l'empêcha pas de faire son examen de conscience. Lire un journal intime qui ne vous était pas destiné, était-ce aussi odieux que d'être infidèle ? Jem devait sans doute le penser. Avait-il le droit de faire la morale à Smith ? S'il révélait à Jem le secret de Smith, ne devrait-il pas confesser sa mauvaise action ? Pas évident comme situation ! Comment avouer à Jem que : a) son petit ami pensait à une femme dont il rêvait depuis cinq ans pendant qu'il lui faisait l'amour, b) son colocataire lisait son journal et fouillait dans sa chambre depuis trois mois, c) ce même colocataire était éperdument amoureux d'elle et voulait vivre avec elle pour la vie ?

Plus il se rapprochait de sa destination, moins Ralph arrivait à se décider. Aucune option n'était satisfaisante, aucune ne présentait de réels avantages. L'idéal ? Que Jem se rende compte qu'elle était follement amoureuse de Ralph, qu'elle quitte Smith sans lui dire pourquoi et que Ralph et elle vivent d'amour et d'eau fraîche. Impossible !

Bon, il verrait bien. Tout dépendrait de la façon dont les choses se présenteraient au restaurant. Qui sait, elle avait peut-être des soupçons. Il n'aurait alors qu'à confirmer ce dont elle se doutait déjà, sans trahir Smith. Voilà. Inutile de faire des plans sur la comète…

À la station de Bayswater, il retrouva l'animation et les lumières des bazars de Queensway. Jem n'était pas encore arrivée ; il n'était que 18 h 23. Les mains dans les poches, la goutte au nez, Ralph fit le vide dans son esprit, se répétant seulement, comme un mantra, *je verrai bien, je verrai bien…*

De l'autre côté de l'entrée, une vieille femme murmurait des obscénités en relevant petit à petit sa jupe grise et crasseuse. Gêné, Ralph détourna le regard. Toute-

250

fois, il lui jeta un dernier coup d'œil. Elle en profita pour lui montrer son bas-ventre dépourvu de poils en l'invectivant :

— C'est ça que tu veux, hein, chéri ?

Ralph tourna vivement la tête.

Queensway ne dormait jamais car aucun Anglais de souche n'habitait là. Il n'y avait que des bureaux et des hôtels loués à la semaine à des Australiens, des Arabes, des Africains, et puis des pubs avec de grands écrans télé, des cafés ouverts toute la nuit, des restaurants bruyants, et par-dessus tout, le brouhaha de conversations dans des langues étrangères.

Ralph vérifia l'heure en prenant garde à ne pas attirer l'attention de la vieille folle qui pissait maintenant contre un mur. 18 h 29 !

Je verrai bien, je verrai bien…

— Qui est ta copine ?

Ralph fit un demi-tour sur lui-même en entendant cette voix féminine. C'était Jem.

— Ah, Dieu merci, c'est toi ! J'ai cru que c'était la sans culotte.

— Une beauté, n'est-ce pas ? Elle t'a montré sa foufoune ?

Ils se mirent à marcher.

— Comment s'est passée ta journée ? demanda Jem.

— Merdique ! Je n'ai rien foutu…

— Quel dommage ! Pourquoi ?

— J'étais préoccupé.

— Par quoi ?

— Oh, rien de grave, tu sais…

— Tu veux en parler ?

— Pas vraiment, peut-être plus tard.

Bien répondu, se félicita Ralph. Il avait laissé la porte ouverte.

— Et toi ?

Il baissa la tête pour lui sourire. Il adorait avoir à se pencher un peu. C'était… séduisant…

— Atroce, l'enfer absolu. Mais ça n'a aucun intérêt. Parle-moi plutôt de ce restaurant.

Tout en déambulant, ils parlèrent du curry, de la pluie et du beau temps, de tout et de n'importe quoi. Sous son air paisible, Ralph commençait à bouillir. Il n'avait pas envie de parler pour ne rien dire. Il ne voulait pas faire semblant d'être copain-copain. Il n'avait pas envie de dîner avec Jem puis de rentrer à l'appart et la voir disparaître dans les bras de l'infâme Smith. Il voulait… Il voulait… Souviens-toi de laisser courir, se dit-il. Mais ce n'était pas la bonne solution. Il devait prendre des risques, tout jouer sur un numéro. Oui, croupier, misez tout sur le rouge, les voitures, le yacht, la maison dans le Colorado…

En entrant dans le restaurant, il prit une profonde inspiration. Le changement d'ambiance le calma un peu.

— Ouah ! s'exclama Jem, quel endroit !

Des douzaines de serveurs sérieux comme des papes couraient autour de centaines de tables, portant d'immenses plateaux remplis de currys multicolores et de nans en forme de lunes. Des palmiers métalliques, des fresques vertes et bleu acier et d'immenses ventilateurs complétaient le décor.

Un serveur débordé les conduisit à leur table, leur balança les menus et disparut sans un sourire.

— Ce n'est pas le restaurant le plus aimable qui soit, murmura Ralph, mais regarde les prix !

Ils étudièrent le menu et passèrent leur commande au même serveur muet. Trente secondes plus tard, il leur apporta leurs bières Cobra.

— Ça c'est du rendement! fit Ralph en souriant.

Il venait de s'apercevoir, mais un peu tard, que ce n'était pas l'endroit idéal pour avoir une conversation à cœur ouvert : un quart d'heure après les hors-d'œuvre, de nouveaux clients attendaient déjà afin de prendre leur table !

— Oh, c'est plutôt sympa, fit Jem.

Ralph sursauta légèrement. Il venait seulement de s'en rendre compte. Jusqu'à présent, il n'avait considéré ce restaurant que comme une sorte de purgatoire.

— Oui, je suis bien d'accord.

— Au fait, hésita à dire Jem, en quel honneur… ce dîner ?

— Que veux-tu dire ?

— Eh bien – ne prends pas ça mal – ce matin, quand tu m'as téléphoné, j'ai cru que c'était un… rendez-vous galant ?

— Vraiment ? Quelle drôle d'idée !

— Tu avais l'air un peu gêné et nerveux. Ça m'a rappelé quand on m'invitait à sortir. C'est tout.

Ils étaient entrés dans le vif du sujet.

— Bon, fit Ralph en se grattant le menton, voyons les choses en face. M'ennuyant à périr et n'ayant rien d'autre à faire, je t'ai appelée en toute innocence pour t'inviter à manger un curry, et toi tu as pris ça pour un rendez-vous galant ! Tu ne manques pas d'air !

— Oh, arrête !

— Ensuite, fit Ralph d'un ton plus assuré, toi qui t'étais trompée sur mes intentions, au lieu de dire « cher monsieur Ralph, je refuse car mon cœur est pris et vous n'êtes qu'un vil suborneur », tu as accepté mon invitation pourtant équivoque à tes yeux, et te voici assise à ma table sans chaperon ! Que dois-je en conclure ?

— Oh, Ralph, arrête de déconner !

— Désolé, fit-il en riant. Mais si tu voyais ta tête ! Tu es adorable.

En voyant ses mains près de celles de Jem sur la table, il eut un coup au cœur. Elles allaient si bien ensemble. Il fallait qu'elles soient unies pour la vie. Il caressa la main de Jem du bout de son pouce. Elle le laissa faire.

— Tu avais raison, avoua-t-il. Je voulais sortir avec toi en amoureux. Nous avons passé un si bon week-end tous les deux. Le meilleur de mon existence. Et j'avais envie de te revoir en dehors de l'appartement, loin de Smith et de tout. J'aime… être avec toi, et…

La gorge serrée, il regarda Jem qui le fixait d'un air tendre et attentif. Il se redressa sur sa chaise :

— J'espère que tu ne m'en veux pas.

— Mais pas du tout. Comme je te l'ai dit, j'adore ta compagnie. On ne se connaît que depuis trois mois mais je te compte déjà comme un de mes meilleurs amis.

— Mon Dieu, c'est gentil. Mais ce dont je te parle, c'est d'amour. Du grand amour. Pas d'une amourette, ni de baise. Je suis vraiment amoureux de toi. Je…

Il marqua une pause, le temps d'essuyer une goutte de sueur qui perlait sur son front.

— Jem, je t'aime ! Je ne l'ai jamais dit à personne. Crois-moi, je suis fou de toi. Tu es la fille la plus extraordinaire que je connaisse. Je ne pense qu'à toi et je ne peux plus me le cacher. Je suis jaloux de Smith. Avant, je n'avais jamais imaginé aimer quelqu'un, me marier. Ensuite tu as emménagé et je n'ai pas fait attention à toi, d'abord. Tu n'étais qu'une colocataire superflue. Puis j'ai appris à te connaître, et je t'ai trouvée de plus en plus sympa. Et un soir, le soir des piments, j'ai su que j'étais vraiment amoureux de toi, que nous étions destinés à être ensemble. Nous sommes si bien ensemble. Nous formerions un couple épatant – tu as remarqué comme il y a de la magie entre nous ? On ne peut plus être seulement amis, vois-tu ? Je ne veux pas que tu me considères seulement comme ton ami. J'aimerais que tu aies les mêmes sentiments à mon égard, et je crois que… parfois tu les as.

Soudain, il se sentit léger comme une plume : ce qu'il avait sur le cœur depuis deux mois était enfin sorti.

— Ce que je viens de t'avouer n'a rien de nouveau, Jem, reprit-il. Il y a eu Nick, Jason et les autres. Tu as eu des déclarations d'amour à la pelle…

— Quoi ? fit-elle, les yeux écarquillés.

— … mais je suis différent. Je n'ai envie ni de te changer ni de contrôler ce que tu fais. Je t'aime telle que tu es. Si je ne te harcèle pas, si je ne te couvre pas de fleurs, de poèmes, de lettres d'amour, c'est parce que je t'aime. Tu comprends ?

— Attends ! Revenons sur ce que tu viens de dire. Comment es-tu au courant pour Nick, Jason et les autres ?

Jem était devenue rouge de colère et avait du mal à respirer.

Foutu pour foutu, autant tout lui raconter, songea Ralph :

— Je t'en prie, n'en fais pas une montagne. Ça peut te sembler atroce, mais j'ai lu tes journaux intimes. J'en suis désolé. Je les ai lus au début. Ce n'est pas tout. Je suis resté des heures dans ta chambre à respirer ton odeur, à m'imprégner de tes affaires. Je sais tout de toi : je sais que tu te détestais quand tu étais petite, je sais que tu étais courtisée par des mecs collants, par des hommes qui voulaient te transformer. En échange, tu dois tout savoir de moi. Je sais que j'ai fait une bêtise, c'était la première fois, je te le jure. Mais j'ai été attiré par tout ce qui te touchait. Et même si ça te semble idiot, sache que ça m'a rapproché de toi… Je voulais vivre dans ton intimité. Je suis navré, vraiment navré.

Il sourit nerveusement à Jem, suspendu à ses lèvres.

— Je t'en prie, dis quelque chose !

— C'est incroyable, fit-elle écarlate. Tu as lu mes journaux ! Mais c'est atroce ! Moi qui te prenais pour un ami. Eh bien oublie tout ça, oublie ce que je t'ai dit. On ne viole pas l'intimité d'une amie, on ne fouille pas dans ses affaires. J'en suis malade rien que d'y penser…

— Oh, essaye de comprendre…

— Pas question. Désormais, nous ne serons que colocataires, ni plus, ni moins. Finis les currys, les conversations… Ne m'approche pas et tout ira bien. Oublions ce qui s'est passé entre nous, vu ?

— Non ! Je ne veux pas oublier. Je suis heureux que tout soit arrivé, je le voulais. Parlons-en !

— Tu n'as pas entendu ce que je viens de te dire ? C'est fini, terminé. Je veux rentrer. Demande l'addition.

Elle ramassa son sac et sortit son portefeuille tout en s'efforçant de ne pas pleurer. Tout tournait dans sa tête. Elle ne savait plus où elle en était. Elle était furieuse contre Ralph, mais il n'y avait pas que ça. Elle pouvait encore supporter qu'il ait lu ses journaux, elle n'avait pas grand-chose à cacher. Certes, il avait fait une chose horrible, mais ça ne l'empêcherait pas de vivre. Ce qui la perturbait beaucoup plus, c'était l'avalanche d'émotions qu'avait déclenchée la déclaration d'amour de Ralph. Oh, elle s'en doutait depuis un moment, au fond. Il l'aimait ! Voilà, il avait tout déballé, et il fallait maintenant ramasser les pots cassés. Ce n'était plus un jeu ; elle ne contrôlait plus la situation. Si seulement elle avait tapoté la main de Ralph en riant, lui avait dit qu'elle l'aimait bien mais qu'elle appartenait à Smith et qu'elle ne voulait que son amitié... Mais elle n'avait pas pu. Car c'était faux !

Enfer et damnation ! Elle aimait Ralph ! Elle aimait sa façon de tenir d'une main sa cigarette et son verre de bière. Elle aimait qu'il regarde les *Walton* tous les dimanches dans son lit. Elle aimait qu'il caresse les chiens dans la rue et qu'il engueule les personnages des séries télé. Elle aimait son sourire tranquille et sa façon de souffler quand il avait un fou rire. Elle aimait sa façon de parler de la pluie et du beau temps. Elle aimait son sens du détail, qu'il remarque la couleur du ciel, une hideuse gargouille ou le bas filé d'une passante. Elle aimait qu'il lui manque une dent au fond de la bouche à la suite d'un accident de foot, et elle aimait la petite cicatrice qu'il s'était faite au front quand il avait percuté de plein fouet un ampli lors d'un concert en 1979.

Elle l'aimait et il l'aimait. Ils pouvaient être ensemble, se tenir par la main, disparaître dans le soleil couchant et vivre heureux pour toujours. Ils pouvaient s'aimer.

Elle lui jeta un coup d'œil. Il s'était retourné pour appeler un serveur. Elle contempla ses épaules basses et sa nuque qu'elle aurait voulu caresser. Il était si mignon. Malgré sa colère, elle mourait d'envie de le prendre dans ses bras et de l'embrasser jusqu'à plus soif. Elle l'aimait. Elle le désirait. Et elle ne l'avait même pas embrassé...

Mais c'était impossible. *Et Smith alors ?*

Ralph se retourna et croisa son regard :

— Jem...

— Non !

— Je t'en prie...

— Non !

Ils quittèrent le restaurant sans se parler et prirent un taxi. L'ambiance était glaciale.

25

Après avoir été viré par Siobhan, Karl se rendit directement chez Tom et Debbie. De là, il lui téléphona toutes les dix minutes mais en vain : le répondeur lui annonçait de sa propre voix qu'il n'était pas là et qu'il pouvait laisser un message. Ça il le savait, bordel !

Le lendemain, il appela toutes les trente minutes chez la mère de Siobhan jusqu'à ce que Mme McNamara le menace d'avertir la police s'il continuait à l'importuner. Sa fille refusait de lui parler, point barre. Il ne se rappelait pas grand-chose d'autre de cette journée, plongé qu'il était dans un brouillard aviné. Le lundi après-midi, tant bien que mal, il se rendit au studio.

C'est alors que tout changea !

Il ne l'avait pas prévu. Depuis le drame, soixante-douze heures plus tôt, il n'avait pas pensé à son émission. Mais il en était l'animateur, il n'avait pas le droit de tomber malade. Karl avait donc conduit comme un robot jusqu'à la station de radio.

— Ça va, mon pote ? lui demanda John, son producteur, quand il entra en titubant.

— Ouais !

Tout était différent : les lieux, John, l'ambiance. Ils parcoururent ensemble la liste des disques. C'est drôle, se dit-il, je suis responsable des chansons qui brisent le cœur de nombreux auditeurs. Combien de fois avait-il passé « The Sun Ain't Gonna Shine Anymore » et combien d'inconnus dans des appartements vides s'étaient sentis encore plus déprimés ? Sans le vouloir, il avait fait de la peine à des gens. Et maintenant c'était son tour de souffrir. Cela dit, il était encore temps de changer la liste des disques, de passer des chansons optimistes, les Spice Girls et « I will survive ». Il pouvait leur remonter le moral, à ces pauvres bougres, jouer à être Dieu !

Mais non ! Il ne toucherait pas à la liste et en subirait les conséquences. Après tout, qui avait envie de jouer à être Dieu ?

Néanmoins, il vérifia les titres, sachant que son cœur se mettrait à saigner au moment où il écouterait les paroles des chansons les plus tristes.

— Tu es sûr que ça va ? s'inquiéta John une fois encore.

— Mais oui.

Pourquoi ne ressentait-il rien, à part un certain vide, une sorte de paralysie et de dépaysement ? Il n'avait même pas envie de pleurer, ni de fuir. Il continua à agir comme un automate, parlant, bougeant les mains, buvant un café, croisant et décroisant les jambes, lisant sans rien enregistrer. Aurait-il pu rire s'il l'avait voulu ou même sourire ? Sans doute.

« Mr. Pitiful » d'Otis Redding était le premier titre du programme. Il se souvenait de cette chanson. Il l'avait enregistrée sur une cassette pour Siobhan quand ils avaient fait connaissance. Ç'avait été sa façon de se présenter à elle, de lui dire : « Je suis ainsi, voici ce que j'aime et comme je vous aime, j'espère que vous l'aimerez aussi. » Il lui avait offert des heures et des heures d'enregistrement, choisissant chaque titre soigneusement. Et le miracle s'était produit. Elle avait aimé ses airs préférés et il était tombé encore plus fou amoureux d'elle…

Pendant qu'une speakerine lisait les dernières nouvelles, la météo et l'état de la circulation, l'esprit de Karl se figea. Comment allait-il commencer son émission ? Qu'est-ce qu'il disait d'habitude ? C'était le blanc total. D'ailleurs, quel jour était-on ? Quel mois ? Le compte à rebours s'écoula : cinq, quatre, trois, deux, un. Sa gorge était sèche, sa voix avait disparu. Karl n'existait plus… Son jingle passait à l'antenne. Il y eut un instant de silence, multiplié par les milliers d'auditeurs. John le regarda, muet, les yeux écarquillés, tandis qu'un assistant s'emparait d'un micro, prêt à intervenir. Finalement, Karl ouvrit la bouche :

— Bonjour Londres, vous êtes à l'écoute de Radio Centrale et je suis votre hôte, Karl Kasparov. Il est 15 h 30 et vous êtes à l'écoute d'*Auto-Mobile*. On m'a dit qu'il ne restait que trois jours pour faire vos achats de Noël et voici une de mes chansons favorites. Je la dédie à tous les types qui, comme moi, n'ont encore rien acheté. Elle s'intitule « Mr. Pitiful ».

Karl enleva ses écouteurs, satisfait. Sans avoir rien préparé, il avait réussi à parler – comme si c'était dans sa nature. Soulagé, John avait levé le pouce en signe d'encouragement. Karl était un pro ; tout se passerait bien.

Et tout se passa comme sur des roulettes. Les quinze minutes suivantes, Karl se défonça. Entre les chansons, il but un café avec John, lui balança des vannes, et ils rigolèrent même ensemble. Il se sentait presque dans son état normal.

Et puis... ça arriva tout d'un coup, en entendant une chanson des Jam, « The Bitterest Pill », qu'il n'aimait pourtant pas beaucoup et qui ne lui rappelait ni Siobhan ni sa jeunesse.

Malgré tout, son cœur se serra. Il adorait les Jam, Siobhan aussi. Et les paroles lui convenaient parfaitement : la pilule était amère, c'était la fin de tout, l'anéantissement de tout avenir. Et tout était sa faute. Karl songea à Siobhan, à son sourire, à son rire, à son odeur, à sa voix.

Il se mit à pleurer. Doucement d'abord. Tournant le dos à John et à toute l'équipe, il essuya ses larmes et respira à fond. Il restait quarante-cinq secondes avant la fin de la chanson. Ses larmes redoublèrent. Encore trente secondes.

Il eut alors des haut-le-cœur et se rendit compte qu'il n'arriverait pas à s'arrêter de sangloter. Heureusement, John était au téléphone, l'assistant était sorti et personne n'avait remarqué son état. Encore trois secondes... deux... une. Il aurait dû enchaîner sur une autre chanson, se donner le temps de se reprendre. Mais il n'y songea pas. Dans le silence de l'antenne, on n'entendait plus que son souffle lourd. C'était comme ces silences qui s'abattent au milieu des dîners, en mille fois pire. John, qui avait raccroché, regarda Karl avec horreur. Silence. Karl pleurait toujours.

Enfin, il parla. Contre son gré. Il savait bien que pour meubler le silence, John aurait envoyé n'importe quel jingle, n'importe quelle annonce. C'était ça une émission faite par des pros, sans faille, sans anicroche. Sans les états d'âme du disc-jockey. Il n'était que l'animateur, pas l'objet de l'émission.

— Je… suis navré, commença-t-il d'une voix chevrotante, je suis… je suis…

Le studio s'était figé. John, bouche bée, les mains collées sur ses joues, incapable de réagir, avait l'air paralysé. Au lieu de l'activité habituelle de l'émission, un homme malheureux était en train de parler dans un micro comme à son meilleur ami, tout en pleurant.

— J'ai passé un mauvais week-end, ma petite amie m'a quitté.

John se cacha le visage derrière ses mains tandis que Karl poursuivait :

— Siobhan était mon amie depuis quinze ans. Et… tout est terminé. Mon Dieu, je suis désolé, je pensais que je pourrais… mais c'est trop dur. Je viens de le réaliser. Elle m'a quitté. Siobhan est partie !

Il avait laissé échapper un profond soupir.

— Si seulement vous la connaissiez… elle ressemblait à un ange. Je l'ai follement désirée et enfin elle a été mienne, alors que je ne la méritais pas. Elle était trop bien pour moi, une pointure au-dessus. Elle était si belle… Ses cheveux étaient comme de l'or en fusion. Elle aurait pu avoir qui elle voulait, mais c'est moi qu'elle avait choisi. Sans elle, que serais-je devenu pendant toutes ces années ? Sans ses sourires, son rire, sa bonté, sa sagesse ? Et elle m'aimait, vous comprenez ? Vous savez ce que c'est que d'être aimé par une fille aussi belle et aussi douce ? Je… je…

Sa voix se brisa.

— Mais je n'ai jamais pensé que ça allait de soi ! Je remerciais Dieu de me l'avoir confiée. Bon, écoutez-moi, mesdames et messieurs, c'est important. Si vous êtes heureux en couple, si vous aimez votre partenaire, ne faites pas les idiots, n'allez pas voir ailleurs. Je vous en supplie. Moi, j'ai trompé cette femme admirable. Je l'ai tournée en ridicule. Et pour quoi ? Pour rien. Pour une bagatelle avec une femme pour qui je ne ressentais rien. Vous pouvez imaginer une bêtise pareille ? Une telle ânerie ? Tout ça pour me sentir comme un jeune coq. Oh, je m'en rends compte maintenant ! J'ai toujours su que Siobhan était trop douce, trop belle, trop exceptionnelle pour moi. J'ai fait comme si ça ne me gênait pas, mais je ne me sentais jamais à la hauteur. Aussi, quand cette autre fille a fait en sorte que je me sente plus viril, je n'ai pas résisté. J'étais plus intelligent qu'elle, plus charmant, mieux, quoi. Et elle me désirait. Et en vrai petit mâle, j'en ai profité. Ce n'était même pas formidable ! Quand ça a été fini, je n'en ai que plus aimé Siobhan. J'ai compris plein de choses sur l'amour et les relations amoureuses, sur le bonheur de vieillir ensemble, ce qui est aussi romantique que de tomber amoureux. J'ai voulu épouser Siobhan pour ne jamais être séparé d'elle. Mais c'était trop tard. Elle a appris mon infidélité, a vu le genre de type que je suis vraiment : un faible, un égoïste, un nul. Elle méritait mieux et elle est partie. Je suis seul désormais. Ce soir, je rentrerai dans l'appartement que nous partagions et elle ne sera pas là. Il sera vide. Et… j'ignorais qu'on pouvait être aussi triste, aussi malheureux. Je l'aimais tellement, et j'ai trahi sa confiance. Maintenant, je dois payer. Aussi écoutez-moi bien : ne faites pas comme moi. Car si vous aimez et que vous êtes aimé en retour, vous avez une chance folle. Ne faites pas attention à ce beau mec sexy qui travaille au marketing ou à cette jolie blonde de l'étage au-dessus. Ça n'en vaut pas la peine ! Vous m'entendez ?

Karl se redressa, il ne pleurait plus. Il jeta un coup d'œil derrière la vitre : des assistants, des secrétaires, des producteurs venus de toute la station s'étaient massés dans la cabine et le regardaient. Certains avaient l'air horrifié, d'autres étaient bouche bée, d'autres encore avaient les larmes aux yeux. Mais personne ne soufflait mot.

— Euh, je suis navré, poursuivit Karl. Vraiment désolé. Je crois que c'était ma dernière émission. Je vais vous passer une chanson. Désolé…

Jeff l'observait, les bras croisés, le visage impénétrable.

Karl augmenta le son, enleva son casque et se frotta le visage. Merde ! C'était quoi ce cirque ? Il avait perdu les pédales. Ses propres paroles l'avaient comme hypnotisé. Il en avait oublié ses auditeurs, le personnel qui le dévisageait, le fait qu'il mettait sa carrière en jeu. Il s'était parlé à lui-même, tentant de faire le point, mais en se confiant à des milliers d'inconnus. À présent qu'il était enfin sorti de sa torpeur, il se sentait mieux. Il avait retrouvé le monde réel… horrible, douloureux !

— Karl !

John venait de poser la main sur son épaule.

— Karl, tu as été formidable ! Ça va ?

— Oh, écoute…

— Julia est prête à te remplacer. Allez, viens, sortons !

— Je vais me faire virer, c'est ça ? La station aussi ne veut plus de moi !

— Mais non, viens !

John lui entoura les épaules et l'entraîna vers le couloir.

C'était comme dans un film : en le voyant passer, les gens s'arrêtaient de parler, de marcher. Il s'attendait presque à ce qu'on lui couvre la tête comme un prisonnier qu'on emmène ! Enfin ils arrivèrent à la hauteur de la réception.

— Karl ! Karl ! cria June en lui faisant des signes désespérés.

Oh, la barbe ! songea-t-il, que me veut-elle ? Il ne désirait qu'une chose : s'en aller en vitesse et monter dans sa voiture.

— Karl, arrête ! insista-t-elle en lui courant après, ses talons aiguilles cliquetant sur le sol en marbre. C'est Jeff au téléphone.

Il implora John du regard. Et voilà, il était foutu à la porte ! Il prit le téléphone portable que June lui tendait.

— *Karl, mon vieux, reviens immédiatement !*

Karl en eut mal au cœur.

— *Le standard est débordé ! Les auditeurs te réclament. Remonte tout de suite au studio !*

Puis Jeff coupa brusquement la communication, comme le font souvent les gens de pouvoir.

— C'est vrai, renchérit June, depuis dix minutes c'est de la folie. Ils te veulent tous. Qu'est-ce que tu as fabriqué pour les mettre dans un tel état ? dit-elle avec un sourire coquin.

Karl se tourna de nouveau vers John. Celui-ci haussa les épaules, le guida jusqu'à l'ascenseur puis dans le studio. Là, c'était le chaos. On avait fait venir des secrétaires en renfort pour répondre aux appels.

L'ambiance était électrique. Une salve d'applaudissements accueillit Karl quand il fit son entrée.

— Karl, mon vieux, fit Jeff en s'avançant vers lui tout sourire et en lui tapant dans le dos. Ils t'ont adoré, bordel ! Tu es une star maintenant ! On a pris plus de deux cents appels en dix minutes. Reprends l'antenne, dis-leur ce que tu ressens, ils aiment ça !

Julia lui sourit, lui tendit son casque et l'embrassa sur la joue.

Karl reprit sa place et jeta un coup d'œil à tous ces visages qui lui faisaient confiance :

— Je ne sais pas si je vais m'en tirer.

— Bien sûr que si, le rassura Jeff. Continue sur ta lancée.

— Mais je n'ai rien d'autre à dire.

— Eh bien répète ce que tu as dit ! L'important c'est que tu leur parles. Des gens nous ont dit qu'ils ont les mêmes problèmes que toi, ils veulent te parler. Allons, tu peux très bien le faire. Julia va rester auprès de toi si tu as besoin d'aide. Laisse-toi aller et tout marchera… Tu peux raconter ce qui te fait plaisir…

Karl était terrifié. Il aurait tellement aimé pouvoir rentrer chez lui. Toute cette attente… Tous ces gens qui le dévisageaient. Tous ces mecs qui voulaient l'entendre. Jeff lui fit un clin d'œil ; Julia lui tapota le bras ; John lui apporta un café. Il lui restait encore quarante-neuf secondes. Merde ! Il se sentait si seul…

Enfin, il s'éclaircit la voix et se lança :

— Ah ! On m'a demandé de revenir, fit-il en riant nerveusement. On dirait que vous me préférez quand je suis malheureux. Bon, on va essayer d'être malheureux ensemble alors ! Je ne sais pas ce que ça va donner, mais je vais d'abord vous passer une chanson. Je la dédie à Siobhan. Et à moi. Ça me rappelle l'université, avant de la connaître. Je l'observais de loin et je rêvais d'elle. Elle n'était qu'un fantasme, un être hors de ma portée. C'est une des plus belles chansons pop de ces dix dernières années. Interprétée par The La's : « There she goes »…

De toutes parts, on l'encouragea. Il poussa un soupir de soulagement, prit la liste des chansons et la remania. Il allait composer une émission juste pour Siobhan, avec toutes les chansons qu'elle aimait, qu'ils avaient aimées ensemble. Et si cela plaisait à son public, tant mieux !

Pendant les deux heures qui suivirent, il parla de Siobhan, passa des airs qui le hantaient, des airs qui lui crevaient le cœur. Il prit des appels de gens qui avaient fait la même erreur que lui. Certains étaient en larmes, d'autres lui souhaitèrent bonne chance. Il mit les chansons qu'ils lui demandèrent.

Ce fut deux heures d'émotion pure, de vérité, de fraternité. Il reçut des appels désespérés de gens affreusement seuls qui, grâce à lui, reprenaient courage. L'émission était ringarde, sentimentale, mais elle plaisait et elle faisait du bien à Karl.

Quand celui-ci quitta le studio, des gens l'attendaient sur le trottoir, les bras chargés de fleurs, espérant un autographe. C'était fou ! On lui disait « Merci ! », « Courage ! ». De jolies filles lui tendaient leur numéro de téléphone, des hommes tristes lui serraient la main. Karl les remercia, accepta les fleurs et les numéros de téléphone, signa des autographes et s'engouffra dans sa voiture.

Bon Dieu ! Que se passait-il donc ?

Il ne pouvait se douter que ce n'était que le début d'un véritable vent de folie. Les jours suivants, il devint le chouchou du Tout-Londres. Le *Newsroom South East* lui consacra un article, il eut sa photo dans l'*Evening Standard* illustrant un papier sur l'infidélité. Devant le studio, la foule devenait plus importante chaque jour. Tous voulaient lui parler, le remercier.

Mais Karl trouvait ça ridicule. Tout ce remue-ménage le laissait de glace ; car Siobhan ne l'avait toujours pas rappelé.

Ce soir-là, il dormit chez Tom et Debbie, ainsi que la nuit suivante et celle d'après encore. Il lui était impossible de retourner dans l'appartement. Siobhan savait où le joindre : il avait donné deux fois le numéro à sa mère pour s'assurer qu'elle le notait correctement. En vain. Elle avait dû lire les journaux, écouter la radio, regarder les nouvelles à la télé… mais sans résultat. Alors que Londres tout entière s'émouvait des malheurs de Karl, Siobhan, elle, ne réagissait pas. Étrange, non ?

Pendant trois jours, il se rendit à la station, bossa, se saoula, bavarda avec Tom et Debbie, refit le monde, s'apitoya sur son sort de célibataire sans enfant à trente-cinq ans en se demandant quand les choses s'étaient gâtées.

Puis, le troisième jour, la moutarde lui monta au nez. Putain, elle avait flirté avec Rick, non ? Elle aussi avait trompé sa confiance ! Quelle différence y avait-il entre s'allonger pour se laisser embrasser pendant une demi-heure et se laisser sauter pendant cinq minutes ? Quel était l'acte le plus intime ? Et s'il lui avait parlé de Cerise avant qu'elle ne l'apprenne, lui aurait-elle pardonné ? Bien sûr que non ! Elle aurait agi de la même façon et serait partie.

269

Enfin, après l'émission de la veille de Noël, il eut le courage de retourner chez lui.

À l'arrière d'un taxi, il traversa une ville transie par le froid et la pluie. Son cœur était à l'unisson : Karl était à la fois malheureux, frustré, perdu, en colère et surtout terrifié par l'avenir.

Sa clé fit un bruit bizarre dans la serrure, tel l'écho d'un passé lointain, le souvenir d'un paradis perdu. En fait, pendant toutes ces années, il n'avait jamais remarqué ce cliquetis métallique.

L'appartement était glacial. Le chauffage central avait été coupé depuis près d'une semaine. Du temps de Siobhan, il y faisait une chaleur d'enfer car, à cause de sa mauvaise circulation, elle était frileuse. Il s'en plaignait sans arrêt, ouvrant les fenêtres ou baissant le thermostat quand elle ne regardait pas. Si seulement elle était là, songea-t-il, même une température tropicale ne l'aurait pas gêné !

Elle avait tout rangé. Trois énormes sacs-poubelle trônaient dans la cuisine, pleins de ses chers disques qu'elle avait brisés, et le sapin de Noël se dressait, solitaire, près de l'escalier de service. Les décorations étaient restées près de la cheminée. Elle avait emporté tout ce qu'elle aimait : vases, pendules, tapis. L'appartement était impec et sentait la cire et le Mr. Propre. Horrible !

Son premier réflexe fut de s'en aller. Le panier en osier de Rosanne avait disparu et sa laisse n'était plus suspendue dans l'entrée. L'atmosphère était mortelle.

Karl se laissa tomber dans le canapé, *leur* canapé. Là même où elle lui avait annoncé que tout était fini entre eux et où il avait tenté de plaider sa cause. La tête dans les mains, il s'imprégna du vide et du silence des lieux. Puis, pour la première fois, il songea qu'elle ne reviendrait plus. Ce n'était ni une querelle d'amoureux, ni une pause, mais la fin.

Pour la première fois de sa vie, il était seul.

26

Deux mois plus tôt, Cerise l'avait vu rentrer chez lui. C'était la veille de Noël. Vêtue d'un peignoir de bain blanc duveteux, elle l'avait observé depuis sa fenêtre. Il paraissait gris, voûté, terne. Rien à voir avec le fringant danseur qu'elle se rappelait. Elle avait remarqué son air triste quand il avait glissé sa clé dans la serrure…

Imaginer ce qu'il ressentait n'était pas difficile. Toute l'Angleterre était au courant, bon Dieu ! C'était maintenant une célébrité – encore un coup typique : quand elle l'avait connu, Karl n'était qu'un prof de danse de second ordre, puis elle l'avait largué, et voilà qu'à cause de leur histoire, à cause d'elle, il était devenu célèbre ! On le voyait partout, dans les pages people des magazines ou à la télé. Il avait même été interviewé – elle en crevait de rage – dans l'émission vedette du petit écran ! Après Londres, tout le pays avait été émerveillé, conquis, amoureux de ce connard de Karl Kasparov. Ce pauvre Karl !

Pauvre Karl, mon cul ! Ce pauvre Karl qui l'avait sautée régulièrement et furieusement sur cette chaise du Sol y Sombra. Ce pauvre Karl qui avait embrassé et léché chaque centimètre carré de sa peau douce et souple, en grognant et en gémissant comme une bête en rut. Ce pauvre Karl qui avait trompé, trahi et berné sa femme avant de lui jurer, à la radio, son éternel amour. Cerise n'éprouvait aucune pitié pour lui.

D'accord, elle l'avait dragué. Ce qui n'avait pas été si facile que ça. Elle l'avait voulu parce qu'il semblait inaccessible, parce qu'il se promenait tous les samedis avec Siobhan et leur chien et qu'ils revenaient les bras chargés de paquets, en riant et en jacassant. Karl tenait Siobhan par les épaules et la regardait comme si elle était la seule femme au monde, ne faisant même pas attention à son poids. À l'évidence, il ne savait pas ce qu'il ratait. C'était un bel homme. Sa coiffure et ses rouflaquettes étaient un peu ridicules, ses chemises un peu trop voyantes, mais il avait un physique extra, avec son corps de lutteur, ses larges épaules, ses belles fesses mises en valeur par des pantalons serrés, et ses magnifiques cheveux noirs. En plus son accent irlandais était irrésistible. Elle avait décidé qu'il pouvait s'arranger. C'était juste une question de remise au goût du jour. Et ça, elle s'en chargerait, sans problème.

Au début, elle avait eu du mal à attirer son attention. Elle aurait aimé lui crier : « Regarde donc une vraie femme, regarde ce que tu rates, tu peux m'avoir, je suis à toi. Après ça, tu ne seras plus jamais heureux avec ta grosse ! » Il la croisait, lui disait bonjour avec un sourire mais ça n'allait pas plus loin. Et plus il était distant, plus il l'excitait. Comme une obsédée, elle le surveillait de sa fenêtre, guettait le bruit de sa porte quand il sortait le matin, s'arrangeait pour le croiser au moins une fois par jour. Un soir, elle l'avait suivi pour savoir ce qu'il faisait à six heures en chemise hawaïenne et pantalon à pinces : il donnait des cours de danse. Enfin un point commun. Elle savait danser le rock, son père le lui avait appris quand elle était petite. Elle avait attendu la fin du cours pour le suivre jusqu'à leur immeuble et commencer à bavarder devant la porte d'entrée. Elle l'avait amené à l'inviter à suivre un de ses cours.

Mais elle était encore loin du but. Elle dansait toujours avec lui, lui faisait les yeux doux, se frottait contre lui, lançait des sourires aguicheurs, et tout ça pour rien. Il se contentait de la féliciter, de la remercier de participer à ses cours. Au mieux, il lui offrait une bière et la raccompagnait au pied de l'immeuble ; mais en chemin, il ne parlait que de Siobhan : Siobhan parci, Siobhan par-là. Conclusion : si elle le voulait, elle devait le prendre. Ce qu'elle avait fait. Mais très vite, elle s'était lassée.

Et voilà qu'il était devenu célèbre – riche et célèbre. Et qu'en avait-elle retiré ? Où serait-il à présent sans elle ? Ce ne serait qu'un disc-jockey comme un autre, trimant dans une station locale.

Quelle injustice ! Toute sa jeunesse, Cerise avait rêvé de devenir une danseuse étoile célèbre. Mais après avoir dépassé le mètre soixante-quinze, elle s'était rendu compte qu'elle ne serait jamais la nouvelle Margot Fonteyn, que sa loge ne croulerait pas sous les roses, qu'aucun milliardaire ne la courtiserait.

La vie était mal faite ! Tandis que Karl était la vedette qu'on s'arrachait, elle, Cerise, croupissait parmi les girls de comédies musicales de deuxième zone. À vingt-six ans, belle et avec du talent à revendre, elle devait profiter de ses atouts sans tarder, avant de devenir vieille et laide.

Plus elle songeait à l'ascension de Karl, plus elle voulait être connue et reconnue. Après tout, c'était elle la « créature » dont Karl parlait. Dans un sens, elle était déjà célèbre – pour être la briseuse de ménage tout droit sortie de l'enfer.

Et puis un jour de la semaine précédente, elle avait soudain eu une révélation. Dans une émission de télé, une femme qui regrettait d'avoir séduit un homme marié s'arrangeait pour réparer les pots cassés. Du coup tout le monde la trouvait formidable. Cerise avait décidé sur-le-champ de faire la même chose. Elle aussi deviendrait célèbre. Non comme la « créature » briseuse de ménage mais comme celle qui aurait réuni Karl et Siobhan ! Du jour au lendemain, elle serait une héroïne adulée de tous dont les journaux parleraient : « Cerise, la beauté aux mensurations parfaites, a déclaré que le remords était insoutenable. "Je ne voulais faire de mal à personne. J'étais trop seule. Je désire maintenant que Siobhan et Karl soient heureux ensemble." » Elle savait comment les médias fonctionnaient. S'ils avaient adoré l'histoire de ce disc-jockey abandonné, ils allaient bénir la maîtresse qui sortait de l'anonymat pour remettre son amant sur le chemin de l'amour.

Rien que d'y penser, elle en eut des frissons. Il lui suffisait maintenant de tout mettre au point. Où se trouvait Siobhan ? Comment entrer en contact avec elle ? Comment la convaincre qu'elle ne voulait que son bien ?

Il lui faudrait jouer à la « gentille fille » mais elle y arriverait.

Allongée sur son lit avec une tasse de thé à la menthe et un flacon de vernis à ongles, elle se mit à élaborer son plan.

Après sa rupture, quand elle avait réalisé que tout était fini avec Karl, Siobhan s'était effondrée. Elle avait passé une semaine à pleurer en serrant Rosanne contre elle. Karl n'arrêtait pas de lui téléphoner mais elle avait refusé de prendre ses appels, malgré une folle envie de lui parler, d'entendre sa douce voix, de le consoler. Assise sur son lit de jeune fille, elle avait écouté l'émission où il avait confié ses malheurs à la moitié de Londres. Elle lui avait parlé dans sa petite radio et comme il n'avait pas répondu, elle avait pleuré de plus belle.

Sa mère avait bien tenté de lui faire entendre raison, de la persuader de prendre Karl au téléphone. « Voyons, ma chérie, ce n'était qu'une erreur, cet homme t'aime, donne-lui une deuxième chance ! » Elle craignait qu'à trente-six ans sa fille reste sur le carreau, mais Siobhan savait que ses conseils n'étaient pas idiots. Après avoir encaissé ce coup terrible, la douleur s'était peu à peu estompée. Et voilà qu'elle se retrouvait seule, dans sa vieille chambre pleine de courants d'air de Potters Bar.

À présent, faire à nouveau confiance à Karl ne lui semblait plus impossible. Après tout, peut-être qu'il l'aimait éperdument et qu'ils pourraient recommencer à vivre heureux dans leur appartement de Battersea. Mais quelque chose l'empêchait de faire plus de projets, quelque chose lui interdisait de parler à Karl, de faire ses bagages et de rentrer chez eux en annonçant : « Chéri, je suis là ! »

En fait, elle était hantée par la vision de Karl, nu et en sueur, en train de sauter furieusement Cerise. Dès qu'elle fermait les yeux surgissait l'image de Karl pétrissant les fesses de Cerise, entrant et sortant d'elle, de plus en plus vite, de plus en plus fort. Ça la rendait malade. Et ça la dégoûtait. C'était devenu une obsession : il lui était impossible de penser à Karl sans songer à son infidélité, sans que ses meilleurs souvenirs soient gâchés par l'image de ces va-et-vient grotesques.

C'est pour cette raison qu'elle n'avait pas appelé Karl et n'était pas rentrée chez eux. De plus en plus malheureuse, elle attendait (elle s'en était rendu compte plus tard), telle une princesse au sommet de sa tour, que Karl vienne la libérer. Il avait continué à parler d'elle à chaque émission, il avait tenté de l'appeler encore et encore. Mais il n'était pas venu la chercher.

Finalement, un dimanche soir, dans un geste spontané, elle prit le téléphone de sa mère pour appeler Rick. Sans doute avait-elle besoin que quelqu'un lui redonne confiance en elle ; son moral était au plus bas, et la seule chose qui lui donnait un peu d'espoir était le souvenir de cette nuit en Écosse où Rick l'avait regardée, caressée, lui avait fait sentir combien elle était désirable.

Pendant une demi-heure, ils discutèrent du froid, de la tristesse de Potters Bar, des fêtes de fin d'année, de leurs familles, de restaurants. Une conversation banale et pourtant chaleureuse, sans rien se dire d'intime.

Pourtant, après avoir raccroché, pour la première fois depuis des semaines, Siobhan se sentit mieux.

Ils bavardèrent ainsi au téléphone à plusieurs reprises et puis un jour, à la mi-février, Rick lui proposa de sortir de Potters Bar. Que dirait-elle de dîner au Blue Elephant ? – elle lui avait dit qu'elle adorait ce restaurant. Et pourquoi ne passerait-elle pas la nuit chez lui, dans la chambre d'amis, bien sûr ?

Siobhan n'y vit aucun sous-entendu coquin ; elle considéra plutôt cela comme une invitation amicale visant à la tirer de son ennui. Lorsque Rick vint la chercher, il entra pour prendre une tasse de thé et séduisit la mère de Siobhan.

— Quel homme charmant, murmura cette dernière avec des intonations de gamine, et si beau ! Comme c'est gentil de sa part de venir de Fulham pour te chercher ! Un vrai gentleman !

Rick apprécia la nouvelle silhouette de Siobhan. Le chagrin lui ayant coupé l'appétit, elle avait perdu quelques kilos.

— Non que tu n'étais pas superbe avant ! s'empressa-t-il d'ajouter.

En chemin, ils parlèrent à peine, se contentant d'écouter de la musique et de se sourire.

— Je suis ravi de te revoir, répéta Rick.

Siobhan lui répondit la même chose. Et elle le pensait sincèrement. Il lui prit alors la main, un grand sourire aux lèvres.

En y repensant, Siobhan trouvait étrange qu'ils s'entendent si bien. Après tout, ils ne s'étaient vus qu'une fois, mais le courant passait merveilleusement entre eux, comme s'ils étaient des amis de longue date. Assise dans la BMW flambant neuve, elle avait l'impression qu'ils avaient l'éternité devant eux, qu'ils n'en étaient qu'au commencement.

Rick se gara devant sa maison, puis ils marchèrent bras dessus, bras dessous, sans se presser le moins du monde, comme tous les amoureux, jusqu'au Blue Elephant.

Cependant, pour Siobhan, ce n'était pas un rendez-vous galant. Elle avait encore le cœur à vif, et entamer une liaison sérieuse était hors de question. Si elle prenait un plaisir inattendu à sortir avec Rick, elle était toujours amoureuse de Karl.

Aussi, dès que la serveuse thaï eut pris leurs commandes, la première question qu'elle posa à Rick fut :

— Comment va Karl ?

Rick haussa les épaules :

— À toi de me le dire !

— Comment ? Tu ne lui parles pas ?

— Évidemment que non ! Il m'en veut !

— Mais pourquoi ?

— Il paraît que c'est ma faute si tu as appris qu'il t'avait trompée. C'est moi qui lui ai donné le magnétophone.

— Quel imbécile ! Tu ne l'as pas forcé à le rapporter à la maison, ni à passer la bande et encore moins à se faire cette salope.

S'apercevant qu'elle avait haussé le ton, Siobhan jeta un coup d'œil autour d'elle.

— Désolée, fit-elle en commençant à pleurer, mais ça me fait si mal !

Rick lui tendit un mouchoir en papier et lui raconta une blague, si bien qu'elle se mit à rire à travers ses larmes. En buvant du champagne, ils parlèrent longtemps de Karl, de Tamsin, de l'amour, de la vie, etc. L'occasion pour Siobhan de dire ce qu'elle avait sur le cœur, d'exprimer son dégoût pour le comportement de Karl. Jusque-là, elle s'était abstenue de se confier à ses amies : toutes étaient mariées et copines avec Karl. Mais avec Rick, c'était différent. Il était différent.

— Bon, annonça Rick en quittant le restaurant trois heures et deux bouteilles de champagne plus tard, assez de psychologie, tu dois t'amuser maintenant. Il faut te saouler au champagne !

— Oh ! Rick, est-ce bien raisonnable ! Tu te souviens de la dernière fois où l'on a bu trop de champagne ?

Tous deux gloussèrent. Puis Rick prit les mains de Siobhan dans les siennes et la regarda dans les yeux :

— Tu sais ce que je ressens pour toi. Rien n'a changé. Je suis toujours persuadé que tu es la femme la plus extraordinaire que… que… enfin, tu sais. Mais pour le moment, ce n'est pas ça que tu recherches. Tu as besoin d'un ami. Et je veux être cet ami. Ou *une* amie, si tu préfères !

— Pas possible ! s'exclama Siobhan en riant.

— Ouais ! Allons chez moi boire une ou deux vodkas pour la route. Ensuite nous irons danser et nous ferons un concours du partenaire le plus laid. Puis on rentrera, on enfilera quelque chose de confortable et on parlera des hommes en buvant des décas. C'est pas génial comme programme ?

C'est exactement ce qu'ils firent. Après avoir bu deux vodkas, ils dansèrent comme des fous dans l'appartement de Rick. Puis, tandis qu'ils se préparaient à sortir, Rick s'amusa à jouer les coquets :

— Tu préfères quoi ? Que je mette un pantalon beige ou un kaki ? Lequel dissimule le mieux mon bide ?

Ensuite, ils prirent un taxi pour aller dans une boîte de New King's Road pleine d'étudiants étrangers, d'Australiens, de Sud-Africains. Rick commanda des spritzers :

— Plutôt bon ! C'est la première fois que j'en bois.

Ils dansèrent sur la musique d'Oasis, des Counting Crows et de REM, tout en bavardant, en riant et en faisant des commentaires sur les gens qui les entouraient :

— Regarde ce type, remarqua Rick, il n'arrête pas de te regarder.

— Lequel ?

— Le grand brun avec un tee-shirt – là-bas !

— Mais non, pas du tout, tu te trompes !

— Je t'assure ! Il te mate sans arrêt. Tu veux que j'aille lui parler ?

— Non, je t'en supplie.

Elle essaya de le retenir par le bras, mais c'était déjà trop tard : Rick s'était frayé un chemin à travers la piste de danse. Horrifiée, Siobhan lui tourna le dos en espérant que le sol de carreaux lumineux allait l'engloutir. Quelques minutes plus tard, Rick lui tapa sur l'épaule :

— Il s'appelle Mike, c'est un étudiant américain, il a dix-neuf ans et il te trouve superbe.

— Arrête de déconner !

— Mais non, regarde-le, il te fait des signes de la main.

Siobhan salua le jeune homme à son tour.

— Tu devrais aller lui parler ! suggéra Rick.

— Pas question !

— Mais si !

— Non, reprit-elle, j'en suis incapable, il ne me plaît même pas.

— Comment ? Regarde-le bien ! Il est mignon, intelligent et il est jeune.

— Justement. Je n'ai rien à dire à un gamin qui n'a jamais vu la télé en noir et blanc, qui n'a jamais eu de microsillon et qui pense que regarder la télé vingt-quatre heures sur vingt-quatre est un droit divin.

Ils éclatèrent de rire comme des hystériques et Rick laissa tomber :

— D'accord, tu as raison !

Avant de rentrer chez Rick, à trois heures du matin, ils eurent encore le temps de descendre cinq autres spritzers, de bavarder avec une douzaine de jeunes qui auraient pu être leurs enfants et de récupérer deux numéros de téléphone chacun. Rick s'était fait virer à deux reprises des toilettes des femmes et Siobhan avait mal au ventre à force de rire.

— OK, Rick, tu es le meilleur ami au monde.

Siobhan ne s'était jamais autant amusée depuis Brighton, lorsqu'elle ne connaissait pas encore Karl. À Londres, elle n'avait jamais mené une vie de célibataire. Ils avaient emménagé ensemble et n'avaient eu que des amis communs. De plus, étant donné qu'elle n'avait jamais travaillé dans un bureau, elle n'avait pas beaucoup d'amies à elle. Si cette soirée avait été une partie de rigolade, elle avait aussi permis à Siobhan de se rendre compte de ce qu'elle avait raté depuis quinze ans.

— Alors, tu te sens plus gaie ? demanda Rick en lui apportant une tasse de café.

Il avait passé une robe de chambre.

— Récapitulons : j'ai dîné dans mon restaurant favori, bu du champagne, de la vodka, des spritzers, j'ai été draguée par un Américain de dix-neuf ans, un Sud-Africain de vingt ans, un Estonien de vingt-deux ans, j'ai dansé pendant des heures, et je suis rentrée en chantant sous la pluie. Me voici enveloppée dans une robe de chambre confortable à boire un excellent café colombien. Oui, je peux dire que je me sens plus gaie.

— Ravi d'avoir été d'une quelconque utilité !

Chacun regarda le fond de sa tasse en silence, conscient de vivre un moment privilégié. Relevant la tête la première, Siobhan fut surprise par le bleu des yeux de Rick, par la douceur de sa peau, par la sincérité de son expression, par le charme et la chaleur de son sourire.

— Rick, qui es-tu ? Tu es toujours là au bon moment pour me réconforter. Grâce à toi, je vais dix fois mieux. Es-tu descendu du ciel ?

Il sourit, posa sa tasse et prit les mains de Siobhan dans les siennes.

— Non, je ne suis pas un ange.

Puis sans réfléchir, ils glissèrent l'un vers l'autre et s'enlacèrent tendrement.

Serrée contre lui, elle posa sa tête contre la sienne, respira l'odeur de sa peau, de son shampooing, de ses cheveux, et finalement de son corps. Elle retint sa respiration et s'agrippa encore plus fort à lui.

Elle n'avait pas prévu de tomber amoureuse de Rick. Dans sa tête, elle était toujours attachée à Karl ; peut-être l'était-elle, d'ailleurs ? Mais elle ne pouvait contrôler la passion qui s'emparait d'elle en présence de Rick. Avec lui, elle était une femme exceptionnelle, belle, sûre d'elle, enthousiaste.

Rick devait sûrement être un ange pour la transformer à ce point. Elle n'avait jamais atteint ce degré de sérénité et de bonheur. Pour tout dire, depuis un mois, c'était génial !

Un jour, elle ne savait pas quand, il lui faudrait mettre Karl au courant…

27

*Article paru dans l'*Evening Standard *du 27 février 1997.*

Une étoile renaît

Dans ce monde capricieux, changeant, où la mode, la notoriété sont si éphémères et où les médias (dont je fais partie) forgent l'opinion publique, il est réconfortant de constater qu'un artiste bourré de talent peut refaire surface malgré les coups bas de certains.

Le nom sur l'invitation ne m'était pas inconnu : Ralph McLeary. Ceux d'entre vous qui ont bonne mémoire se souviennent sans doute de ce peintre. Le dossier de presse qui accompagnait le carton m'a permis de le resituer. En 1986, c'était une des stars de l'École royale des beaux-arts. Je l'avais décrit en ces termes : « Un jeune homme si pénétré de son art qu'il a créé à vingt et un printemps des toiles à l'huile si fortes, si importantes, si mûres pour son âge que je suis obligé de le qualifier de génie. » Je n'avais pas été le seul à le juger ainsi; toute la presse l'avait encensé. Soudain, je me souvins de son glorieux passé.

Pourtant je n'avais aucun souvenir de ses tableaux, ni de sa manière, ni de ses couleurs. J'ai vu passer tant de jeunes artistes plus prometteurs les uns que les autres au cours des années… mais hélas trop souvent décevants. Pourtant, l'exposition de Ralph McLeary à la galerie de Notting Hill qui appartient à son ancien gourou Philippe Dauvignon est un rappel de ce que l'art ne doit pas être – sujet aux modes, consommable et jetable.

Les tableaux de McLeary, les premiers depuis cinq ans, montrent un certain mûrissement : ses coups de pinceau souvent anarchiques ont été remplacés par un réalisme d'une grande douceur, comme en témoignent des portraits d'une extraordinaire beauté et d'une obsédante éloquence. Si le jeune McLeary souffrait d'une adolescence douloureuse, le McLeary d'aujourd'hui témoigne de l'existence de concepts aussi simples que l'amour, le bonheur, la lumière. De quoi vous réchauffer le cœur…

Ralph avait le dos en compote, ses épaules lui faisaient mal, il sentait des brûlures aux articulations de ses mains. Son nez coulait, sa gorge était en feu et ses sinus le démangeaient. Il avait les yeux cernés, et ses cheveux qu'il n'avait pas coupés depuis deux mois étaient gras et pleins de peinture.

Il avait une sale tête, il se sentait mal, mais il s'en fichait ; il était comme possédé. Depuis Noël, il n'avait pas fermé l'œil, ni bu un verre, ni vu ses copains, ni regardé la télé, ni fait de courses, ni baisé, ni pris un bain, ni lu un journal, ni posé ses fesses sur un canapé. Rien de tout ça. Il s'était contenté de peindre et de fumer. Rien d'autre.

Son alimentation avait consisté en de petits pâtés en croûte industriels, des sandwichs sous cellophane, des hamburgers achetés à la station-service du coin. Sa seule récréation : fumer un joint avec Murray, le vigile de l'immeuble.

Il avait dormi sur un matelas en mousse plutôt malodorant recouvert d'un vieux drap, avec deux tee-shirts roulés en boule en guise d'oreillers. Il avait écouté sa vieille radio et s'était branlé une ou deux fois sans conviction.

À part ça, il n'avait fait que peindre et fumer. Une existence réduite et sans confort.

Ralph avait souffert du froid, de la solitude, de la mauvaise nourriture. La nuit, il entendait le vent siffler dans les fissures des fenêtres, les rats courir devant sa porte et le trafic de Cable Street. Tous les matins, il se levait à cinq heures, se lavait dans les toilettes de l'étage puis s'installait devant son chevalet. Ensuite, il sortait manger quelque chose à la station-service du coin, puis il peignait et peignait encore jusqu'à minuit, ou plus tard encore. Et le lendemain, il recommençait.

Il avait été très productif. Après tant d'années stériles, il ne pouvait plus s'arrêter. Au bout de quinze jours à ce rythme, il avait appelé Philippe. Celui-ci lui avait apporté cinq cents livres que Ralph avait dépensées en toiles et en tubes de couleur.

Au fil des jours, ses murs s'étaient couverts de tableaux, vingt et un pour être précis, de toutes les tailles. Vingt et une toiles en soixante-quatre jours, une sorte de record. Philippe en avait été émerveillé.

Ce que Ralph lui avait caché de peur de paraître idiot, c'est que Karl Kasparov avait été sa source d'inspiration.

Un après-midi, par erreur, Ralph était tombé sur Radio Centrale. En général, il n'écoutait pas les stations commerciales à cause de la pub et des disc-jockeys débiles. Mais il avait été attiré par la voix accablée et l'accent irlandais du DJ. Quand il comprit la raison de sa tristesse – un amour perdu –, il faillit se mettre à pleurer. Il émanait de cet homme une telle sincérité ! Puis Ralph avait vu sa photo dans un magazine people et réalisé que c'était le type qui habitait Almanac Road, dans l'appartement du dessus, le type avec ses roufla-quettes, son chien et sa grosse copine. Il l'avait croisé et salué des dizaines de fois, mais sans jamais vraiment lui adresser la parole…

Après ça, comme la majorité des Londoniens, il avait écouté son émission tous les jours, pour s'assu-rer que le pauvre Karl allait bien. Il s'était alors rendu compte que la douleur du DJ le motivait et l'inspirait. Coupé du reste du monde, de la réalité et de la présence de l'être qui lui était cher, Ralph avait besoin que Karl lui rappelle la raison de son étrange conduite. Son rendez-vous avec Karl, chaque après-midi à quinze heures trente, était le point culminant de sa journée, sa chance de redevenir humain. C'est pourquoi il se sentait reconnaissant envers Karl. Sans l'avoir jamais fréquenté, il le considérait comme un vieil ami. Quand tout serait terminé, avait-il décidé, il lui offrirait un verre. Et même plein de verres.

Ralph s'assit par terre, le dos contre le mur, les genoux ramenés contre lui. Il tira sur sa Marlboro et expira un nuage de fumée blanche. Terminé ! Même en se forçant, il ne pouvait plus tenir un pinceau. Il avait achevé ce qu'il voulait faire et il en était satisfait. En jetant un coup d'œil sur son atelier, il poussa un soupir de soulagement. Puis il sentit la tristesse l'envahir.

Comme Jem lui manquait ! Il eut soudain hâte de rentrer à l'appartement.

Après ce dîner désastreux à Bayswater, il avait passé deux jours à Almanac Road à attendre que tout revienne à la normale. Deux jours à se cacher dans sa chambre, à éviter Jem le plus possible, à s'empêcher de lui sauter dessus pour la secouer par les épaules et lui balancer ce qu'il savait sur Cerise, à s'empêcher de lui révéler que Smith était un connard… Jusqu'à ce qu'il s'aperçoive qu'il devait s'en aller : Jem ne le regardait plus, et l'atmosphère dans l'appart était épouvantable. Impossible pour lui de vivre dans ces conditions. Il avait donc jeté quelques affaires dans un sac et était parti pour son atelier où il avait peint sans s'arrêter. Même le jour de Noël, même le soir de la Saint-Sylvestre. Il avait seulement téléphoné à Smith pour le prévenir qu'il ignorait quand il rentrerait, et à ses parents pour leur souhaiter de joyeuses fêtes. En deux mois, à part Philippe il n'avait appelé personne.

Maintenant, il était temps de revivre. D'autant qu'il avait une fête à organiser : le jeudi suivant avait lieu le vernissage pour la presse, mais le vendredi, ce serait *sa* fête. « Invite qui tu veux, lui avait dit Philippe, ta famille, tes amis, tes colocataires, ton oncle Fred. Trouve un traiteur, une sono, fais la fête, quoi, tu le mérites ! Et, bon Dieu, coupe-toi les cheveux ! »

Ralph savait ce qu'il allait faire : revenir à Almanac Road, prendre un bain, acheter un poulet rôti avec de la purée et de la sauce chez Cullens et manger le tout avec de vrais couverts. Un super plan ! Il consulterait ensuite son carnet d'adresses, sélectionnerait ses meilleurs potes, imprimerait les invitations sur son Mac et les posterait. Il en laisserait une dans la chambre de Jem, une autre dans celle de Smith.

Et il en déposerait une dans la boîte aux lettres de Karl. C'était la moindre des choses, non ?

Puis il monterait chez Cerise et s'inviterait chez elle. Il accepterait une tasse de thé et lui demanderait un service. Au début, elle ne comprendrait pas, mais finalement, elle accepterait avec plaisir de l'aider. Il finirait alors son thé, la remercierait du fond du cœur, lui serrerait la main ou même l'embrasserait sur la joue avant de redescendre.

Enfin, il se glisserait dans son lit. Là, il dormirait toute la nuit et une bonne partie du lendemain, jusqu'à ce que le soleil se couche et que le ciel prenne la couleur des myrtilles et des quetsches. Et puis…

Et puis il sourirait, car il serait à mi-chemin du bonheur, à mi-chemin de son but, à mi-chemin de Jem.

28

Son manteau était accroché dans l'entrée, ses gros souliers encadraient le paillasson, les lacets défaits, les pointes légèrement tournées vers l'intérieur, comme ses pieds. Le cœur de Jem s'arrêta de battre un instant. Elle plaça son propre manteau sur le sien et pénétra dans le salon à la recherche d'autres preuves de son retour.

Le cendrier de la table basse débordait de mégots et la télécommande était posée sur un bras du canapé, comme toujours lorsqu'il venait de s'en servir. Dans l'évier de la cuisine, une assiette sale à moitié rincée portait les traces d'un poulet plein de sauce. La porte du lave-vaisselle était ouverte, ce qui n'était pas surprenant, et un sachet de thé trônait dans la poubelle.

Ainsi, songea Jem, le fouineur fantôme est revenu !

La condensation imprégnait les murs de la salle de bains, de petites flaques d'eau marquaient son passage, sa vieille brosse à dents aux longs poils aplatis était couchée sur le bord du lavabo. Des traces de dentifrice étaient collées à l'émail blanc.

Jem sourit et se précipita vers la chambre de Ralph, le cœur battant. Elle frappa délicatement à la porte, et comme il n'y eut pas de réponse, l'ouvrit lentement. La pièce était vide ! Il était sorti ! Tant pis, l'important c'était que Ralph soit revenu.

Il lui avait vraiment manqué. Tout lui avait manqué : le fait de savoir qu'il dormait pendant qu'elle se préparait le matin, ses vieilles tasses de thé au lait à moitié vides qu'elle trouvait un peu partout – elle en avait découvert une dans un placard de la salle de bains –, le bruit de ses pieds nus dans l'appartement, ses réserves de Marlboro, mais par-dessus tout sa présence.

Elle avait bien essayé d'oublier cette histoire d'amour ridicule. Elle n'était pas amoureuse de Ralph, comment aurait-elle pu l'être ? Elle le connaissait mal, ne l'avait jamais embrassé, n'avait jamais couché avec lui – mais elle l'aimait bien. Et il s'était montré bête, comme tous les autres garçons qui lui avaient dit « Je t'aime ». Ces deux derniers mois, il avait dû se rendre compte de son idiotie et se trouver une copine BCBG et maigrichonne. Pendant ce temps, la colère de Jem était retombée. C'était une bonne chose qu'il ait quitté Almanac Road. Cela lui avait laissé le temps de faire le point et de réfléchir à ce qui s'était passé ce soir-là à Bayswater. S'il était resté, elle n'aurait pas su quoi penser, aurait sans cesse comparé les deux hommes, se demandant ce qu'elle devait faire. Elle se serait inquiétée des mouvements de son cœur, en baisse pour Smith, en hausse pour Ralph... Elle aurait même commencé à croire que Ralph avait raison, qu'ils devaient être ensemble et que Smith ne faisait pas partie de son destin.

Ce qui n'aurait rien eu de surprenant étant donné la manière dont les choses avaient évolué depuis deux mois.

Tout avait été de mal en pis. Depuis son week-end à Saint-Albans, Smith avait changé du tout au tout. Elle avait d'abord cru qu'il boudait ou qu'il était jaloux de Ralph, avec qui Jem avait passé deux jours merveilleux, ou encore qu'il était comme les autres garçons qu'elle avait connus. Mais non. Ce n'était ni de la bouderie ni de la jalousie de sa part : elle ne l'intéressait plus. Que faire ? Il n'était plus tendre, ni drôle, ni prévenant. Il ne sortait plus avec elle et ses amis, ne tenait plus sa main. Pas de dîner au restaurant, pas de coup de téléphone au bureau. Rien. Jem s'était fait depuis longtemps une raison au sujet des hommes et n'attendait plus grand-chose d'eux, mais quand même ! Elle s'était montrée inquiète, sans pour autant passer pour une paranoïaque, mais il l'avait rassurée, prétendant que tout allait bien, qu'il était seulement un peu fatigué, un peu stressé, un peu surchargé de travail. Il s'était excusé en lui caressant les cheveux machinalement. Elle n'avait pas insisté car elle savait comme il était horripilant d'être bombardé de questions du genre : « Tu vas bien ? Tu en es sûr ? Pourquoi tu ne me parles pas ? »

Face à cette nouvelle situation, elle avait passé des heures à disséquer le problème. Quelle en était la cause ? L'ennui, la déprime, une autre fille ? Mais au bout de deux jours, elle avait cessé de s'inquiéter. Ce qui était inquiétant. Si elle l'avait vraiment aimé, elle aurait dû se tordre de douleur.

Ils étaient devenus comme ces couples qui, au restaurant ou au café, ne se parlent plus, n'échangent que des regards de haine ou d'amertume, restant ensemble car ils n'ont pas le courage de se séparer. Des couples que l'amour a fuis !

Jem avait tenté d'être rationnelle. Elle savait que la passion n'avait qu'un temps et qu'en couchant ensemble dès le premier jour, ils avaient accéléré le processus. Mais ça ne faisait que cinq mois ! Ça aurait dû durer un peu plus longtemps !

Et voilà que Ralph réapparaissait. Ralph qui tenait à elle. Le merveilleux, merveilleux Ralph ! Son chéri ! Quel bonheur !

Elle alla dans sa chambre et envoya valser ses chaussures.

Elle aperçut soudain sur son lit une petite enveloppe rouge adressée à Mademoiselle Jemima Catterick, et reconnut l'écriture désordonnée de Ralph. Jem se hâta de l'ouvrir. L'invitation était imprimée sur un papier glacé de couleur vive.

Ralph est sur le point de devenir riche à millions
Venez célébrer l'événement à
LA FÊTE DE RALPH
Venez danser, flirter, vous éclater... à mes frais
Vous pourrez même jeter un coup d'œil
sur mes tableaux.
Galerie Dauvignon, 132 Ledbury Road
Vendredi 6 mars à partir de 20 h 30
RSVP

Le moral de Jem monta en flèche. Une fête ! Formidable ! Elle allait étrenner sa robe à fleurs roses aux fines bretelles et aux petits boutons dans le dos. Elle verrait les tableaux de Ralph dont la presse faisait tant d'éloges. Elle danserait – ça ne lui était pas arrivé depuis des mois, Smith n'aimait pas ça, bien sûr. Et elle danserait avec Ralph. Salaud de Smith.

Elle rédigea un mot de remerciement et le glissa sous la porte de Ralph.

— Dix livres quarante !

Le chauffeur de taxi tendit la main tout en jetant un coup d'œil à son passager par la vitre baissée malgré le froid et l'humidité. Karl fouilla fiévreusement dans sa veste, son manteau, son jean avant de trouver son portefeuille. Il lécha le bout de ses doigts pour extraire un billet de vingt livres.

— Gardez la monnaie ! dit-il en faisant demi-tour et en se dirigeant vers l'entrée du 31.

Le chauffeur, ravi, regarda ce passager d'exception une dernière fois avant de démarrer. Karl monta pesamment les marches de pierre du perron, s'appuya contre la porte pour garder l'équilibre et sortit sa clé. Il lui fallut un moment avant de trouver le trou de la serrure. Il referma doucement la porte derrière lui et fut surpris de l'entendre claquer.

— Chuut ! murmura-t-il en ricanant.

Une petite pile de courrier attendait sur une étagère de l'entrée. Il prit les lettres de ses doigts gourds et, en grimaçant pour se concentrer et arrêter de loucher, lut les noms sur les enveloppes :

— Mlle Dickshon, ah, cette ordure ! fit-il en jetant la lettre en direction de l'escalier. Mlle Esh McNamara, beurk ! beurk ! beurk ! continua-t-il à mi-voix en sortant un stylo de sa poche pour écrire sur l'enveloppe : « *Cette pute n'est pas là mais chez sa pute de mère, 78 Towbridge Road, Potters Bar, Herts – faites-lui mes putains d'amitiés.* »

Il tria les lettres qui restaient et les envoya toutes promener avant de monter chez lui. Arrivé sur son palier, il s'affala par terre, se redressa et remarqua une enveloppe sur son paillasson. Son nom était écrit à la main et elle ne portait pas de timbre.

Karl déchira l'enveloppe, vacilla sur ses pieds tout en étouffant un hoquet et tint l'invitation à bout de bras pour pouvoir la lire. Quelque chose était écrit au dos :

« J'ai écouté vos émissions... j'en ai pleuré... j'habite au-dessous... il y aura des tas de jolies filles... vendredi prochain... amenez quelqu'un... champagne toute la nuit... venez donc... »

Karl grimaça un sourire.

Du champagne à volonté ? Formidable ! Quel mec sympa, songea-t-il. Il sourit de nouveau, laissa tomber son manteau par terre, tituba jusqu'à sa chambre, s'effondra sur son lit sans draps et sombra dans un profond sommeil.

De sa fenêtre, Cerise observa Karl monter dans son vieux tacot noir et démarrer. Elle attendit qu'il ait disparu pour descendre sur la pointe des pieds jusqu'à l'étage de Karl. Ses chaussettes de cachemire étouffaient le bruit de ses pas.

Après un coup d'œil dans l'entrée pour s'assurer qu'il n'était pas revenu à l'improviste, elle sortit de la poche de son jean un tournevis, une lime à ongles et une carte bancaire arrivée à expiration.

Cerise était bien déterminée à exécuter son plan. La veille, elle avait eu la visite inattendue d'un des garçons de l'appartement du sous-sol – pas le beau mec avec qui elle avait bu un verre chez Oriel avant Noël, mais le débraillé, Ralph. Il lui avait demandé un service. C'était si bizarre qu'elle avait refusé au début, mais Ralph lui avait dit qui serait à la galerie le vendredi. Elle avait songé au journaliste du *Daily Mail* à qui elle avait téléphoné le jour précédent et qui avait paru intéressé par son histoire, et avait donc décidé d'aider Ralph. En plus, il avait un joli sourire.

Maintenant, elle n'avait plus qu'à entrer chez Karl pour trouver ce dont elle avait besoin. C'était faisable. Un de ses anciens petits amis avait réussi à ouvrir sa porte un soir où elle avait oublié ses clés. Or, toutes les portes de l'immeuble étaient identiques ; les verrous devaient être les mêmes.

Au bout d'un quart d'heure passé à transpirer devant la serrure en évitant d'abîmer la peinture ou l'huisserie, la porte s'entrouvrit dans un heureux grincement. Cerise sourit à elle-même et rangea ses outils. En pénétrant dans l'appartement, elle fronça le nez devant le désordre. Les rideaux étaient fermés, de vieux journaux jonchaient le sol, des tasses et des assiettes étaient éparpillées un peu partout, des emballages de plats tout prêts étaient posés en équilibre sur la télé. Une odeur de vieilles chaussettes imprégnait les lieux.

Par où commencer ? se demanda-t-elle. Et que cherchait-elle vraiment ? Un carnet d'adresses, sans doute. Elle se dirigea vers un meuble qui avait dû servir de bureau. Elle avait le cœur battant, le souffle court et la tremblote. Mais quelle aventure ! Elle feuilleta des piles de papiers et fouilla dans les tiroirs. En vain.

Puis elle entra dans la cuisine mais le chaos qui y régnait la fit reculer. Pourquoi ce con ne se payait-il pas une femme de ménage ? Il en avait les moyens. Dire qu'elle avait pu… avec un cochon pareil ! Elle frissonna et s'empressa de chasser cette idée de son esprit.

Ensuite, Cerise poussa doucement la porte de la chambre ; les draps sales et les vêtements en boule qui traînaient par terre empestaient. Elle alluma la lumière et sursauta en découvrant un caleçon à ses pieds. Elle le contourna pour gagner une coiffeuse à l'autre bout de la pièce. Bingo ! Elle était tombée sur ce qu'elle cherchait : une lettre adressée à Siobhan qui comportait ses nouvelles coordonnées – *78 Towbridge Road, Potters Bar, Herts.*

Elle les apprit par cœur, éteignit la lumière et remonta chez elle.

En avant la musique !

Ralph ? Ralph ? Qui était ce type, bon Dieu ?

Siobhan était à l'école avec un Ralph – Ralph Millard, un gentil garçon de bonne famille pas très futé – mais il n'était pas dans sa classe. Son docteur s'appelait Ralph. Ou bien était-ce Rupert ? Rodney ? En y réfléchissant bien, elle ne connaissait pas de Ralph.

Alors qui était ce type qui l'invitait ?

Elle regarda une nouvelle fois le carton à la recherche d'un indice, en vain.

L'invitation était arrivée une semaine plus tôt avec du courrier que sa mère lui avait fait suivre. L'adresse était exacte, mais il manquait le code postal. Le tampon de la poste – W1 – ne donnait aucun indice. Siobhan ne reconnaissait pas l'écriture, et malgré le RSVP, il n'y figurait ni adresse ni numéro de téléphone. Le mystère était total. Et Siobhan adorait les mystères.

Elle s'était rendue à la galerie pour s'assurer qu'elle existait vraiment mais, prise de timidité, n'était pas entrée. Et puis, elle ne voulait pas gâcher la surprise qui l'attendrait le vendredi suivant. Et si c'était Ralph

Millard ? Il était peut-être devenu peintre. Ou alors, peut-être que, amoureux d'elle depuis son plus jeune âge, il avait gardé l'adresse de la mère de Siobhan, en attendant de devenir célèbre et de pouvoir impressionner sa copine de classe. Ou alors il venait de lui pardonner après vingt ans de bouderie. Mais non, impossible : ils n'avaient jamais échangé plus de deux mots.

En tout cas le mystère restait entier, et plus les jours passaient, plus l'invitation l'intriguait. Elle avait choisi sa tenue pour le vernissage et pris rendez-vous chez le coiffeur. Elle se sentait fin prête. De toute façon, au pire, si elle avait été invitée par erreur, ça lui fournirait l'occasion de montrer son nouveau tour de taille et sa coiffure à la mode. Si elle s'ennuyait, elle appellerait un taxi et rentrerait chez Rick. Ne vivant chez lui que depuis quinze jours, elle avait encore du mal à dire « à la maison ».

Rick ne savait pas encore s'il assisterait à la fête, quoique le mystère excitât aussi sa curiosité. Siobhan savait que son attitude cool n'était qu'une façade. Il jouait au type facile à vivre qui laisse à sa copine toute liberté, qui accepte qu'elle sorte seule pour lui montrer qu'il a confiance en elle. Karl était pareil au début.

— Voyons, avait dit Rick, je sais que tu ne me veux pas dans tes pattes, vas-y seule !

Quel ange ! Mais en secret, Siobhan souhaitait effectivement qu'il ne l'accompagne pas. Elle voulait profiter encore de sa liberté retrouvée, de son ancien état d'esprit qu'elle avait enfoui sous des tonnes de routine, d'ennui et de graisse. Ce soir-là, elle avait envie d'aventure.

Elle se dirigea vers la salle de bains à la décoration dernier cri, toute d'acier poli et de miroirs géants ; la femme de ménage hongroise qui venait tous les jours à l'appartement la nettoyait tous les deux jours.

Depuis que Siobhan avait emménagé dans la luxueuse demeure de Rick, elle avait perdu encore du poids. Cet appartement, avec sa déco minimaliste, ses longs rideaux bouffants, ses vases d'orchidées, ses objets en verre et en acier, ses hauts plafonds ne pouvait être que celui d'une femme mince. Elle ne s'était donné aucun mal : tout le monde sait que l'amour est le plus efficace des régimes.

Cette perte de poids lui ayant donné confiance en elle, elle avait pris d'autres décisions. Tout d'abord, elle avait demandé au coiffeur de lui couper les cheveux, fermant les yeux tandis que ses longues mèches tombaient par terre. Elle était sortie du salon de coiffure les cheveux aux épaules, éclaircis par un balayage, et rajeunie d'un siècle. Enfin elle était une femme de son temps ! Karl aurait été horrifié. Il aimait ses cheveux autant qu'il l'aimait elle et il détestait le changement.

Puis elle avait foncé dans plusieurs boutiques – Covent Garden, Oasis, Warehouse et French Connection – où elle s'était acheté des tonnes de fringues à la mode, et surtout pas de caleçons.

Rick avait adoré son nouveau look et lui avait fait des milliers de compliments sur sa coiffure qui mettait en valeur ses traits irlandais et ses yeux bleus. Il était même allé jusqu'à avouer que son ancienne coiffure ne la mettait pas en valeur.

À quelques heures de la fête, Siobhan se fit un shampooing, ravie de découvrir comme ses cheveux courts étaient faciles à laver, alors que pendant des années elle s'était battue avec sa lourde tignasse. Désormais elle était libre : finis ses cheveux longs, finis ses kilos en trop, fini son passé douloureux.

Enfin elle sortit de la douche, s'ébrouant avant de se sécher, prit une gorgée d'un verre de vin qui l'attendait près du lavabo, se regarda dans la glace et se sourit, tout excitée.

29

— Dis donc ! Incroyable ! Tu es l'élégance personnifiée !

Philippe donna une claque amicale dans le dos de Ralph et jeta un coup d'œil au personnel qui garnissait le buffet ; il aimait toujours voir l'effet qu'il produisait. Mais les serveurs, imperturbables, continuaient à décharger la camionnette garée devant la galerie.

Ralph tirait sur sa cravate et se dandinait d'un pied sur l'autre. Il était mal à l'aise : c'était la première fois qu'il mettait un costume et une cravate depuis l'enterrement de sa tante, l'année précédente. Pourtant c'était un beau costume. Dolce & Gabbana. Ah ! si seulement Claudia pouvait le voir ainsi ! Le costume était gris (apparemment le noir de la saison) avec de petites poches. Les vendeurs l'avaient aussi persuadé d'acheter une chemise à grosses rayures.

— Quelle allourrre natourrrelle, avait exulté l'un des deux avec un fort accent espagnol.

Et l'autre, un Français cette fois, avait renchéri :

— Vous êtes parfait. Avez-vous songé à faire des photos de mode ?

Ralph en avait été gêné et flatté. Mais ses achats lui plaisaient. Surtout la cravate noire tricotée qu'ils lui avaient recommandée : assez rock et pas trop fashion. Il descendit Bond Street plus pauvre de six cents livres, mais se sentant grandi de vingt centimètres ! Non seulement il avait surmonté l'épreuve du shopping mais il en était sorti vainqueur. Qu'ils aillent se faire voir avec leur histoire de mannequin !

C'était important que le costume tombe bien. Très important. Ce soir, tout devait être parfait. C'était même plus important que le vernissage, où des tas de vieux cons étaient venus critiquer son œuvre. Le matin même, il s'était fait couper les cheveux et avait accepté d'être rasé à l'ancienne. Chaussures neuves, peau douce, fière allure, belles chaussettes, ce serait la fête.

— Dis-moi, Ralph, c'est en quel honneur ce nouveau look et – humant la nuque de son poulain – ce parfum sexy ? demanda Philippe en tapotant les joues de Ralph.

— Patience, tu verras !

Ralph n'était pas d'humeur à plaisanter. Il était bien trop nerveux.

— Une femme, hein ?

— Pas du tout ! C'est juste un nouveau costume, fit-il sèchement.

Son cœur battait la chamade. Il passa un doigt entre son cou et le col de sa chemise :

— C'est l'étuve ici, merde ! La climatisation est allumée ?

— Oui, à fond. Regarde ces belles fleurs qui viennent d'arriver. Des pivoines, comme tu l'avais demandé.

Philippe entraîna Ralph à l'extrémité de la galerie où se trouvait son bureau.

Ralph en profita pour regarder ses tableaux en essayant de se mettre à la place de Jem. Qu'allait-elle en penser ? Les trouverait-elle monstrueux ? Rirait-elle ? Les aimerait-elle ? Il l'espérait tant ! Ils lui étaient tous destinés, après tout. Il les avait accrochés en pensant à elle, dans l'ordre exact où il voulait qu'elle les découvre. Il l'avait imaginée dans son manteau noir, son étole de fourrure et ses gants, tournant la tête de-ci de-là, s'approchant pour regarder les titres, lui souriant.

Le petit bureau était envahi de pivoines – il en avait commandé pour deux cent cinquante livres – et leur parfum frais le détendit un peu. Il en caressa une du bout des doigts et respira plus lentement.

— Tu n'aurais pas un verre de vin ? demanda-t-il en ajustant sa cravate.

Philippe écarquilla les yeux :

— Du vin ? Qu'est-ce qui se passe ? Hier et tous les jours précédents tu étais en jean et tu buvais de la bière, et maintenant, c'est costume et vin ! J'y suis pour quelque chose ? Tu es peut-être en train de devenir français comme moi ?

Tout en riant, le galeriste sortit une bouteille du frigo et deux verres d'un placard.

Ralph prit le sien, alluma une des cigarettes de Philippe et regagna la salle d'exposition. Il changea le CD derrière le bureau de l'hôtesse pour mettre Radiohead. Voilà qui était plus dans le ton.

Ensuite il arpenta la galerie, ravi d'entendre ses semelles en cuir résonner sur le plancher d'érable blond, s'amusant à suivre les lattes de bois, à marcher en canard sans tomber.

Il mit ses mains dans ses poches, les sortit, admira les plis de son pantalon, boutonna sa veste puis l'ouvrit car il étouffait. Il s'aéra les dessous de bras avec les pans de sa veste. Dieu, qu'il avait chaud !

Il s'adossa à la porte d'entrée, une main tenant une cigarette et son verre, l'autre dans sa poche. Il devait avoir l'air d'un con à fumer des cigarettes françaises dans son beau costume. Mais il s'en fichait bien. Il était nerveux.

Il regarda les passants. Peu d'entre eux jetaient un coup d'œil à la galerie. L'art ? Ils n'en avaient rien à battre ! Ralph les comprenait et ne leur en voulait pas. C'était bizarre, la peinture. Ses tableaux étaient personnels, ils représentaient une partie de lui-même, de ses fantasmes, de ses rêves. Normal que les gens n'en veuillent pas chez eux. Ceux qui pouvaient se les offrir, ceux qui étaient prêts à payer 2 500 livres pour une de ces toiles n'avaient pas de vrais « chez-eux », mais des maisons, des bureaux, des locaux. Une de ses toiles accrochée chez sa mère à côté de l'horloge à coucou ? L'idée le fit sourire.

Il était sept heures et demie. Encore une heure à poireauter. Ralph arpenta de nouveau la galerie, but du vin et fuma une douzaine de cigarettes.

— Tu veux appeler ton exposition « Étude sous nicotine » ? lui demanda Philippe, exaspéré.

Les serveurs disposaient des assiettes de canapés sur des tables recouvertes de nappes blanches. Il y avait des petits sandwiches fourrés au crabe et décorés de coriandre, des brochettes de bœuf, des crevettes grillées enrobées de bacon, des bols de sauce à la cacahuète, au piment, au poivron rouge et vert. Le tout choisi par Ralph avec beaucoup de soin.

Des bouteilles de champagne étaient placées dans deux cuves pleines de glace sur une autre table, où une jeune serveuse en jupe noire et chemisier blanc installait des flûtes.

Philippe chantonnait en arrangeant pour la dernière fois les immenses bouquets de pivoines disposés dans toute la galerie. C'était l'hétéro le plus féminin que Ralph connût !

L'estomac de Ralph se mit alors à faire des siennes. Il essaya de l'ignorer, mais la douleur devint de plus en plus intolérable. Il se massa le ventre et serra les fesses ; il arpenta la salle d'un pas pressé, fuma plusieurs cigarettes à la chaîne, sortit sur le pas de la porte. Il changea à nouveau le CD, remplaçant *Everything But The Girl* que Philippe avait choisi par *Creep* des Radiohead.

— Si tu leur passes ça sans arrêt, tes invités vont faire une dépression nerveuse, marmonna Philippe.

Rien ne calma les intestins de Ralph. Il transpirait de plus belle. À 20 h 28, il se demanda si elle viendrait. Bordel, et si elle ne venait pas ? Non, c'était impossible...

Il patienta jusqu'au dernier moment devant la porte puis se précipita aux toilettes, victime d'une affreuse colique. Soulagé, il se regarda dans la glace. Il était trop maigre. Pour elle, il aurait voulu être l'artiste comblé et non ce drogué sur son trente et un. Il se lava les mains, respira à fond et se pinça les joues pour se donner bonne mine.

Il s'inquiétait tellement... La petite fête entre copains qu'il avait imaginée pour célébrer son succès s'était transformée en un rassemblement de gens compliqués et névrosés. Ça risquait d'être non seulement catastrophique mais ridicule.

Où était-elle ?

Elle lui avait promis d'être là avant tout le monde et il était déjà neuf heures moins le quart. Il revint à la porte juste à temps pour la voir arriver, resplendissante et embaumant le parfum. Elle avait relevé ses cheveux de soie et son teint hâlé irradiait sous un discret maquillage.

— Ralph, désolée d'être en retard mais impossible de trouver un taxi…

— Ne t'en fais pas, il n'y a encore personne. Donne-moi ton manteau.

Il le lui enleva maladroitement, découvrant ses bras nus et bronzés et un fourreau de dentelle noire.

Ralph en demeura bouche bée :

— Oh, tu es splendide, absolument magnifique !

Cerise sourit, s'efforçant de ne pas paraître blasée.

— Je ne pourrais te remercier suffisamment. Vraiment, merci d'être venue et d'être aussi séduisante. Tu es parfaite…

Il lui sourit et l'embrassa sur les deux joues dans un geste plein d'emphase. En un instant, Ralph se détendit ; il retrouva le sourire, son cœur reprit un rythme normal.

— Tout va très bien se passer !

30

Quand Jem était sortie de sa chambre, superbe dans sa robe à motifs de roses, ses cheveux piqués de petits boutons de rose en satin, Smith ne l'avait même pas remarquée. Il n'avait pas fait le moindre compliment sur son élégance ni sur ses sandales à lanières en daim qui mettaient si bien ses chevilles en valeur.

Il s'était contenté de demander avec impatience :

— Tu as enfin fini dans la salle de bains ?

Ce qui était malvenu de sa part, car c'était sa faute à lui s'ils étaient en retard. Après tout, Jem n'avait pris qu'un quart d'heure pour se faire une beauté, ce qui n'avait rien d'extraordinaire.

Smith avait refusé de mettre la chemise blanche que Jem lui conseillait, et maintenant il râlait car il y avait une tache sur la manche de celle qu'il avait choisie et il devait l'enlever. Son ton sous-entendait que c'était la faute de Jem – qui n'avait jamais vu cette chemise de sa vie – et que la soirée s'annonçait mal avant d'avoir commencé.

Ils avaient ensuite poireauté vingt minutes pour un taxi qui était censé arriver dans la minute suivante. Une heure plus tard, quand ils parvinrent enfin à la galerie – la faute à des embouteillages imprévus –, Smith et Jem ne se parlaient plus.

Smith paya le chauffeur qui était arrivé de bonne humeur mais sur qui l'hostilité et la rancune de ses passagers avaient déteint.

Jem rajustait son étole de fourrure en attendant que Smith ait empoché sa monnaie.

— Je ne vais pas rester tard ! bougonna-t-il. Les amis de Ralph sont tous d'affreux snobs.

Jem prit l'air martyr d'une épouse de longue date et s'avança vers la porte au moment précis où Karl faisait son apparition.

— Oh, salut ! Je ne vous ai pas reconnus tout de suite, hors contexte comme ça.

Il serra violemment la main de Smith.

— Ah oui, ravi de vous revoir ! fit Smith quelque peu ahuri. Que faites-vous là ?

— Votre copain Ralph m'a envoyé une invitation. Il paraît qu'il a entendu mes émissions et qu'il était désolé pour moi. Oh, la moitié de Londres est dans le même état, bizarre, non ? Enfin, ça me permet d'être invité partout !

Il fit un clin d'œil à Smith et lui fila un coup de coude dans les côtes. Il est complètement saoul, songea Jem.

Smith n'étant visiblement pas d'humeur à lui présenter le célèbre DJ, Jem prit les devants :

— Bonsoir, je m'appelle Jem. J'habite en bas avec Smith et Ralph. Heureuse de faire votre connaissance.

— Ah oui, vous êtes la colocataire, n'est-ce pas ?

— En quelque sorte !

— Ravi ! s'exclama Karl en serrant la main de Jem avec force. Vous êtes ravissante, si je peux me permettre.

Jem n'était pas choquée, au contraire. Ce serait sans doute le seul compliment qu'on lui ferait ce soir.

— Absolument !

Elle voulut s'assurer que Smith avait entendu le commentaire de Karl, mais il était déjà entré.

La fête battait son plein. Smith, Jem et Karl se frayèrent un chemin en cherchant respectivement les toilettes, Ralph et le champagne. Mince alors ! se dit Jem en frôlant des dos nus, des robes de grands couturiers, des blondes squelettiques et des mannequins des deux sexes, Ralph a des amis sacrément glamour.

Elle se sentait toute petite. Comme ni Jem, ni Smith, ni Karl ne faisaient partie du Tout-Londres, ce petit monde les toisa de haut. Le moral de Jem s'effondra. Smith avait raison, les amis de Ralph n'étaient qu'une bande de snobinards. Elle sentait d'ailleurs qu'il devenait de plus en plus grincheux.

Et pas de Ralph à l'horizon ! Jem craignit soudain qu'il ne soit devenu un type prétentieux qui la snoberait et lui balancerait : « Désolé, mais vous êtes sûre qu'on se connaît ? » Elle en frissonna. Il fallait qu'elle lui parle, qu'elle s'assure qu'il était toujours adorable et magnifique malgré les gens affreux qu'il fréquentait. Elle continua à le chercher.

Karl quant à lui était content d'avoir bu quelques verres avant de venir. En présence de ces gens superficiels, il se sentait abandonné et très vieux. Heureusement qu'il avait rencontré ces deux voisins, sinon il aurait dû affronter la foule tout seul. Il détestait la condition de « célibataire ». Ses amis l'avaient assuré qu'il s'y habituerait, qu'il trouverait ça sympa au bout d'un moment, que c'était une situation qui offrait des tas d'avantages. Au lieu de quoi son état ne faisait qu'empirer. Il regrettait la présence de Siobhan, leur mode de vie tranquille, leurs soirées sur le canapé. L'existence était si simple alors, il n'avait pas d'efforts à faire. Une sorte de paradis perdu. Et surtout, pas de fêtes pleines d'inconnus qu'il n'aimait pas et à qui il devait parler.

Cependant, il avait la certitude qu'elle lui reviendrait. Siobhan ne pourrait pas rester éternellement dans sa triste petite chambre de Potters Bar ; elle lui pardonnerait un jour, ce n'était qu'une question de temps. Son anniversaire tombant la semaine suivante, elle allait sûrement lui téléphoner et ce serait l'occasion de repartir à zéro, de tout pardonner, de tout oublier.

En attendant, il lui fallait survivre à cette fête. Pour cela, il comptait boire plein de champagne, avaler quelques-uns de ces délicieux sandwichs qu'il avait repérés, bavarder un peu avec ses voisins et filer à l'anglaise pour retrouver sa bouteille de pur malt. Il commença à exécuter son plan en buvant cul sec une flûte de champagne. Quand il eut terminé, il s'essuya la bouche du revers de la main et rota.

Soudain Smith aperçut la tête de Ralph à l'autre bout de la salle.

— Enfin le voilà ! fit-il à la petite troupe qui le suivait comme son ombre.

Le nouveau look de Ralph fit fondre Jem. Pourtant, il lui tournait le dos, occupé à bavarder avec une blonde rachitique vêtue d'une robe en dentelle noire et dont elle ne pouvait voir le visage. Leur conversation semblait très animée et leurs têtes se touchaient presque ;

ça n'avait rien d'un bavardage mondain. Jem se crispa et déglutit difficilement. Ralph pouvait bien parler à qui il voulait, ce n'était pas ses affaires.

Ralph les vit approcher et abandonna son interlocutrice. Lorsqu'il vit Jem, son visage ne fut plus qu'un immense sourire. Il ouvrit les bras dans sa direction.

— Jemima Catterick, tu es resplendissante ! murmura-t-il à son oreille, puis il l'embrassa délicatement sur la joue.

Jem en frissonna de bonheur. Elle se mit à rougir tandis que son cœur battait à cent à l'heure.

— Toi aussi, gloussa-t-elle.

À ce moment la grande blonde se retourna et Ralph la prit par les épaules. La jalousie s'empara à nouveau de Jem.

— Je crois que vous connaissez tous Cerise ?

Cette dernière adressa un grand sourire aux trois nouveaux arrivants.

— Cerise, voici Karl… je crois que vous vous êtes déjà rencontrés… Et voici Smith, avec qui j'habite, et Jem, sa petite amie. Sympa cette petite réunion entre voisins ! Désolé de vous imposer cette bande d'affreux snobs que je n'ai même pas invités, sans doute des copains de copains. Mes vrais amis doivent encore traînasser dans un pub…

Ralph continua ses explications, mais personne ne l'écoutait plus.

Figé sur place, Smith continuait à serrer la main de Cerise. Son visage avait pris une teinte rouge violacée, et on aurait dit qu'il allait s'évanouir. Ses grimaces indiquaient qu'il essayait de dire quelque chose mais les mots restaient au fond de sa gorge. Il avait tout du poisson qui cherche de l'air. Si seulement il avait mis sa chemise blanche !

— J'ignorais que tu connaissais Ralph, articula-t-il enfin.

— Oh, fit-elle en retirant sa main de celle de Smith, c'est un nouvel ami. Et c'est vraiment un ange.

Elle avait insisté sur « nouvel » avec un sourire coquin et enlacé la taille de Ralph, comme pour montrer qu'il lui appartenait. Puis, la bouche en cul-de-poule, elle l'embrassa sur la joue.

Jem, elle aussi paralysée, avait l'impression de rapetisser. Elle se sentait empotée et trouvait d'un coup sa robe trop fleurie. Horreur de l'horreur, des larmes lui montèrent aux yeux. Pour les retenir, elle respira à fond et s'accrocha à Smith qui ne cessait de complimenter Cerise sur sa robe, sa beauté et sa coiffure.

Dans cette ambiance de franche jalousie, de haine, de désir, de gêne et de choc, personne ne remarqua Karl, dont le teint rosé avait viré au cramoisi. Il tremblait tellement de colère qu'on aurait dit qu'il allait exploser comme une saucisse dans un micro-ondes.

— Qu'est-ce que c'est que ce bordel ? s'écria-t-il en fixant Cerise dans les yeux. C'est un putain de gag ?

Il avait dit cela à voix basse, sauf le mot « putain », qu'il avait crié à tue-tête. Tout le monde sursauta.

Les visages se tournèrent vers Karl. Cerise lui saisit le bras :

— Calme-toi ! Ce n'est pas ce que tu penses ! Je te promets…

Karl recula comme s'il avait reçu une décharge électrique :

— Espèce de salope, ne me touche pas ! Tu me fais vomir. Ça te suffit pas d'avoir détruit ma vie ?

Il se rapprocha soudain de Cerise, qui se réfugia derrière Ralph, et lui cracha au visage :

— Et maintenant tu veux détruire la vie de ce type…

— Allons, mon vieux, écoute…, dit Ralph en s'interposant, le bras tendu.

Karl l'écarta comme une mouche qui l'aurait agacé. Il était sur le point d'éclater :

— Non, mon vieux, à toi de m'écouter. Je ne sais pas ce qui se passe ici, mais j'aime pas ça, merde ! Pas du tout. C'est un gag ou quoi ? Pourquoi tu m'as invité ce soir ? C'est cette pute qui t'a dit de le faire ?

— Karl, je t'en prie, ce n'est pas une plaisanterie, tu verras, intervint Cerise avec une voix de tragédienne. Tu ne comprends pas, je tiens…

— Quoi ! s'exclama Karl en partant d'un rire strident qui les fit tous frémir. Toi, tu tiens à quelque chose ou à quelqu'un ? Foutaises ! Tu es la fille la plus égoïste, la plus égocentrique, la plus manipulatrice que j'ai eu la malchance de connaître. Tu as ruiné ma vie et je ne te laisserai pas me tourner en ridicule devant tes soi-disant amis.

Il posa brutalement son verre sur une étagère et, se tournant vers Ralph, lui cria :

— Merci pour ton invitation, vieux !

— Karl, je t'en supplie, ne pars pas, le supplia Cerise en le retenant par la manche.

S'il s'en allait maintenant, elle se serait donné du mal pour rien, il lui faudrait rester avec ces gens qu'elle ne connaissait pas et surtout elle ne deviendrait jamais célèbre.

Mais Karl se dégagea et fendit la foule à grands pas, se frayant un chemin à coups de coude. Témoins involontaires de cette confrontation, les invités s'étaient tus, à l'exception d'un type qui pérorait dans un coin.

Karl avait presque atteint la porte quand quelqu'un l'attrapa par les épaules et le força à faire demi-tour. C'était Smith qui, horrifié, avait assisté à toute la scène et l'avait poursuivi.

— Écoutez-moi bien… commença-t-il.

Jem le regardait de loin et réalisa pour la première fois à quel point Smith était bête. « Écoutez-moi bien… » Seul un idiot dirait ça. Si Karl lui collait une beigne, il l'aurait bien cherché.

— J'ignore ce qui vous démange, poursuivit Smith, mais votre conduite est inacceptable. Je vous suggère d'aller présenter vos excuses à Cerise. On ne parle pas comme ça à une dame.

Karl toisa Smith. Soudain, il paraissait bien plus grand que son adversaire. Il retroussa les lèvres tel un chien d'attaque.

— Cette salope n'a rien d'une dame ! Et de toute façon, mêlez-vous de vos oignons, ajouta-t-il en donnant une bourrade à Smith. Ah ! mais je vois ! Vous êtes un de ces pauvres bougres qu'elle a pris dans ses filets. Eh bien, bonne chance, vieux ! Vous en aurez besoin !

Karl pivota sur ses talons et se dirigea vers la sortie.

Smith hésitait à le suivre et à continuer dehors quand l'arrivée d'une nouvelle invitée, une jolie blonde habillée en noir, le fit changer d'avis.

— Mon Dieu ! Siobhan !

— Karl ?

— Bon sang ! Que… fais-tu… ici ?

— Et toi, alors ?

— Je ne sais pas, qui t'a invitée ?

— Je ne sais pas, je croyais que c'était toi.

— Non.

— Eh bien je n'en ai aucune idée.

— Oh, Shuv, tu es magnifique ! Qu'as-tu fait à tes cheveux ?

— Je les ai coupés. Allons, dis-moi ce qui se passe ici. Qui donne cette fête ?

Karl désigna Ralph qui les regardait bouche bée depuis le fond de la galerie. Cerise, elle, s'était prudemment planquée derrière un pilier.

— Lui ? fit Siobhan incrédule. Mais pourquoi ? Qui est-ce ?

— C'est Ralph, expliqua Karl.

— Ralph, bien sûr. Le Ralph de l'invitation. Mais qui est-ce ?

— Il vit dans l'appartement du sous-sol à Almanac Road. Tu t'en souviens ?

— Ah, oui, fit-elle, je vois vaguement. Mais je ne comprends pas. C'est quoi tout ce bordel ?

— Je n'en sais foutrement rien, répondit-il en haussant les épaules.

Puis Karl se détendit, son visage s'adoucit, il se mit à sourire :

— D'ailleurs, quelle importance ? Je suis si heureux de te voir. C'est merveilleux…

Il lui caressait la main et souriait comme un dément.

Smith se tenait derrière lui, tendu, les poings serrés. Plus personne ne faisait attention à lui, chacun avait repris sa conversation. Qu'aurait-il dû faire pour qu'on s'occupe de lui ? Il ouvrit les poings et se massa les paumes qu'il avait lacérées de ses ongles. Puis il rajusta sa cravate, se recoiffa vaguement et traversa lentement la galerie, honteux d'avoir perdu la bataille avant même qu'elle ait commencé. Et cela devant les amis de Ralph !

Il se dirigea droit vers Cerise qui avait quitté son pilier et passa un bras protecteur autour de ses épaules, en profitant pour lui caresser la nuque. Son cœur s'emballa : la peau de Cerise était telle qu'il l'avait imaginée, aussi douce que la soie.

— Tu te remets ? demanda-t-il de sa voix la plus tendre.

— Oui, mais je l'ai sans doute mérité, répondit-elle tristement.

— Pas du tout ! fit Smith hors de lui. Ne sois pas ridicule ! Il était ivre. Il racontait n'importe quoi.

— Mais non, il n'a dit que la vérité.

— Sûrement pas, cria Smith furieux. Il est complètement fou. Ne fais pas attention à lui.

Cerise poussa un gros soupir et Smith continua à caresser cette peau d'une si rare douceur. Il lui semblait qu'il aurait pu faire ça toute la nuit.

— Écoute, Smith, je t'ai déjà tout raconté l'autre soir, chez Oriel, tu te rappelles ? Je t'ai parlé de mon passé, de mes problèmes avec les hommes.

Jem se raidit et serra son verre de toutes ses forces. Smith libéra enfin Cerise, soudain conscient de la présence de Jem. Ralph tressaillit et détourna le regard. Ça commençait. Il prit Jem par le bras et l'entraîna loin de Cerise et de Smith. Elle se laissa faire. Oriel ? Comment ? Smith connaissait donc Cerise ? Pourquoi la protégeait-il ainsi ? Que savait-il d'elle ? Et cette façon de la caresser et de lui faire des tas de compliments... n'était-elle pas avec Ralph ?

— Ralph, c'est quoi tout ce cirque ? demanda Jem.

Celui-ci commença à se sentir coupable, mais un peu comme un vétérinaire qui doit faire une piqûre douloureuse à un animal blessé. C'était pour le bien de Jem. Sur le moment, elle risquait de souffrir, mais ensuite elle serait guérie. Il lui enlaça les épaules et la conduisit vers l'entrée de la galerie.

— Je ne sais pas, répondit-il enfin, c'est une soirée bizarre.

La tête chamboulée, Jem se laissa mener comme une marionnette et n'insista pas.

Que fabriquait le couple du dessus, ce DJ irlandais et son ex? Ils se tenaient près de la porte, Siobhan prenait des airs pour montrer à Karl sa nouvelle taille; quant à lui, il semblait être aux anges. Quel rapport avec cette Cerise? Comment Ralph la connaissait-il? Et Smith… Et… Et… Jem en eut le tournis. Jusqu'à présent, elle avait cru que Cerise n'était que la fille du premier étage, avec qui elle avait bavardé quelque temps auparavant, une ancienne danseuse sur le point de se marier. Et maintenant c'était la copine de Ralph, l'ennemie de Karl, et Smith… Et Smith dans tout ça? Jem se retourna et vit Smith enlacer Cerise à nouveau, lui parler à l'oreille. Cerise, elle, riait en jouant à la sainte-nitouche.

— Jem, Jem, ça va? s'inquiéta Ralph en la fixant dans les yeux.

— Mais… oui, tout va bien!

Elle détourna le regard, incapable de mettre de l'ordre dans ses idées. L'instant d'après, elle avait repris ses esprits : elle avait Ralph à sa disposition, il allait pouvoir lui montrer ses tableaux. Avec cette succession de minidrames, elle n'en avait pas encore vu un seul! Jem prit une profonde inspiration.

Ralph ouvrit la bouche pour dire quelque chose, la referma puis l'ouvrit à nouveau.

— Je te l'ai déjà dit, mais je vais te le répéter, tu es resplendissante. À tomber ! Cette robe est magnifique. Et j'adore ces petites fleurs dans tes cheveux.

Il en caressa une du bout des doigts.

— Tu es à l'évidence la plus belle fille de la soirée. Je suis ravi que nous soyons amis à nouveau. Vraiment ravi.

Il lui prit la main et déposa un baiser.

— Moi aussi, Ralph. Tu m'as tellement manqué.

Jem rougit, gloussa, lui baisa la main à son tour, un geste qu'elle regretta un peu et qui la fit rougir de plus belle.

— Bon, vas-tu enfin me montrer ces toiles qui t'ont rendu célèbre ?

Sacré Ralph, pensa-t-elle, avec lui, je ne sais jamais sur quel pied danser.

Et Ralph rougit à son tour, heureux qu'elle ait laissé la trace de ses lèvres sur sa main.

— D'accord.

Il prit Jem par la taille et la guida vers le premier tableau :

— Celui-ci est intitulé *Rouge à lèvres, roses et pivoines*.

Jem poussa un petit cri et mit sa main devant sa bouche :

— C'est moi ! C'est moi, n'est-ce pas, sur le tableau ?

C'était un petit portrait plein de couleurs, un gros plan du visage de Jem souriant de toutes ses dents, auréolé de fleurs roses, mauves et violettes.

Ralph fit oui de la tête et ils passèrent au tableau suivant.

Jem à nouveau ! Cette fois on voyait aussi ses épaules, sur un fond de piments rouges et verts. Et ainsi de suite. Jem toujours recommencée. Il y avait aussi quelques natures mortes représentant des fleurs, des épices ou des piments. Jem en était mal à l'aise.

— Ralph…

— Chut… regarde et profites-en.

C'est ce qu'elle fit, contemplant les toiles, déchiffrant les titres des tableaux et, de temps en temps, levant la tête vers Ralph avec un air étonné qui semblait dire « Tu es fou ». Mais son visage était aussi empreint de tendresse, d'émerveillement, d'excitation et, Ralph en était certain, d'amour.

31

— Dis-moi, tu avais donc tes raisons pour ne pas dire à Jem qu'on avait bu un verre chez Oriel à Noël ?

Interloqué, Smith se gratta le menton :

— Mais je lui en ai parlé. Elle a dû oublier.

Il enfonça ses mains dans ses poches plus profondément.

— Ah bon ! fit Cerise sans insister. Quelle fille sympa ! Je l'ai rencontrée par hasard devant la maison et nous avons bavardé. Elle est hyper mignonne.

— Oui, à sa façon.

— On a longuement bavardé chez Oriel et tu ne m'as jamais parlé de son existence. Bizarre, non ?

— Oh…

— J'ai eu l'impression que tu étais libre.

— Oh, en fait…

— Dommage, car je l'avais espéré, continua-t-elle en promenant le bout de son doigt sur le bord de son verre. Pourtant on s'était bien entendu ce soir-là, non ?

Smith haussa les sourcils et se redressa :

— Voyons, Jem et moi, ce n'est pas du sérieux.

— Ce n'est pas ce qu'elle m'a dit.

— Vraiment ?

— Elle m'a parlé de ses rêves et du destin qui vous unit.

— Oh, Jem est adorable mais elle peut être...

Smith fit alors une étonnante grimace pour illustrer son propos : il loucha, tira la langue et fit vriller son index contre sa tempe, tout en même temps.

— Elle m'a semblé tout à fait saine d'esprit, répliqua Cerise. En revanche, c'est vrai qu'elle est folle de toi.

Il se redressa, tout content de lui :

— Je sais.

— Mais tu viens de me dire que ça n'avait rien de sérieux !

— Pour moi, rectifia-t-il en se grattant la nuque et en baissant le ton. C'est une histoire à sens unique. Bien sûr, je l'aime bien, elle est adorable ; mais voilà, elle n'est pas « l'Unique » ! Tu comprends ce que je veux dire, non ?

Et il se rapprocha encore de Cerise.

— Ah oui, « la femme de ma vie », ce genre de trucs.

Elle lui décocha un sourire éclatant. Quel sale con, songea-t-elle, Ralph avait raison.

Au début, elle ne l'avait pas vraiment cru, et était surtout venue pour Karl et Siobhan. Maintenant qu'ils étaient ensemble à l'autre bout de la galerie, apparemment très satisfaits de leurs retrouvailles – son plan semblait avoir réussi –, elle n'avait plus qu'à rentrer chez elle. Mais après cinq minutes passées avec ce connard, elle était prête à tout pour le virer de la vie de Jem. Cerise l'observa : guidée par Ralph – comme sous sa protection –, Jem découvrait ces toiles qu'il avait mis neuf semaines à réaliser et qui lui étaient toutes dédiées. À son arrivée, Jem avait aussi tressailli en voyant Cerise et Ralph ensemble comme un couple. Cerise avait parfaitement reconnu cette réaction de pure jalousie. Il était évident que Jem n'était pas seulement une amie de Ralph mais bien plus. L'affreux Smith n'était qu'un obstacle entre eux.

Un coup d'œil à Siobhan et à Karl qui bavardaient et riaient ensemble fit sourire la jeune femme. Comme c'était amusant de faire le bien ! Si seulement elle pouvait écarter Smith et dégager la voie pour Ralph, elle serait une vraie fée ! Se sentant pousser des ailes, elle décocha à Smith un sourire de toute beauté.

Vers onze heures et demie, tous les invités bidon s'éclipsèrent – pressés de prendre un avion matinal pour New York, Tokyo ou Sydney, pour tourner un film ou un spot télé. C'est alors que débarquèrent les vrais copains de Ralph, qui venaient du café du coin et étaient déjà bien partis pour faire la fête. La soirée ne faisait donc que commencer.

Quelqu'un mit un CD d'Abba et, au bout de trois mesures de « Waterloo », à peu près tout le monde dansait et chantait, bouteille de champagne à la main. Smith avait pris Cerise par la taille et la tenait fermement.

Siobhan et Karl, eux, s'étaient assis dans un coin tranquille pour continuer à bavarder.

Et Jem s'était enfermée dans les toilettes ; elle y pleurait à chaudes larmes.

Elle n'avait pas parlé à Smith de la soirée. Pas un mot. Au début, il était tellement absorbé par sa conversation avec Cerise qu'elle n'avait pas voulu l'interrompre, et puis il avait entraîné cette dernière sur la piste de danse improvisée et ne la lâchait plus. Ce Smith même qui n'aimait pas danser ! Jem se tamponna les yeux avec un mouchoir. Elle se sentait gênée et humiliée. Personne ne l'avait jamais traitée ainsi. Ralph avait bien essayé de la consoler, de la convaincre qu'elle n'avait rien à craindre, mais la vérité sautait aux yeux : Smith n'en avait que pour cette fille !

Et puis il y avait Ralph. Un autre problème. Cette histoire d'amour allait refaire surface d'un instant à l'autre. Il n'y avait pas été de main morte : la galerie pleine de pivoines, des tas de portraits d'elle, ses plats préférés et tous ces compliments et ces baisemains… Et puis cette façon de caresser les roses en satin piquées dans ses cheveux. C'était trop intime, trop excitant, trop merveilleux, et très mal. D'ailleurs, ce soir, tout allait de travers. Smith était son petit ami – quoique, à en juger par son attitude, ça ne se voyait pas – et Ralph son ami. Mais tout était si compliqué dans sa tête. C'était encore pire qu'avant le départ de Ralph de l'appart. Elle nageait en pleine confusion. Il y avait de quoi perdre la boule.

Jem s'aspergea le visage avec de l'eau, s'essuya, rajusta sa robe, se recoiffa et redressa les épaules. Il fallait qu'on la rassure. Smith était-il amoureux d'elle ? Pour la première fois, elle avait besoin qu'il lui dise qu'il l'aimait. Elle allait l'arracher à cette horrible fille et l'obliger à parler clairement. Comme ça, elle pourrait se reprendre et mettre le holà aux bêtises de Ralph une fois pour toutes.

Elle se regarda une dernière fois dans la glace et regagna la salle d'exposition d'un pas martial.

Toute la soirée, Siobhan avait essayé de parler à Karl de Rick. Une douzaine de fois, elle avait pris une grande inspiration pour se lancer mais avait manqué de courage. Que faire ? Il semblait si heureux. Si fou de joie de la voir. Il faisait des efforts pour faire bonne impression, ne dire que des choses agréables. Il lui avait demandé comment était la vie chez sa mère. Elle aurait pu sauter sur l'occasion pour lui avouer la vérité, mais plutôt que de le faire souffrir ou le mettre en colère, elle avait préféré débiter des banalités et avait changé de sujet. Elle lui avait proposé d'aller danser, mais il avait refusé : il voulait lui parler. Elle lui avait tellement manqué qu'il avait des milliers de choses à lui dire. Tandis qu'ils continuaient à discuter, Siobhan pressentit qu'ils allaient bientôt entrer dans le vif du sujet.

Smith était carrément bourré. Fin saoul. S'il n'était pas encore tombé, il le devait aux talents de danseuse de Cerise. La transpiration lui collait les cheveux sur le front, sa chemise était mouillée et fripée et il souriait comme l'idiot du village. Il était incapable de suivre le rythme et beuglait des paroles qui n'allaient pas avec les airs qui passaient.

Soudain, Cerise, fatiguée de danser avec ce crétin – sa conduite ne l'embellissait pas –, voulut aller boire un verre. Il la suivit comme un toutou.

— Cerise, dit-il en s'appuyant contre un mur et en serrant sa flûte de champagne, toi et moi, on devrait sortir un soir. Tu serais d'accord ?

— Tu crois ? fit-elle, exaspérée.

— Ouais, toi et moi, ça colle, il y a un truc spécial entre nous. Tu t'en rends compte ?

— Sans doute…

— Ce soir-là chez Oriel, on était bien, non ?

— Ouais…

— Et ce soir, c'est génial ! On a pu parler et danser et tout et tout…

Cerise chercha des yeux Ralph et Jem ou n'importe qui d'autre dans l'espoir qu'ils viennent à son secours. Elle en avait plus que marre de Smith.

— Nous deux, continua Smith sur sa lancée, c'est le destin qui nous a réunis, hein ?

— Ouais, fit Cerise sans même avoir écouté.

Smith n'avait pas remarqué que Cerise avait étouffé un bâillement et regardé sa montre. C'est maintenant ou jamais, se dit-il. Il avait attendu cet instant suffisamment longtemps, et enfin il touchait au but. À lui de jouer !

Il balança son verre sur le bar, se jeta aux genoux de Cerise et lui prit les mains :

— Cerise, je t'aime ! Je t'ai toujours aimée !

Il avait presque crié mais tant pis. Il n'avait rien à cacher. Ralph, qui parlait à la petite amie d'un de ses copains, s'arrêta net et, horrifié, regarda ce qui allait se passer. Smith était reparti dans un de ses numéros habituels.

— Je t'aime depuis cinq ans… et je veux que nous soyons ensemble pour toujours.

Sur ces mots, il couvrit la main de Cerise de baisers mouillés. À cet instant, Ralph vit quelqu'un sortir des toilettes. C'était Jem, les yeux rouges, qui fonçait vers Smith et Cerise. D'abord sidérée à la vue de Smith en train de lécher la main de Cerise, elle se pétrifia en entendant son amant déclarer à tue-tête, avec la passion de l'ivrogne :

— Cerise, je t'aime. Veux-tu m'épouser ?

Pour la deuxième fois ce soir-là, le silence se fit dans la galerie. Cerise se décomposa, Ralph en eut le souffle coupé, Jem poussa un cri. En se retournant, Smith faillit tomber à la renverse ; lorsqu'il aperçut Jem, il sembla suffoquer. Il se retourna alors vers Cerise et vit son air dégoûté. Quant à Jem, elle prit son manteau sur une chaise, s'enroula dans son étole, s'empara de son sac et sortit en courant de la galerie. Dehors, il faisait noir et il pleuvait. Elle se remit à sangloter. Ralph jeta un coup d'œil méprisant à Smith puis fonça vers la sortie pour rattraper Jem.

Cerise, toisant Smith, lui lança :

— Tu n'es qu'un pauvre type !

Siobhan et Karl avaient raté la tragédie qui venait de se dérouler. À l'extérieur de la galerie, eux aussi étaient en plein drame. Karl faisait des moulinets avec ses bras ; Siobhan, tête baissée, murmurait. Ils s'arrêtèrent en voyant Jem puis Ralph sortir en trombe de la galerie et dévaler la rue en courant. Quand ils entendirent Ralph crier « Jem, attends-moi ! Je t'en supplie », ils haussèrent les épaules et reprirent leur conversation.

— Donc, si tu n'habites plus chez ta mère, où vis-tu ? Avec ton *nouveau jules* ?

Karl se sentait mal. Affreusement mal.

Siobhan acquiesça tristement.

— Et où habite cet heureux homme ? Dans un joli endroit ?

Siobhan passait un sale quart d'heure. Alors que tous deux discutaient gentiment dans la galerie, elle lui avait enfin avoué qu'elle avait quitté la maison de sa mère. Et qu'elle avait quelqu'un. Les questions avaient fusé :

— C'est sérieux ?

— Oui.

— Vraiment sérieux ?

— Oui !

— Depuis combien de temps ça dure ?

— Quelques semaines.

— Mais... nous avons rompu depuis quelques semaines seulement, avait-il calculé en tremblant.

Elle s'était mise à pleurer et s'était nichée contre Karl. Ils s'étaient enlacés et étaient sortis de la galerie pour ne pas se donner en spectacle.

L'interrogatoire avait repris dans la rue :

— Toi et ton nouveau jules, vous habitez dans un endroit sympa ? Dis-moi tout...

— Oh, arrête...

— Non, je veux tout savoir. Qui est-ce ? Comment est-il ? Que fait-il dans la vie ? Il est beau ? Et au lit, il est super ?

— Oh, Karl...

— Alors, raconte... C'est du sérieux ?

Karl se passa la main dans les cheveux et se réfugia dans l'embrasure de la porte d'une boutique.

— Je croyais qu'on se séparait juste pour un moment ! Tu ne pouvais donc pas attendre ? Merde ! Comment as-tu pu m'oublier aussi vite ? Nous oublier ?

— Je ne sais pas. Je n'ai pas eu l'impression de me précipiter, au contraire. Ça n'en finissait pas. Je passais mes journées dans ma chambre, toute seule. Tu me manquais, l'appartement me manquait, tout me manquait. Je n'avais qu'un espoir : que tu viennes me chercher.

— Mais je t'ai appelée tous les jours, toutes les heures. Tu ne voulais pas me parler.

— C'est trop facile de téléphoner. Je voulais que tu agisses. Que tu fasses quelque chose. Je rêvais d'entendre ta voiture remonter l'allée, tes pas sur le gravier. Je voulais t'entendre sonner, entendre ma mère me dire que tu étais là pour m'emmener. En vain. Tu n'es jamais apparu…

— Mais ta mère m'a menacé d'appeler la police si je te téléphonais encore ! Comment pouvais-je me pointer sans te prévenir ?

— Je t'en prie ! Arrête de prétendre que ma mère te fait peur, ma petite maman de soixante-neuf ans. Tu aurais dû prendre tous les risques si tu m'aimais. J'ai toujours tout fait pour toi, tu comprends ? Et toi tu refusais le changement. Tout devait rester comme avant, moi, l'appartement, notre vie. Si je ne t'avais pas pris par la peau du cou pour vivre à Londres, on serait toujours dans ce trou à rat de Brighton. Si je n'avais pas téléphoné à Jeff après ce mariage, tu n'aurais jamais eu cet entretien. Si je n'avais pas passé la nuit à te convaincre, tu aurais refusé ce job de DJ. J'ai même dû te tromper un peu pour que tu remarques que j'étais malheureuse, que notre couple clochait. Il fallait que je te foute à la porte quand j'ai appris que tu couchais avec cette Cerise et j'aurais plutôt crevé que de faire le premier pas vers toi. C'était ton tour, merde ! Je t'ai attendu et tu n'es pas venu ! Tu ne m'as pas écrit et tu ne m'as donné aucune raison pour qu'on se remette ensemble. T'es resté planté là, à boire, à te lamenter sur ton sort et à pleurnicher pendant ton émission pour que tes chers auditeurs te plaignent. Et moi, alors ? Qui m'a plainte ? Pas un chat ! Tu as loupé le coche ! Je dois me reprendre en main. Me retrouver. Et il n'y a plus de place pour toi dans ma vie. Je t'aime et je t'aimerai toujours. Tu as été mon meilleur ami pendant la moitié de mon existence. Mais tu es un boulet à traîner, et j'ai pris mon envol. Tout comme j'ai coupé mes cheveux – tu ne trouves pas que ça me va mieux ?

Elle tourna la tête et se mit à pleurer.

Karl avait l'impression d'avoir reçu un direct dans l'estomac. Il laissa échapper quelques sanglots. Que dire ? Que faire ? Elle avait raison. Merde ! Il aurait aimé se foutre des coups de pied dans le derrière !

— Shuv…, fit-il en posant sa main sur l'épaule de Siobhan, toute tremblante.

Elle lui fit face.

— Karl, je suis navrée. Navrée que tu aies pensé qu'il y avait encore un espoir. À la radio, tu semblais tellement déprimé, comme si tu savais déjà que tout était fini entre nous. Si j'avais su, on aurait pu se parler plus tôt.

— Et maintenant c'est trop tard pour réparer les pots cassés, hein ? Mais qu'est-ce que je vais faire sans toi ? Dis-le-moi !

Ils s'enlacèrent dans une étreinte pleine de tristesse et de regrets, chacun pleurant sur l'épaule de l'autre.

Ils pleuraient si fort qu'ils n'entendirent pas la voiture s'arrêter près d'eux et ne virent pas son conducteur baisser la vitre. Ce n'est qu'au dernier moment qu'ils perçurent la voix de Rick appeler :

— Siobhan ?

32

Ralph rattrapa enfin Jem au coin de Lonsdale Road. Malgré ses talons hauts, elle avançait à grands pas.

— Jem, je t'en prie, arrête-toi !

Il accéléra et arriva à sa hauteur. Lui agrippant les poignets, il la força à s'arrêter.

— Fiche-moi la paix, fit-elle en se dégageant.

Elle batailla avec Ralph, mais il réussit sans mal à la maîtriser et à la serrer contre lui.

— Je suis désolé.

Elle s'effondra dans ses bras. Quand Ralph posa sa joue sur la tête de Jem, les fleurs de satin le piquèrent un peu mais il respira avec bonheur l'odeur de ses cheveux.

— Mon pauvre petit chou !

Jem se serra contre lui. Elle renifla et s'essuya le nez du bout des doigts.

— Ralph, comment aurais-je pu imaginer une horreur pareille ? Mon petit ami qui fait une demande en mariage à cette fille ! C'était une blague ? Dis-moi que oui ! Qu'est-ce que cette fille foutait là ? D'où la connais-tu ? Comment Smith la connaît-il ? Ne me raconte pas de salades, je veux la vérité. C'est un mauvais gag, non ?

Ralph soupira. Il n'avait plus le choix, il devait tout lui expliquer en détail, y compris son rôle peu reluisant dans cette triste affaire. Il mena Jem jusqu'à un banc et ils s'assirent.

— Bon, tout a commencé il y a cinq ans, quand Cerise a emménagé…

Ralph enchaîna sur l'obsession morbide de Smith, sa détermination à ne coucher avec aucune fille jusqu'à ce que Cerise le remarque, le verre qu'il avait bu avec elle chez Oriel. Il ne cacha pas qu'il avait l'intention de tout lui raconter à ce moment-là, mais que Smith l'avait menacé de le foutre à la porte. Il ajouta que ses histoires de rêves et de destin faisaient ricaner Smith, mais qu'en la prenant comme petite amie malgré son grain de folie, il espérait rendre Cerise jalouse. Il lui révéla même que Smith pensait à Cerise en lui faisant l'amour.

— Mon Dieu, ça me donne envie de vomir ! Comment as-tu pu te taire ce soir-là à Bayswater ? Oh, je n'ai jamais été aussi humiliée de ma vie !

— Qu'est-ce que j'aurais pu dire ? Tu ne m'aurais pas cru ! Je venais de t'avouer que j'étais amoureux de toi, tu aurais pensé que j'inventais tout ça. Il fallait que je te prouve que Smith était un salaud. Que tu t'en rendes compte par toi-même. C'est… pour ça que j'ai invité Cerise ce soir. Je n'ai jamais été son copain, en fait, je ne l'aime pas beaucoup. Mais il fallait t'aider à ouvrir les yeux – je ne pouvais pas le laisser te traiter ainsi.

336

— Alors, tu as fait exprès de gâcher ma soirée ! Tu m'as humiliée, blessée, démolie devant des tas de gens ! Tu m'as fait passer pour une conne…

— Mais non, pas toi, Smith ! C'est lui qui a eu l'air d'un pauvre connard. Je dois dire qu'il s'est surpassé. J'en étais scié ! J'avais pensé qu'il flirterait avec elle, mais que ça n'irait pas plus loin. Désolé si j'ai gâché ta soirée, mais c'était le seul moyen de te sauver la vie. Tu vois, je suis très attaché à toi, et si tu dois piquer une crise, mets-toi en colère contre Smith, pas contre moi. C'est vrai que j'ai pas mal magouillé, mais je n'avais pas le choix. Je t'en supplie, crois-moi. Smith est mon meilleur ami mais c'est un vrai trou du cul. Je le sais, et maintenant tu le sais aussi. Je t'en prie, ne sois pas fâchée contre moi !

Jem se mit à gémir :

— Oh, je le hais ! Je ne veux jamais le revoir !

— Non, il ne doit pas s'en tirer à si bon compte ! Non, engueule-le ! À ta place, je lui foutrais un coup de genou dans les couilles pour qu'elles lui remontent dans la gorge. Il s'est fichu de toi dans les grandes largeurs. Et toi, plus que toute autre, tu mérites d'être traitée avec tendresse.

Il lui caressa la joue en ajoutant :

— Tu es quelqu'un d'extraordinaire.

Jem leva son visage vers Ralph et, malgré ses larmes, elle eut la révélation : c'était son destin. L'homme de ses rêves. Elle n'avait jamais vu autant d'amour dans les yeux de quiconque. Ralph l'aimait, Ralph l'aimait de toutes ses forces. Il était différent de tous ceux qui lui avaient fait de grands serments. Il ne voulait rien d'elle, il ne s'agissait ni d'une amourette, ni d'une obsession, ni de remplacer maman. Il ne désirait pas la changer, la contrôler ou la mettre sur un piédestal. Il voulait seulement l'aimer. Un point c'est tout. Elle lui caressa la joue à son tour.

— Merci, Ralph ! Merci de prendre autant soin de moi. Merci pour les tableaux, les piments, les pivoines. Merci de ta présence et pour ce que tu as fait ce soir. Je suis désolée de m'être fâchée, d'être si têtue. C'est que…

— Je sais, tu aimes tout contrôler. Je te connais. C'est ce qui m'a forcé à agir ainsi ce soir.

— Je te plais donc ?

Comme preuve, il lui prit la main et la posa sur ses lèvres :

— Tu le sais bien. Et tu sais que je t'aime…

— Oh ! Ralph.

— … et ce soir mes manigances avaient pour but d'être avec toi. Tant que tu étais amoureuse de Smith, rien ne pouvait se passer…

— Oh ! Ralph.

— … et je t'admirais parce que tu ne voulais pas faire de peine à Smith. Tu es meilleure que moi car il a beau être mon ami le plus proche, je n'ai pas ta loyauté envers lui. Enfin, maintenant, tu sais ce qu'il vaut et tu es libre ! Je ne m'attends pas à ce que tu me dises que tu m'aimes, en fait, je n'attends rien. Lire tes journaux intimes était une erreur impardonnable. Mais on peut être amis et, même si tu ne tombes jamais amoureuse de moi, je saurai au moins que c'est à cause de moi et non pas de ta loyauté vis-à-vis de ce pauvre mec qui ne te méritait pas. Tu me comprends ?

Jem eut un sourire énigmatique.

338

— Ainsi, reprit Ralph, si on vit jusqu'à cent deux ans, je sais que tu auras eu la possibilité de m'aimer et…

Toujours souriante, Jem posa ses deux mains sur les joues de Ralph.

— Il est bien sûr trop tôt. Tu dois te sentir meurtrie et je n'attends donc rien…

Jem se sentit fondre en voyant toute la tendresse et l'amour du monde irradier sur le visage de Ralph. Elle s'approcha encore plus près de lui.

— … on pourra être amis, sortir dîner, aller boire des verres, je ne te demande pas de tomber amoureuse tout de suite, enfin, pas immédiatement…

Jem attira le visage de Ralph vers le sien et posa son index sur ses lèvres :

— Arrête, Ralph, je t'aime.

— Quoi ?

— Oui, arrête ton monologue. Je t'aime !

— Tu es sûre ? Tu m'aimes ?

Jem hocha la tête.

Dans le cœur de Ralph ce fut comme un feu d'artifice. Jem l'aimait ! Il sauta du banc et décrivit des cercles sur le trottoir en criant : « Elle m'aime ! Elle m'aime ! »

— Oh, Jem, fit-il en se rasseyant et en lui prenant les mains, tu fais de moi le plus heureux des hommes ! Je t'aime et tu m'aimes ! On peut le conjuguer à tous les temps !

Il l'attira contre lui, la serra de toutes ses forces dans ses bras et, au moment de l'embrasser, la prit par le bras et l'entraîna en courant vers la galerie :

— Viens, on a encore du travail à faire. Smith ne va pas s'en tirer comme ça, ce porc !

Mais ils furent arrêtés sur le sentier de la guerre par un étrange spectacle : Karl, écarlate, bourrait de coups de poing un grand blond étendu sur le capot d'une BMW flambant neuve, tandis que Siobhan hurlait en essayant de retenir Karl par un pan de sa chemise.

— Espèce de salaud ! Salaud ! criait Karl en martelant de coups le visage en sang de son adversaire.

— Karl ! Arrête ! Je t'en supplie, laisse-le tranquille !

Siobhan le tirait toujours par la chemise, mais la colère de Karl décuplait ses forces.

— Rick, tu n'es qu'un salaud ! hurla Karl en envoyant quelques directs dans les côtes de son rival.

— Au secours ! Au secours ! s'efforçait de crier Rick. À l'aide !

— Ralph, fais quelque chose, implora Jem.

— Je vais essayer.

Il s'approcha de Siobhan :

— Qu'est-ce qui se passe ?

— Oh, je vous en prie, fit-elle en larmes, intervenez ! Il va le tuer !

Ralph était du genre paisible, mais il respira à fond et saisit Karl par la taille pour tenter de l'arracher à sa proie. Sans se retourner, Karl lui envoya son coude dans la tête. Pourtant, Ralph ne desserra pas son étreinte, prenant appui sur le pare-chocs de la voiture. Karl regarda du coin de l'œil et, lorsqu'il reconnut Ralph, se détourna immédiatement de Rick.

— Ah c'est toi, l'enfant de salaud ! Tout est ta faute !

L'expression de Ralph passa en un quart de seconde de celle du sauveur à l'incompréhension la plus totale :

— Comment?

— Espèce de salopard! Qu'est-ce que je t'ai fait? Tu veux détruire ma vie?

Ralph recula à petits pas. Mais, hélas, il esquissa un sourire.

— Ça te fait marrer, connard? Tu trouves ça drôle? Tu m'invites à ta fête pour m'humilier et foutre en l'air ma vie et ça te fait rire!

— Écoute, vieux, je suis désolé. Je ne me moque pas de toi et je n'ai rien contre toi. Et crois-moi, je n'ai aucune idée de ce qui se passe ici…

— Tu te fous de moi? Ce n'est pas toi qui as invité cette morue de Cerise?

— Si!

— Bon, et alors, tu ne m'as pas invité?

Ralph avala sa salive péniblement :

— Si, bien sûr que je t'ai invité!

— Et bien sûr tu n'as pas envoyé non plus de carton à mon amie Siobhan?

Ralph fit non de la tête à plusieurs reprises :

— Non, je ne l'ai pas invitée. Je ne la connaissais même pas, je te le promets!

Karl saisit Ralph par le col de sa belle chemise toute neuve et le secoua comme un prunier :

— Alors qui l'a fait? Après tout, c'est toi qui as organisé ce merdier, non? J'ai envie de te tuer, connard, pour m'avoir fait passer la pire soirée de ma vie!

Siobhan toucha le coude de Karl avec douceur :

— Fiche-lui la paix! Ce n'est la faute de personne.

— Ne t'en mêle pas! Ce salaud me joue des tours et il ne va pas s'en tirer comme ça!

— Karl, je suis persuadée qu'il ne m'a pas invitée. Laisse-le tranquille!

— Mais Shuv, je croyais que c'était ça que tu voulais, que je prenne les choses en main, que je défende ton honneur, que je me batte pour…

Siobhan le fixa droit dans les yeux et prit la main de Karl devenue soudain molle :

— Karl, c'est trop tard. Tu devrais t'en prendre à moi. J'aurais dû te parler de Rick, être plus franche avec toi. Tout te dire. C'est trop tard pour te battre. Vraiment !

— Mais… mais…, fit-il, impuissant, en regardant tour à tour Ralph qui avait l'air frappé de stupeur et Siobhan qui l'implorait silencieusement.

Il ne savait plus quoi faire, que penser. Il ne savait plus qui il était, ni où il était. Il se couvrit le visage de ses mains et se mit à pleurer en murmurant :

— Mon Dieu ! Mon Dieu !

Siobhan le prit par la taille et l'entraîna loin des autres. Elle se retourna pour faire un clin d'œil complice à Rick qui tenta de lui sourire malgré ses lèvres tuméfiées et son nez en sang. Il savait ce que Siobhan avait à faire. Il se redressa lentement :

— Puis-je entrer et me mettre un peu de glace sur le visage ? demanda-t-il à Ralph.

— Oh ! bien sûr !

Ralph revint sur terre. Depuis que Karl l'avait traité d'« enfant de salaud », il avait été comme paralysé. Il tendit à Rick un bras secourable.

— Dieu merci, vous êtes revenus ! fit Cerise en s'approchant de Ralph et de Jem. Vous devez me débarrasser de Smith, je n'en peux plus ! Il est tellement collant.

Elle leur désigna Smith qui marchait d'un pas incertain vers les toilettes.

Depuis le départ de Jem, une heure auparavant, celui-ci avait tenté de convaincre Cerise qu'il n'était ni ivre, ni pitoyable, ni un pauvre type et que sa demande en mariage, sincère et passionnée, était une fabuleuse idée. Cerise le regretterait toute sa vie si elle n'acceptait pas.

Cerise regarda Jem avec bienveillance et pitié et posa sa main sur son bras :

— Ça va ?

Jem hocha la tête et sourit à Ralph puis à Cerise :

— Tout va bien, merci ! Je suis furieuse, gênée, humiliée, mais à part ça, tout va bien ! Pas comme ce pauvre gars !

Elle s'écarta pour laisser passer Rick appuyé sur Ralph. Son visage gonflait à vue d'œil et virait au violet.

Cerise le dévisagea et soudain le reconnut :

— Rick ?

Elle prit son bras et aida Ralph à le conduire jusqu'à un buffet sur lequel était posé un seau à moitié rempli de glaçons.

Rick eut du mal à resituer Cerise.

— Vous vous souvenez de moi ? fit-elle pour l'aider. Je suis – enfin, j'étais – une amie de Tamsin. L'été dernier, on a dîné ensemble dans un restaurant de Fulham Road et vous avez écopé d'un sabot de Denver.

— Ah, oui, Cerise ! Je me rappelle. Que faites-vous ici ?

Il grimaça quand Ralph le fit asseoir.

— Oh, mieux vaut ne pas en parler !

Ralph et Jem se consultèrent du regard. La soirée risquait de se terminer en drame s'ils n'y mettaient pas bon ordre.

Cerise disposa quelques glaçons dans une serviette qu'elle appliqua sur le visage de Rick :

— Comment vous sentez-vous ? Vous êtes sûr de ne pas vouloir aller à l'hôpital ?

— Oui, fit-il courageusement, je n'ai rien de cassé. Je vais m'en sortir.

Cerise lui décocha un joli sourire. Elle était ravie de jouer au bon Samaritain. Pourtant, il n'y a pas si longtemps, elle détestait la vue du sang, et toucher une plaie la rendait malade. C'était un plaisir. Elle aurait dû être infirmière !

Les invités commencèrent à partir. Ils buvaient leurs derniers verres sur le trottoir en attendant des taxis. Tout en maugréant, Philippe faisait le tour de la galerie, un sac-poubelle à la main, ramassant les mégots et humectant de son index les brûlures de cigarette sur son cher parquet en érable. Quelques couples continuaient à bavarder sans se rendre compte que la fête touchait à sa fin. On remerciait Ralph, on le félicitait, on l'invitait à des soirées et l'on promettait de se revoir en prononçant la phrase rituelle : « On se téléphone et on se fait une bouffe ! »

Siobhan et Karl n'étaient pas encore revenus de leur promenade de mise au point, Cerise continuait à panser les plaies de ce pauvre Rick, Jem se tenait à côté de Ralph pendant les adieux et Smith… mais où était Smith ? Il avait disparu !

En fait, personne ne l'avait vu depuis au moins une demi-heure, depuis que Ralph et Jem avaient regagné la galerie.

— Je crois qu'il est aux toilettes, suggéra Cerise.

Ralph et Jem échangèrent un regard en souriant. Quand quelqu'un disparaissait ainsi à la fin d'une fête, ça ne voulait dire qu'une chose. Ralph, suivi de Jem, se dirigea vers les toilettes et ouvrit la porte. Le spectacle qui les attendait avait de quoi épouvanter les noceurs les plus endurcis.

Smith, totalement inconscient, était affalé sur le siège des cabinets, son pantalon autour des chevilles, son sexe échoué contre un pan de sa chemise, sa tête dans le lavabo. Et partout, des flaques de vomi.

— Quelle horreur ! s'exclama Jem en détournant la tête.

— Mon Dieu ! fit Ralph en ricanant. Quelle cloche !

— Qu'est-ce qu'on peut faire ? Pauvre Smith !

— Pauvre Smith, mon cul !

— Que se passe-t-il ? fit Cerise avec curiosité.

Elle jeta un œil par-dessus l'épaule de Ralph et poussa un cri en découvrant la scène.

— Smith ! cria Ralph, réveille-toi, mon pote ! Ta fiancée est là ! Allez, debout !

Smith ouvrit un œil, grogna quelque chose d'incompréhensible du genre « Fiche-moi la paix ! ».

— Cerise est ici, vieux ! Cerise, ta fiancée ! Debout !

— Cerise ? répéta Smith en ouvrant l'autre œil et en soulevant la tête de deux ou trois centimètres.

— Oui, Cerise !

— Ralph, laisse-le tranquille, intervint Jem. Il a son compte !

Jem avait raison. Ralph s'amusait mais c'était un jeu cruel et peu charitable.

— D'accord, murmura-t-il à l'oreille de Smith, je te laisse faire ta cour à Cerise.

Ralph et Jem se retirèrent, alors que Smith retrouvait ses esprits peu à peu. Il se rendit compte qu'il était couvert de vomi et que sa Cerise adorée l'observait avec un air à la fois dégoûté, plein de pitié et révolté.

— Beurk ! fit-il en laissant sa tête retomber dans le lavabo tout en claquant la porte d'un coup de pied.

Quand Siobhan et Karl regagnèrent la galerie, ils ne trouvèrent que ce pauvre Rick assis sur une chaise près du bar, le visage si tuméfié qu'il en était méconnaissable. Siobhan l'aida à se lever, tandis que Karl s'écarta à pas traînants.

— Je le méritais, reconnut Rick en gagnant la sortie.

Karl les suivit dans la rue et regarda Siobhan installer délicatement Rick dans la voiture, puis lui boucler sa ceinture avant d'écarter de ses yeux une mèche de ses cheveux collée par le sang.

Elle se glissa derrière le volant et, baissant la vitre, posa sa main sur celle de Karl qui s'était approché :

— Adieu, Karl, j'ai été contente de te voir ce soir et de t'avoir parlé, même si ce n'est pas le cas de tout le monde.

Elle désigna Rick avant de reprendre :

— Je crois savoir qui m'a invitée – elle pointa son doigt vers Cerise qui les regardait tristement – et tant mieux.

Impossible pour Karl de le nier. Cette soirée avait été la plus douloureuse, la plus affreuse de sa vie. Pire que le soir où Siobhan l'avait jeté dehors. Mais cette rencontre devait avoir lieu. Ils avaient pu parler de tout, mais surtout du futur, et Karl avait compris qu'il n'y avait plus de place pour lui dans celui de Siobhan…

— Nous serons plus heureux chacun de son côté, dit Siobhan avec un grand sourire. Oublie donc le passé et regarde le monde avec un œil neuf. Tu n'auras que de bonnes surprises ! Ces quinze dernières années se sont déroulées dans une sorte de brume, mais pendant ces derniers mois, j'ai porté des lunettes. Pas toi. Alors fais comme moi et tu verras comme la vie est excitante.

Karl fut surpris de cette comparaison. Ça semblait hors de propos. Quoi qu'il en soit, il était ravi d'avoir foutu une branlée à Rick. Il avait bien pris son pied. Il saisit la main de Siobhan et la serra fort tandis qu'elle remontait la vitre.

— Un soir, on pourrait prendre un verre ensemble, proposa-t-il avec une gaieté forcée.

Siobhan hocha la tête, mit le moteur en marche et démarra en lui adressant un ultime sourire.

Karl attendit que la voiture soit hors de sa vue puis, les mains profondément enfoncées dans les poches de son manteau, il retourna à la galerie. Il essuya une larme qui coulait le long de son nez, respira à fond et allongea le pas.

C'était l'heure de rentrer, de recommencer à zéro, de voir la vie sous un autre angle.

Ce fut un étrange quintette qui partagea un taxi cette nuit-là pour gagner Almanac Road. Karl avait pris place près d'une portière et regardait par la vitre tout en se massant les jointures. Il évitait de se tourner vers Cerise qui, elle, s'écartait au maximum de Smith qui empestait toujours le vomi. Tel un chien, il penchait sa tête par la fenêtre malgré le vent âpre qui le faisait pleurer.

Ainsi, au moins, il ne croisait pas le regard méprisant de Cerise qui lui signifiait qu'il avait perdu toutes ses chances avec ses conneries. Cela lui épargnait aussi de voir Jem blottie dans les bras de Ralph, et ses coups d'œil apitoyés.

Personne n'ouvrit la bouche tandis que le taxi traversait Battersea Bridge. La nuit était noire, seule la pleine lune se reflétait sur la Tamise. Un bateau-mouche tout illuminé passa sous le pont ; une fille dans un fourreau noir leur fit signe en agitant une bouteille de champagne. Smith lui répondit à contrecœur.

Le taxi s'arrêta devant le 31 et déposa ses passagers soulagés à l'idée que cette soirée d'enfer était enfin terminée.

Cerise grimpa les marches du perron en toute hâte, soucieuse d'éviter Karl après le fiasco de sa manigance. Il la rattrapa et patienta en se dandinant pendant qu'elle ouvrait la porte.

— Quelle nuit ! fit-il soudain.

— Ouais ! Vraiment incroyable !

— Au fait, je ne sais pas qui a invité Siobhan, sans doute toi, mais finalement tu as bien fait. J'ai été content de la revoir et de pouvoir me farcir Rick, donc ne t'en fais pas. Ah, et je dois m'excuser de t'avoir traitée de tous les noms, j'étais fin saoul.

Sur quoi il lui sourit : une façon de garder espoir pour l'avenir et d'enterrer le passé. Il glissa sa clé dans la serrure et disparut tranquillement chez lui, laissant Cerise sur le palier. Elle rougit légèrement, surprise, heureuse, reconnaissante… Faire le bien était donc valorisant !

Smith, lui, fonça au sous-sol, pressé de se coucher. Sa tête lui faisait mal, sa gorge était irritée, son cœur en berne. Sans attendre Ralph et Jem, il claqua la porte derrière lui pour éviter à tout prix d'avoir à leur parler. Il était dans de beaux draps : Ralph était un salaud, Jem le haïssait et Cerise le méprisait. Il avait perdu son copain, sa petite amie et son rêve. Tout était fini. Mais il était trop fatigué pour songer à l'avenir, à sa façon de vivre, à Cerise. Il y penserait demain. Il offrirait des fleurs à Cerise pour se faire pardonner et il ficherait Ralph et Jem à la porte.

Pour le moment, il allait se coucher.

Du haut du perron, Ralph et Jem contemplaient la pleine lune.

— C'était aussi la pleine lune, le soir où je suis venue pour la première fois, dit Jem en enlaçant Ralph. Tu t'en souviens ?

— Vraiment ? répondit-il en embrassant le sommet du crâne de Jem. Les choses les plus étranges ont lieu ces soirs-là. Les gens deviennent un peu fous.

— Absolument !

Ils se turent le temps de se remémorer les événements de cette étrange nuit.

— Au fait, reprit Jem, tu te rappelles le moment où je suis entrée ? Tu téléphonais à Claudia et tu ne m'as même pas regardée !

— Ah ! mais voilà ! Quelques secondes avant que tu entres, j'étais assis dans le canapé, oui, là, fit-il en le montrant du doigt, et j'attendais cette fille mystérieuse du nom de Jem et… *je fumais une cigarette !* Tu vois, c'était moi, et moi seulement, l'homme de tes rêves !

Tu l'aurais su plus tôt si cette garce de Claudia n'avait pas téléphoné à ce moment précis...

— Et si tu m'avais offert des pivoines ! Et si tu n'avais pas porté ces affreux caleçons longs ! Et...

— Oh ! s'exclama Ralph en éclatant de rire, le destin prend d'étranges chemins.

— Smith va sûrement nous demander de partir.

— On s'en occupera quand ça arrivera. En tout cas, je connais un délicieux appartement sur Cable Street.

Ils étaient dans l'escalier quand Ralph s'arrêta soudain et se tourna vers Jem :

— Minute ! J'ai une idée. Ne bouge pas de là avant que je te le dise !

Il descendit les marches quatre à quatre et disparut dans l'appartement.

Immobile, intriguée, frissonnant à cause du vent froid, Jem se demanda ce qu'il fichait.

Un instant plus tard, elle vit que le salon était éclairé. Un homme était assis dans le canapé. Un nuage de fumée couronnait sa tête. Son cou était fin et ses cheveux courts se terminaient en un charmant triangle sur sa nuque. Jem frissonna. C'était son rêve ! Elle sourit de bonheur. L'homme du canapé se retourna légèrement ; il regarda Jem et lui sourit à son tour.

Jem souleva le bas de sa robe imprimée de roses et dévala les marches, faisant claquer ses talons hauts sur la pierre. Elle ouvrit en grand la porte d'entrée puis celle du salon, saisit son destin à pleines mains, le coucha sur le canapé et l'embrassa à en perdre haleine.

Composition réalisée par ASIATYPE

Achevé d'imprimer en juin 2007 en France sur Presse Offset par

CPI
Brodard & Taupin

La Flèche (Sarthe).
N° d'imprimeur : 41955 – N° d'éditeur : 87690
Dépôt légal 1re publication : juin 2007
LIBRAIRIE GÉNÉRALE FRANÇAISE – 31, rue de Fleurus – 75278 Paris cedex 06.